어느 마을 두 단짝 친구 이야기

어느 마을 두 단짝 친구 이야기

초판 1쇄 발행 2024년 2월 15일

지은이 한상현
펴낸이 장길수
펴낸곳 지식과감성#
출판등록 제2012-000081호

교정 주경민
디자인 오정은
편집 오정은
검수 이주희, 정윤솔
마케팅 김윤길, 정은혜

주소 서울시 금천구 벚꽃로298 대륭포스트타워6차 1212호
전화 070-4651-3730~4
팩스 070-4325-7006
이메일 ksbookup@naver.com
홈페이지 www.knsbookup.com

ISBN 979-11-392-1657-8(03810)
값 19,000원

- 이 책의 판권은 지은이에게 있습니다.
- 이 책 내용의 전부 또는 일부를 재사용하려면 반드시 지은이의 서면 동의를 받아야 합니다.
- 잘못된 책은 구입하신 곳에서 바꾸어 드립니다.

지식과감성#
홈페이지 바로가기

어느 마을 두 단짝 친구 이야기

한상현 지음

목차

2056년　　　　　　　　6

상현 전반전　　　　　19

병현 전반전　　　　　116

상현 후반전　　　　　214

병현 후반전　　　　　244

에필로그　　　　　　267

2056년

날이 더워도 너무 더워 냉장고에서 얼음을 꺼내도 금방 녹을 것만 같은 그런 무더운 여름 어느 날이었다. 나이 60살 상현이가 목이 쭉 늘어난 티셔츠를 입고 오래된 슬리퍼를 신고 반쯤 풀린 눈으로 집 앞 놀이터에 앉아 있다. 날이 더워서 그런 건지 아니면 무슨 일이 있는 건지 인상을 마치 구겨진 빈 캔 음료처럼 꾸기고 있었다. 그럴 거면 그냥 집에 들어가지 이해가 되지 않았다. 그런 상현이가 3억이라고 크게 쓰여 있는 꾸깃꾸깃 구겨진 종이를 보며 혼잣말을 시작했다.

"휴, 이제 뭐 먹고 사냐…? 월급 받으면서 일했을 때가 좋았던 거 같기도 하고…. 아무것도 몰랐을 때가 좋았던 거 같은데. 진작에 좀 해 놓을 걸… 바보…."

상현이는 이제 퇴사한 지 6개월 정도 된 노인 백수이다. 사실 뭐 노인이라고 하기에도 좀 그런 게 2056년 대한민국에서 60살은 젊은 편에 속한 시대가 됐다. 지하철만 타 봐도 일반 자리보다 노약자를 위한 자리가 더 많아졌다. 사실 나이만 60이지 상현이는 노인보다 청년이 더 가까웠다. 의학과 과학의 발전으로 인해 점점 늘어나는 기대수명과 대한민국의 심각한 저출산의 문제로 시간이 지나면 지날수록 대한민국 평균연령은 급격하게 오르곤 했다. 그것에 맞게 기대수명을 고려하여 회사에서의 정년퇴직도 점점 늘어났다.

 그렇다고 평균연령과 일할 수 있는 기간이 비슷하게 늘어나진 않았다. 전 세계 많은 회사에서는 기계가 사람의 일을 대신해 주었기 때문에 신규 채용은 많아야 꼭 필요한 한두 명만 하고 적어지는 인원 속에서도 권고사직을 꾸준히 권하곤 했다.

 하지만 운이 좋았는지 상현이는 그래도 또래 친구들보다 오랫동안 회사에서 머물 수가 있었다. 정년퇴직까진 아직 몇 년 남았지만 이쯤 하면 되지 않겠냐고 회사에서 살며시 압박을 해 왔던 것도 있고 한곳에서 회사 생활을 오래 했기도 했고 슬슬 지치고 20대 젊은 나이 때부터 한 몸 불태워 열심히 일한 노동의 대가로 퇴직금도 많이 쌓였겠다 그리고 연금도 어느 정도 나올 테니 내가 뭐가 부족하랴, 남들보다 오래 회사 생활도 했는데 나라고 못 할 거 뭐 있냐는 생각에 상현이는 퇴사하기 위해 오랜만에 인사팀을 찾았다. 그렇게 재직 동안 공장장만 7번 바뀌고 팀장만 5번 바뀐 인생에서 30년 넘게 같이한 정든 회사를 떠나게 되었다.

 그렇게 상현이는 꽤 괜찮은 퇴직금을 받으며 부서 사람들의 환영 속에 회사를 떠나게 되었다.

 '어렸을 땐 한 회사를 꾸준히 다니고 인정받으면서 오래 다니면 회사가 평생 내 인생을 책임져 줄 줄 알았는데 또 그건 아니네. 그래도 열심히 살았으면 됐지, 뭐. 그래도 뭔가 시원섭섭하네.'

 상현이가 놀이터에 나가 햇빛을 쐰 그날도 다른 날과 크게 다르지 않았다. 20대 때부터 꾸준히 회사 생활을 해서인지 할 일은 딱히 없었지만 아침이 되면 눈이 떠지곤 했다. 그리고 신입사원 때부터 소비가 컸기 때문에 그 누구보다 열심히 남아 특근을 하겠다고 자발적으로 남곤 했었다. 재직 중 대부분은 하루 절반 이상이 넘는 시간 동안 회사에 있었다. 그렇게 몇십 년을 살아온 사람이 최근 들어 아무것도 하지 않고 집에만 있다는 것은 그것이 진정한 창살 없는 감옥과도 같았다. 친구들을 만나 놀아서 오는 재미도 가끔 만나야 재밌지 이제 만나서 노는 일상도 귀찮기도 하고 지치기도 한다. 아침에 일어나 시간을 보내기 위해 살고 있는 아파트 단지 한 바퀴 돌고 매일 똑같이 재미없는 일상에 무기력한 상태로 소파에 앉아 티브이만 보는 것이 상현이의 퇴사 후 인생 대부분을 차지하였다.

오히려 건강도 회사 다닐 때보다 좋지 않았다. 회사 다니면서 받았던 스트레스를 퇴사하고 나면 덜 받을 테니 좋아지려나 싶었으나 '앞으로는 뭐 하지?'라는 생각에 하루하루가 더 큰 스트레스로 다가왔고 식습관에도 큰 변화가 일어난 것이 건강 악화에 영향을 끼쳤다. 회사에 다닐 때는 아침 점심 저녁 정해진 시간에 골고루 많은 음식을 잘 챙겨 먹고 영양소를 잘 섭취해 몸 상태는 매우 좋았었다. 퇴사하고 지금은 삼시 세끼를 스스로 해결해야 하니 끼니를 해결하는 것도 스트레스다. 장을 보고 오는 것부터 요리해야 하는 귀찮음과 다 먹고 포만감과 전쟁을 해서 그 자리에서 박차고 일어나 설거지하는 모습까지 모두 스트레스다.

시간은 많았지만 치우는 건 제일 싫어하는 상현이었다. 그러다 보니 간편식을 찾게 되고 인스턴트 음식을 주로 먹어 왔다. 이번에도 어김없이 아파트 한 바퀴를 돌고 들어오는 길에 편의점에 가서 햄버거에 소주를 사 와 집에 간 상현이었다. 그러다 문득 이런 생각이 들었다.

'회사 다닐 땐 회사 밥이 질려서 싫었는데 이제 와서 생각해 보니 되

게 편하고 좋은 거였네. 그리고 회사 다니면 밥 주는 건 당연한 건 줄 알았는데 감사한 거였어.'

운동도 열심히 해서인지 회사에서 제공하는 건강검진을 받을 때마다 몸은 건강했지만 퇴사 후 무기력하게 반복되는 삶에 재미를 느끼지 못하는 상현이는 즐거움을 다른 곳에서 찾을 법도 한데 하필 술에서 즐거움을 깨달았다. 밥을 먹기 위해 소주를 먹는 건지 소주를 먹기 위해 밥을 먹는 건지 참. 그래서인지 늘 지속되는 음주에 몸에는 급격하게 큰 변화가 와 있었다. 몸에 근육이 많았던 때와는 달리 배만 뽈록 나오고 팔다리는 점점 얇아져만 갔다. 이러한 행동은 잘못되었다고 알고는 있었지만 익숙해지기도 했고 또 굳이 변해야 하는 이유도 모르겠고 그러다 보니 지금에 만족하는 상현이었다. 그러다 본인의 몸 모습을 보며 술에 취한 상태로 뭐라 중얼중얼하기 시작했다.

"이게 사람 몸이야, 외계인 ET야. 휴…."

무엇보다 예전 1900년대 과거에는 60살까지 살았다면 장수라고 마을 잔치도 하고 그랬을 텐데 지금 60살은 아직 인생에서 한창일 때다. 어디 가서 60인데 집에서 논다고 하면 사람들의 손가락질을 받는 시대가 되어 버렸다. 그래서 그런지 1년 전 회사에 다닐 때 모습이 자꾸 겹쳐 보이고 상반되는 현실에 무기력이 더 커진 오늘이었다. 하지만 할 수 있는 건 딱히 없었다. 그냥 티브이나 보면서 낮잠을 자고 일하러 간 와이프를 기다리는 것이 전부였다.

아, 참. 상현이는 혼자가 아니다. 한 가정의 가장으로 사랑하는 가족과 함께 살아가는 샐러리맨이다. 아니 지금은 '샐러리맨이었다.'가 맞는 표현이다. 지인을 통해 상현이는 지금의 아내를 만났다. 지금의 아내라고 해서 아내가 바뀐 것은 아니다. 그렇게 둘은 결혼식을 잡고 대출을 이용하여 회사 근처에 있는 대단지 아파트를 구매 후 몇 년 전 주택담보대출을 다 갚고 살아가고 있다. 그래도 회사 일만 열심히 하면 되는 줄 알았던 상현이와는 다르게 다행히도 그의 아내는 생각이 달랐다. 다른 집은 남편이 돈 벌면 대부분 애 키운다고 주부를 하는데 요즘 같은 세상엔 혼자 벌어서 가족이 다 같이 사는 것은 어렵다며 결혼 후부터 아들을 출산했을 때를 제외하고는 꾸준히 맞벌이를 해 주었다.

그 덕에 아들은 다른 집과 다르지 않게 클 수 있었다. 남들 다 보내는 학원에도 보내고 대학교도 나오고 그런 아들이 자랑스럽기도 하다. 퇴직금과 모아 둔 돈도 꽤 있고 아파트 대출도 다 갚아서 이제 상현이는 좀 쉬려고 하는데 아내는 생각이 달랐다. 작은 돈을 받긴 하더라도 일을 하고 싶어 했다. 그동안 고생한 걸 알기에 좀 쉬라고 말렸지만 집에만 있으면 답답하다고 일을 해야 할 거 같다며 단순 업무를 하고 있다. 단순 업무라 그런지 월급이 적은 편이었다.

'나처럼 집에서 좀 쉬지. 그거 얼마나 번다고 일을 할까. 휴.'

하나 있는 아들은 상현이의 바람대로 직장에 들어갔지만 타 지역으로 발령받아 상현이 혼자 집에 있는 시간이 많았다. 그래도 주말에는 자주 와 주는 아들이 있어 늘 고마웠다.

술을 먹고 알딸딸한 상태로 소파에 앉으니 이런저런 생각이 많이 나는 거 같았다. 술 좀 깰 겸 티브이를 틀었는데 음악 프로그램이 나온다.

아이돌의 팬들은 상현이랑 나이 차이가 얼마 나지 않는 거 같아 보였다. 그리고 어렸을 때 보통 아이돌이 20대였던 거 같은데 지금 아이돌들은 40살이 넘는 경우도 많았다. 그렇게 생각에 잠겨 음악방송을 보던 도중 시계를 보니 시간은 어느새 12시 뉴스 시간이 되어 버렸다. 평소 뉴스를 좋아했기 때문에 얼른 채널을 돌리고 오늘은 무슨 일이 있었는지 궁금증이 가득 차 보이는 아이처럼 티브이에 앉아 뉴스를 시청하고 있었다.

  백수 상현이에게 있어서 매일 새로운 정보를 가져다주는 뉴스는 그야말로 제일 친한 친구였다. 요즘은 뉴스만 틀면 안 좋은 소식뿐이다. 대한민국 저출산이 더욱 심해져 나라 경제와 군사적으로 손실이 크다는 뉴스와 과거부터 꾸준히 오르는 물가 상승이 올해는 더 심할 것이라고 한다. 올해도 힘들 거라는 전망이 나온다는 뉴스도 나왔다. 회사에 다닐 때 상현이는 회사 일이 바빠 세상 돌아가는 것을 하나도 몰랐다. 물가가 오른다는 둥 금리가 올랐다는 둥 본인과는 상관없는 이야기인 줄만 알았다.

'물가가 여기서 또 오르고, 매번 힘들다고만 하네. 뉴스는 보면 볼수록 암울한 거 같네.'

  그렇게 늘 똑같은 이야기만 하는 뉴스를 다 보고 다른 거 볼 건 없나 채널을 돌리다가 노후 대비 관련된 다큐멘터리를 보게 되었다. 이런 프로그램은 과거에도 있었지만 그때에 비해 훨씬 많은 노후 대비에 관한 다큐멘터리도 나오고 요즘 가장 인기 있는 주제이기도 하다. 그럴 법도 한 게 기대수명과 점점 짧아지는 회사 근무 기간을 고려했을 때 많은 이들의 고민거리가 아닐 수 없다. 하지만 상현이는 작년까지 열심히 회사에 다녔고 괜찮은 월급을 받은 직장인이었기에 노후 대비는 별 관심도 없고 자신과는 관련 없는 이야기라고 생각했다.

오늘의 주제는 노후 대비를 제대로 하지 못한 50대 퇴직자의 이야기였다. '나보다 한참 어린데 일도 못 하고 있다니.' 상현이는 안타까웠다. 회사를 열심히 다녀 그 누구보다 성실히 살아온 주인공은 회사에 다니면서 자녀의 교육비와 아파트 대출을 열심히 갚고 그 누구보다 돈을 아끼며 저축했는데도 노후 대비가 제대로 되지 않아 큰일이라는 사연이 나왔다. 티브이 속 이야기는 상현이의 상황과 그리 다르진 않았다. 그리고 상현이뿐만 아니라 대부분의 대한민국 사람도 마찬가지였다.

'잠깐. 저거 완전히 나잖아. 혹시 나도…? 에이, 난 아니겠지. 얼마나 열심히 살았는데.'

상현이는 그동안 한 번도 생각하지 못했던 노후 대비에 대해 처음으로 걱정하기 시작하였다.

'직장인으로 열심히 회사에 다녀서 열심히 저축만 하면 노후에 걱정은 없을 거라 생각했는데 내가 모은 돈으로 내가 죽을 때까지 버틸 수 있을까…? 나도 만약 티브이에 나온 사람처럼 되면 어쩌지…? 일을 안 하니까 갑자기 걱정되네.'

걱정 반 호기심 반의 마음으로 티브이를 이어서 보는데 마침 프로그램에서 여성 MC가 상현이의 마음이라도 읽은 듯 상현이가 궁금할 만한 것을 시청자 퀴즈로 출제하였다.

"자, 이번 주 시청자 퀴즈입니다! 다양한 선물이 가득하니 시청자분들께서는 바로바로 문자를 주시면 저희가 가장 빨리 정답을 맞히신 분께는 최신 인기 제품인 고가의 AI 만능 청소기를 선물로 드리겠습니다!"

AI 만능 청소기라고 하면 청소기와 걸레질은 물론이고 빨래 개는 것도 가능한 바로 그 제품. 안 그래도 아내가 사 달라고 요즘 엄청나게 말하던데 이번에 정답을 맞히고 시원하게 받아서 당당한 백수가 되겠노라 결심한 상현이는 핸드폰을 손에 들고 마치 출발신호를 기다리는 야생마처럼 문자를 보낼 준비를 하고 있었다. 그러고는 1등을 하지 못할 거 같아 불안했는지 엄지손톱을 입으로 뜯기 시작하였다.

"자, 문제 나갑니다! 요즘 최대 관심사이기도 하죠. 2056년 현재 한 부부가 노후 대비로 쓰는 한 달 평균 생활비는 얼마일까요? 시청자분들 보기 나갑니다. 집중해 주세요! 자, 갑니다! 1번 600만 원에서 700만 원, 2번 700만 원에서 800만 원, 3번 800만 원에서 900만 원, 4번 900만 원에서 1,000만 원. 자, 이렇게 보기가 끝났는데요. 시청자분들께서는 얼른 정답을 문자로 보내 주세요!"

여성 MC의 시청자 퀴즈 문제 멘트가 끝이 나고 상현이는 핸드폰 대신 리모컨을 들었다. 그러고서는 정답을 발표하기 전 티브이를 꺼 버렸다. 표정을 보아하니 엄청난 충격에 빠진 거 같다. 한 번도 생각해 본 적 없던 노후 대비에 필요한 돈을 보니 지금 본인 상황은 매우 심각하다는 것을 깨달았다. 열심히 회사 다니고 애 키우고 열심히 저축하면 그걸로 될 줄 알았는데. 그에 비해 노후 대비는 더 많은 돈이 필요했다.

'말도 안 돼…. 저 중에 정말 답이 있다는 건가? 만약 답이 1번이라고 하면 한 달에 필요한 돈이 600만 원이라는 건데. 아니면 혹시 0을 하나 뺐어야 했는데 방송국의 실수는 아닌가?'

문제를 풀고 AI 만능 청소기를 탈 계획이었으나 실제로 탄 건 상현이의 마음뿐이었다. 그것도 아주 세게 타들어 갔다. 정신을 차리고 무거운 엉덩이를 거실 소파에서 작은 방 책걸상으로 옮겼다. 그리고 회사에서 매년 주는 낡은 다이어리를 꺼내 볼펜을 들어 무언가를 써 내려갔다. 이번 기회에 현재 있는 돈으로 버틸 수 있는 기간을 계산해 보자고 생각했다. 핸드폰으로 은행 앱을 켰는데 회사에 다니면서 열심히 저축한 돈 1억 정도와 아내의 퇴직금과 나의 퇴직금을 합한 2억이 조금 넘는 돈이 전부였다. 상현이는 3이라는 숫자를 다이어리 한가운데에 크게 썼다.

'3억이라…. 절대 적은 금액은 아니라고 생각했는데…. 이 정도면 노후 대비 충분하다고 생각했는데….'

이왕 노트도 편 거 상현이는 100세 시대인 현재 60살부터 필요한 노후 대비 금액과 3억으로 버틸 수 있는 기간을 계산해 보았다.

'티브이에서 나온 대로 한 달에 노부부가 살아가는 데 필요한 금액이 600만 원이라 가정했을 때 1년이면 대략 7,000만 원 정도이고… 약 40년이니까… 2… 28억? 이… 이런 십…. 이게 맞나? 뭔가 잘못된 거 아닌가?'

하지만 계산기로 다시 계산을 해 봐도 28이라는 숫자 뒤엔 0이 여덟 개가 있었다.

'회사에서 열심히 일해서 연금은 나오기는 하는데 턱없이 부족하고…. 3억을 아무리 아껴 쓴다 해도 10년도 못 버틸 거 같은데…. 잠깐, 만약 답이 1번이 아니라면…. 답이 4번이라면…?'

계산을 해 보니 상현이는 더더욱 답을 알고 싶지 않았다. 답을 알게 된다면 본인만 더 괴로워질 거라고 생각했기 때문이다. 하지만 답을 모른다고 다행은 아니다. 아파트를 제외하고 현재 있는 돈 3억이라면 아무리 최대한 아끼고 아껴서 평균 생활비보다는 적게 들고 더 오래 버틸 수는 있겠지만 하나 확실한 건 평균연령인 100세까지는 못 버틴다는 것이었다. 현실에 마주한 상현이는 스스로 화가 잔뜩 났는지 필기한 다이어리 면을 뜯어 꾸깃꾸깃 꾸기고는 바람 좀 쐴 겸 낡은 슬리퍼를 신고 집 앞 놀이터로 발걸음을 향했다. 이 이야기의 맨 처음에 나오는 상황은 이렇게 된 상황이었다.

구겨진 종이를 보며 접었다 폈다 숫자 3을 계속 보고 고개를 절레절레하는 상현이는 문득 그런 생각이 들었다.

'만약 퇴사 후 계산해 본 노후에 필요한 돈을 미리 알았더라면 이렇게까지 막막하지는 않았을까? 아닌가? 미래를 알고 그때부터 우울했으려나.'

상현이는 고개만 푹 숙이고 한숨만 내뱉었다. 그러고 보니 상현이가 어렸을 때와는 다르게 놀이터에는 뛰어놀아야 할 아이들은 없고 나이 많은 사람들만 앉아 있었다. 다들 똑같은 생각을 하는 건지 비슷한 표정으로 멍하니 햇빛을 맞으며 광합성을 하고 있었다.

'뭐야, 나랑 같은 프로그램을 보고 나온 건가? 다들 걱정이 많아 보이네….'

과거에 비해 평균연령이 많이 올라가기도 했고 저출산의 문제로 인해 대한민국의 고령화는 과거에 뉴스에서 예상했던 것보다 더 빠르게 진행되었다. 2056년의 환갑이란 실제 나이만 숫자로 60살이었지, 과거에 비하면 50대도 되지 않은 나이가 되어 버렸다.

'혹시 이 놀이터에서 내가 막내인가…?'

이게 맞나 싶기도 해 혹시나 더 어린 사람은 없나 찾아보기 시작하였다. 이런 행동에서 볼 수 있듯이 상현이는 남들과 비교하여 자신은 그나마 괜찮다며 자기합리화하는 사람이었다. 그렇게 한참을 둘러보던 중 생각보다 본인보다 젊어 보이는 사람도 여러 명 있다는 것을 깨달았다. 회사에서 열심히 일할 나이 같아 보이는데 왜 이 시간에 여기에 이렇게 노인들 사이에 앉아 있는 것인지 궁금했다. 그러다 문득 얼마 전 뉴스에서 보았던 내용이 생각났다. 인간을 대신한 AI가 본격적으로 상용화되면서 수많은 사람이 직장을 잃고 젊은 나이에 권고사직을 당했다는 내용이었다. 뉴스를 생각하며 그 청년들을 다시 보니 안쓰럽게 느껴졌다.

다른 한편으로는 회사에서 이 한 몸 바쳐 20대 때부터 약 30년이 지난 시간 동안 일을 했다는 것이 스스로 대견스러웠다.

'어휴, 회사 오래 다닌 나도 노후 대비 안 됐는데 저런 청년들은 어쩌지. 이거 나만의 문제가 아니라 이거 이러다 국가적으로도 큰 문제가 될 거 같은데.'

한편으로는 놀이터에 있던 젊은 사람들을 보고서는 회사 사람들에게도 인정받고 열심히 잘 살아온 성공한 인생이었다고 느꼈다. 그러다 보니 안쓰럽게만 느껴졌던 청년들이 한심하게 보이기 시작했다.

'저 나이 때 일을 안 하고 있다는 것은 일을 하기 싫어서 그러는 거야, 아니면 일을 못해서 기계에 밀려난 거야. 한심하다, 한심해.'

이런 이중적인 생각을 가지며 상현이는 햇살을 맞고 있었다. 하지만 지금 걱정해야 할 것은 그런 청년들이 아니라 본인이었다. 앞으로 어떻게 살아가야 할지 막막했다.
다시 고개를 푹 숙이고 고민하던 상현이는 이게 현실이 아닐 거라며 깊은 한숨만 쉬고 있었다. 그때 상현이의 오랜 친구인 병현이가 그런 상현이를 발견했다.

"상현아. 여기서 뭐 하냐? 햇빛이라도 쐬는 거야?"
"어! 병현아, 안녕. 집에만 있기 답답해서 잠깐 나왔어. 어디 가길래 그렇게 급하게 가?"

"나 잠깐 볼일 있어서 오전에 반차 썼다가 지금 다시 회사로 복귀하고 있어. 늦겠다. 혹시 오늘 술 한잔 되냐? 오랜만에 아파트 앞에 포장마차 어때?"

"그래. 좋아. 이따 보자."

병현이는 상현이의 오랜 친구다. 같은 동네에서 자란 둘은 어렸을 때부터 붙어 다녔다. 학교도 같은 곳으로 다니고 운이 좋게 회사도 같은 회사 같은 부서로 가게 되어 인생에서 가족보다 함께한 시간이 많았다.

다만 병현이는 상현이와 다르게 아직 회사에서 퇴사하지 않았다. 몇 년 남은 정년을 꼭 다 채울 것이라고 말했다. 다른 친구들에 비해 돈도 많이 모았겠다고 생각했는데 회사를 끝까지 다니려고 하는 모습을 보니 꼭 그렇지만은 않나 보다. 그렇게 열심히 사는 병현이를 보니 참 안타까웠다. 아니다. 지금 누구를 걱정하고 있는 걸까. 그래도 병현이는 열심히 살아가려고 노력도 하는데 그리고 월급도 나올 거고 병현이를 안타까워해야 할 게 아니라 부러워해야 할 거 같았다. 그때 퇴사를 말리던 병현이 말 들을걸. 후회된다.

생각이 복잡해진 상현이는 다시 고개를 푹 숙이고 깊은 한숨과 어렸을 때를 회상하게 되었다.

상현 전반전

 난 어느 지방 가난한 집안에 태어났다. 형제자매는 없으며 원래 평범한 가족이었던 우리 집은 부모님의 갑작스러운 사업의 실패로 인해 가난이 시작되었다고 한다. 너무 어렸을 때라 기억이 나질 않는다. 사업을 하기 전 부모님 두 분 다 대기업을 다녔다고 한다. 하지만 더 큰 꿈이 있었기에 사업을 해 보자고 퇴사를 선택하셨다. 그렇게 열심히 노력해서 차린 사업은 뜻대로 잘되지 않았고 회사에 다니면서 열심히 모은 돈 전부를 잃고 말았다. 그런 와중 부모님에게 뜻깊은 선물이 찾아왔는데 그게 바로 나였다.
 하지만 불안한 경제적 여건 때문인지 행복보다는 걱정이 더 컸다. 그래서 부모님은 사업을 정리하고 남은 돈 전부와 대출을 받아 동네에 조그마한 슈퍼마켓을 차리셨고 그 당시 집 살 돈이 없었기에 우리 셋은 슈퍼마켓 안 조그마한 창고를 집처럼 리모델링한 후 살았다. 그래도 행복했다. 가족이 건강하면 그것만큼 복도 없으니 그거면 됐다.
 슈퍼마켓의 매출은 그렇게 크지 않았기에 어머니께서는 가게를 계속 보시고 아버지께서는 일이 있을 때 일용직 막노동 일을 하시곤 하셨다. 이제 와서 생각해 보니 조금이라도 돈으로부터 자식을 행복하게 하기 위한 부모의 마음이었던 거 같다. 그렇게 두 사람의 사랑을 듬뿍 받으며 경제적으로는 가난했으나 남부럽지 않은 어린 시절을 보냈다.
 하지만 가난의 때는 어떻게든 벗길 수가 없었다. 그 때문인지 어렸을 때부터 남들보다 승부욕과 과시욕이 심했다. 가난을 숨기고 싶었던 본능이었던 거 같다. 그래서 어렸을 때부터 남들이 어떤 물건을 사면 그것보다 좋은 물건을 사야 했고 내가 하는 것은 무조건 1등이어야만 속이 후련했다.

그렇게 슈퍼마켓에서 시간을 보낸 지 5년 정도 되었을 무렵 우리 슈퍼마켓 근처에 있는 단독주택에 병현이가 이사를 왔다. 부모님에게 병현이 집이 엄청나게 잘살았다는 이야기를 들었다. 어렸을 때라 그런지 병현이가 이사 온 날은 정확히 기억나지 않았지만 또래 친구가 생겼다는 사실에 기분이 매우 좋았다. 병현이도 동네에 이사 오자마자 둘은 가장 친하게 지내며 시간이 흘러 단짝이 되었다. 코흘리개 시절 때부터 둘은 동네에서 늘 같이 함께 다니고 그래서인지 동네에서 우리를 모르는 사람이 없었다.

병현이와 친하게 지내다 보니 어느덧 초등학교에 입학하는 나이가 되었다. 동네에 초등학교가 하나밖에 없어서 같은 초등학교로 배정을 받을 수 있었다. 같이 초등학교에 다닐 수 있다는 사실에 우리는 서로의 집 중앙쯤 되는 곳에서 등교 장소를 만들어 매일 거기서 만나기로 했다.

초등학교 입학식 날이 다가왔고 만나기로 한 장소에서 병현이를 만나 처음 학교에 가는데 등교할 때 가만 보니 대부분의 친구가 내 가방보다 더 좋아 보였다. 난 친구들 가방 가격이 얼마인지 궁금해졌다. 내 가방보다 비싸면 안 된다. 그렇게 궁금증을 가지고 있었을 때 교실에 도착했다. 그때 마침 까먹고 가격표를 떼지 않은 건지 아니면 가격을 보라는 듯 안 뗀 건지 같은 반 친구인 태환이 가방에 가격이 적혀 있었다. 슬며시 태환이에게 다가가 말을 걸며 곁눈질로 가방의 가격을 몰래 보았다. 가격을 본 나는 충격이었다.

'10… 10만 원…? 내 가방은 5만 원도 안 하는데 무슨 가방이 10만 원이야…? 그럼 다른 친구들 것도 다… 10만 원짜리 가방인 건가…? 암만 봐도 내 거보다 싼 건 없는 거 같은데…. 그나마 병현이 거….'

태환의 가방 가격을 안 순간 나는 내 가방이 가난을 뜻한다고 느꼈다. 그렇게 시간이 지나 첫 등교를 끝내고 병현이와 함께 집으로 가고 있었다. 병현이와 오늘 첫 등교에 관해 이야기를 하면서 집으로 향하고 있었지만 머릿속은 온통 친구들 가방의 가격뿐이었다.

'이대로 가다간 우리 집이 가난한 걸 다른 친구들이 알게 될 텐데…. 무슨 방법이 필요해.'

"병현아. 미안한데 나 집에 일이 좀 있어서 먼저 가 볼게. 미안해."
"어, 그래. 잘 가고 내일도 학교 같이 가자."

그렇게 첫 등교가 있었던 날 병현이를 뒤로한 채 슈퍼마켓으로 혼자 열심히 뛰어갔다. 엄마한테 더 좋은 가방을 사 달라고 조르기로 마음먹었다. 슈퍼마켓에서 멀리 떨어진 대도시의 백화점이 닫기 전에 엄마를 설득해야 했기 때문에 발걸음을 빠르게 해서 슈퍼마켓으로 향했다. 도착하자마자 깊은숨을 내쉬며 신발주머니를 다짜고짜 바닥에 던졌다.

"엄마! 더 좋은 걸로 다시 사 줘. 이런 거 친구들이 보면 놀린단 말이야."
"아니, 애가 왜 이래. 학교에서 무슨 일 있었니? 좋아 보이는데 뭐가 그렇게 싫은 거니? 말해 보렴."

"다른 친구들 것은 다 내 것보다 좋단 말이야! 나도 비싼 거 사 줘. 안 사 주면 내일부터 나 학교 안 다닐 거야. 아, 사 달라고. 왜 안 사 주는 건데!"

엄마는 혹여나 내가 이번 일을 계기로 나쁜 아이가 되지 않을까 걱정하는 마음에 한숨을 쉬시며 슈퍼마켓의 셔터를 내리고 나와 함께 백화점으로 향했다. 택시를 타고 백화점에 도착했을 때 눈이 휘둥그레졌다. 동네에서 볼 수 없는 어마어마한 크기의 건물들을 보니 오랜만에 와서 좋은 것도 있었고 친구들에게 내일 학교에 가서 백화점 갔다 왔다고 자랑도 할 수 있고 무엇보다 태환이의 가방보다 좋은 가방을 살 수 있다는 생각에 온 세상을 다 가진 것만 같은 기분이 들었다. 그러는 사이 브랜드 매장에 도착했다. 엄마는 어떤 가방이 좋을까 이것저것 보고 있는데 나는 많은 가방을 보며 혼자 뭐라고 중얼중얼하고 있었다.

"10만 원보다 비싼 거, 10만 원보다 비싼 거."

가방의 실용적인 면보다 학교에서 본 태환의 가방보다 비싸기만 하면 된다는 마음으로 가방을 보고 있었다. 그거보다 더 비싼 것을 찾으려고 계속 보았지만 10만 원이 넘는 가방은 없었다. 오랜 시간 가방을 고르는 동안 엄마는 잠시 화장실을 가셨다. 매장에는 원하는 가방이 없었기에 아쉬울 수밖에 없었다. 그런 실망스러운 모습을 본 직원분께서 내 기분을 알아차리기라도 한 듯 말을 건넸다.

"손님, 혹시 찾으시는 가방이 있으실까요? 말씀해 주시면 제가 도와

드리겠습니다."

"혹시 여기 매장에 10만 원 넘는 가방 있나요?"

직원분은 나의 대답에 의아해했지만 그래도 손님이 찾는 물건이니 알려 주어야겠다고 생각한 것 같았다. 직원의 안내를 받아 마네킹에 전시되어 있는 가방을 보게 되었다. 가방의 가격은 무려 14만 원이었다. 이 매장에서 유일하게 10만 원이 넘는 가방이었다. 디자인은 뒤로하고 무조건 이 가방이면 친구들에게 자랑할 수 있을 거라고 생각하며 화장실에서 엄마가 빨리 돌아오길 기다렸다. 마침 화장실에서 엄마가 돌아오고 가방을 골랐다며 이 가방을 사 달라고 말했다. 가격을 모른 채 엄마는 그 가방을 달라고 했으며 계산하기 위해 카운터로 가고 있었다.

"골랐나 보네? 이걸로 사고 싶어? 얼마예요?"
"네, 고객님. 이 가방은 14만 원입니다."
"네? 14만 원이요?"

가격을 알고 엄마는 큰 금액에 망설였지만 내 고집을 알기에 그냥 사 주기로 마음을 먹었다. 지금도 14만 원이 적은 금액은 아니지만 학교에 입학하던 2002 한일 월드컵 해의 14만 원은 엄청 큰돈임이 확실했다. 참고로 2002년 최저 시급은 2,100원이었다. 최저 시급으로 약 70시간 일해야만 살 수 있는 가방이었다. 14만 원이 부담스러운 금액이라는 것을 알면서도 엄마는 어쩔 수 없이 지갑에서 만 원짜리 14장을 꺼내야만 했다. 그렇게 가방을 결제하고 나니 입학 행사로 같은 디자인의 신발주머니도 사은품으로 주셨다. 가방을 사고 나오니 어느덧 해가 지고 달이 떠올랐다. 내 입은 저 하늘의 달처럼 초승달 모양을 하고 있었다. 얼른 내일 아침이 되어 학교에 가고 싶은 마음뿐이었다. 속이 타들어 가는 엄마의 마음도 모른 채 말이다.

다음 날 아침 어제 새로 산 가방을 메고 병현이를 만나기 위해 병현이네 집 앞으로 갔다. 오늘만큼은 가방을 자랑하고 싶어서 직접 병현이네 집 앞으로 갔다. 그것도 만나기로 한 시간보다 10분 빨리 말이다. 병현이가 집에서 나오고 병현이가 나오자마자 어제 새로 산 가방을 자랑했다.

"병현아. 이것 봐! 어제 가방 새로 샀는데 이쁘지?"
"오, 이거 티브이에서 광고하는 거 봤는데 꽤 비싸지 않아?"
"아, 그래? 그건 몰랐네. 어제 엄마랑 백화점 가서 샀어. 혹시 너 가방은 얼마짜리야?"
"내 것은 몇 년 전에 3만 원 주고 샀었던 거 같아. 근데 잘 모르겠어. 사실 형이 쓴 거 물려받은 거라서."
"에이, 너도 엄마한테 사 달라 하지. 내가 이따가 학교 끝나고 아줌마한테 말해 줄까?"
"괜찮아! 난 이것도 좋은걸. 마음만 받을게."

고작 3만 원짜리 가방에 감사하는 병현이를 보며 한심하다고 생각했다. 역시 돈이 최고다. 모든 물건은 비싼 게 좋다. 얼른 학교에 가서 친구들에게 자랑해야겠다는 생각에 기분이 들떠 있었다. 사은품으로 받은 신발주머니를 신나게 돌리며 기분 좋게 등교했다. 얼마나 신나게 돌리던지 멀리서 보면 쥐불놀이라도 하는 거처럼 보이곤 했다. 그래도 비싼 거라 그런지 끈이 끊어지진 않았다. 이제는 당당히 책상 가방걸이에 새로 산 가방을 걸어 놓을 수 있었다. 그리고 속으로 생각했다.

'교실에 비싼 가방을 메고 갔으니 다른 친구들이 우리 집이 가난하다고 생각하지 않을 거야. 그렇고말고.'

가난 때문에 발생한 소비가 초등학교 입학 당시 산 가방 때부터 본격적으로 이어져 왔다. 그렇게 자리 잡힌 소비 습관은 나날이 심해져만 갔고 그런 소비로 인해 우리 가족은 부유해 보이기는 했을지 몰라도 점점 더 가난해지기만 했다. 친구들이 사는 물건은 나도 무조건 있어야 하고 늦게 산 만큼 무조건 최신식이어야만 했다. 그리고 무엇보다 중요한 것은 가격이었다. 본인에게 필요한 물건인지를 떠나 남들에게 자랑하기 좋은 것은 가격만 한 게 없기 때문이다.

시간이 지나 초등학교 3학년이 됐을 무렵 같은 반 친구 중에 휴대전화를 산 친구 석배가 있었는데 그 모습을 보고 부모님께 졸라서 휴대전화를 꼭 구매해야겠다고 생각했다. 아빠는 무서우니 비교적 덜 무서운 엄마에게 말을 꺼냈다.

"엄마. 우리 반 친구들이 핸드폰을 사는데 나도 하나만 사 주면 안 돼?"
"핸드폰? 아직 어린데 핸드폰이 뭐가 필요하니? 있는 친구들보다 없는 친구들이 더 많지 않아? 안 돼. 몇 년 뒤에 사."
"아, 왜! 나도 갖고 싶단 말이야! 없는 친구들도 많은데 같은 반 석배도 핸드폰 있단 말이야! 나도 사 달라니까!"
"안 돼. 엄마가 분명 안 된다고 말했어."

엄마는 나에게 어떠한 물건이든지 사 주고 싶었지만 집은 가난했기 때문에 그럴 가정형편이 되지 못했다. 내가 물건을 사 달라고 할 때마다 엄마 마음은 찢어져만 갔다. 그런 마음도 모르고 나는 계속 사 달라고만 했다.

"왜 나만 안 사 주는 건데? 엄마는 왜 안 사 주는 건데? 우리 집이 그렇게 가난해? 나도 우리 집 지긋지긋해. 차라리 부잣집에서 태어났으면 좋았을 텐데!"

문을 쾅 닫고서는 밖으로 뛰쳐나갔다. 너무 세게 닫은 탓에 평소에도 불안해 보이던 문고리가 내가 세게 문을 닫은 충격에 부서져 나갔다. 하지만 이때 부서져 나간 것은 문고리뿐만이 아니었다. 엄마의 마음도 같이 부서져만 갔다. 아들의 심한 말에 상처받은 것도 있지만 가난이 틀린 말은 아니었기에 본인에 대한 속상함만 커졌다. 엄마는 끝내 눈물을 보이고 말았다.

하지만 이번만큼은 못 사 준다는 마음이 확고했다. 난 집을 나가 오랜 시간 동안 집에서 돌아오지 않았다. 해가 저물고 배가 고파질 때쯤 모습을 보였다. 잘한 것도 없이 집 나간 녀석이 걱정은 되었는지 우리 엄마는 내가 먹을 저녁을 해 주셨다. 왠지 밥을 먹으면 질 거 같았지만 끝내 배고픔을 이기지 못하고 밥을 먹었다. 하지만 입을 열지는 않았다. 아마 이놈의 성격상 핸드폰을 사 줄 때까지 말을 안 하려고 그랬던 것 같다. 그렇게 시간이 지나서 일주일 정도 지날 때까지도 엄마와 말을 섞지 않았다. 그런 모습을 보며 엄마는 큰 한숨을 쉬며 그 뒤에 말을 이어 갔다.

"어휴. 네가 이겼다. 사러 가자. 핸드폰."

내심 기분이 좋았지만 티는 내지 않았다. 그리고 무슨 자존심이라도 있는 것인지 엄마 말을 무시하고는 하던 일을 계속하곤 했었다.

"이번에도 말 안 하면 사 준다고 했던 거 취소다. 알겠어? 얼른 일어나. 바로 사러 가게."
"어."

그렇게 대답하였고 일주일 만에 가족과 나눈 말이 '어' 한 글자가 전부였다. 나도 보통 놈은 아니다. 핸드폰 가게를 갈 때 기분은 매우 좋았다. 마치 푸른 하늘을 훨훨 날아가는 새 한 마리가 된 것만 같았다. 큰돈을 지불해야 하는 엄마 마음도 모른 채 말이다.

"안녕하세요. 행복 통신입니다."
"안녕하세요. 사장님. 여기 핸드폰 가게에서 가장 비싸고 가장 최신 핸드폰이 어떤 거예요?"
"이번에 새로 나온 핸드폰인데 여기 잘 보면 여기는 터치가 되고 카메라도 무려 300만 화소예요. 지상파 텔레비전도 나오고 이게 제일 최신입니다. 광고 보셔서 알겠지만 출시된 지는 일주일 됐고요."

'이 핸드폰은 우리 반 석배 핸드폰보다 훨씬 비싸고 훨씬 최신 핸드폰이야. 그리고 석배 거는 폴더 핸드폰인데 이 핸드폰은 무려 슬라이드라고. 저 아름다운 화면 좀 봐. 그래, 이거야. 이걸로 사 달라고 해야겠어.'

"이걸로 할게요! 사장님 이걸로 검은색 하나 주세요."
"지금 학생이 보고 있는 핸드폰? 학생이 쓰려고? 이거 비싼 물건인데 엄마랑 상의해 보는 건 어떻니?"
"괜찮아요. 엄마가 사 준다고 했어요. 그렇지? 엄마?"

 엄마는 안 사 주면 또 난리 칠 나인 걸 알기에 마지못해 고개를 끄덕이며 그 핸드폰으로 하겠다고 말했다. 가만 보면 물건을 살 때 내가 돈을 내는 것도 아닌데 엄마 의견은 물어보지도 않고 그냥 맘에 들면 달라는 습관이 있었다. 이제 와서 보니 이건 정말 잘못된 행동이었다. 엄마가 사 주는 것도 감지덕지한데 말이다.

 그렇게 새로 산 핸드폰 덕에 싱글벙글 아주 세상 다 가진 거 같았다.

"고마워. 엄마! 잘 쓸게."

 이제야 엄마에게 입을 제대로 연 나였다. 엄마는 한숨을 쉬며 이제 말 잘 듣고 공부 열심히 하라고 말하였다. 나는 알겠다고 대답했다.
 그날 저녁, 병현이를 포함해 친구들과 함께 축구를 하기로 했다. 축구화도 말할 필요 없이 친구 중에서 가장 좋은 축구화를 신고 있었다. 신나게 축구하고 집에 가기 위해 친구들과 등나무에 모여 축구화를 슬리퍼로 갈아 신으려던 찰나 핸드폰 벨 소리가 울렸다. 집에 언제 들어오냐는 엄마의 전화였다. 친구들은 전화하는 내내 불을 발견한 인류처럼 나의 빛나는 핸드폰을 보고 있었다. 엄마와의 통화가 끝나고 뒤에 친구들에게 핸드폰을 자랑했다. 축구하기 전까지 어떻게 자랑을 참았는지 대단하다.

"상현. 이거 한번 만져 봐도 돼? 나도 갖고 싶었던 건데. 이거 광고에 나왔던 거 맞지?"

"어. 그렇다더라. 이거 티브이도 되는데 봐 볼래? 봐 봐. 신기하지?"

"오, 대박이다. 나도 갖고 싶다. 상현이네 집은 잘사나 봐. 맨날 좋은 거 쓰고."

"우… 우리 집? 그냥 평범한 거보다 아주 조금 더 잘사는 편에 속하는 거 같아. 하하."

친구의 말에 당황했지만 숨기기 위해 웃음으로 상황을 면했다. 다른 건 몰라도 가난은 정말 숨기고 싶었다.

"병현아. 어때 죽이지? 이제 내가 너랑 만날 때마다 너희 집으로 전화할게."

"고마워! 근데 핸드폰 비싸지 않아?"

"뭐 어때. 엄마가 낼 텐데. 너도 사 달라 해. 하나 있으니까 좋다. 친구들도 부러워하고."

"나는 괜찮아. 지금 당장 필요하지도 않고."

그러고 보니 병현이는 다른 친구들에 비해 물건에 대한 욕심이 없었다. 뭐 사람마다 다르고 그런 모습을 내가 싫어할 이유는 없었다.

우리는 시간이 지나 초등학교를 졸업할 준비를 하고 있었다. 오늘은 중학교 배정 결과가 나오는 날인데 사실 동네에 중학교도 하나밖에 없어서 우리 둘은 같은 중학교로 배정을 받을 수 있었.

중학생이 되면 초등학생과는 다른 무언가 특별한 게 있다고 믿었다.

중학생에게는 초등학생이 줄 수 없는 무게감이 있다고 생각했다. 비록 한 살 차이지만 초등학교 6학년과 중학교 1학년은 천지 차이라고 생각했다.

학교를 상징하는 교복도 있었다. 모든 초등학생의 로망인 교복은 어떤 브랜드의 교복이냐에 따라 색감도 다르고 질감도 달랐기에 많은 학생의 고민거리 중 하나였다. 하지만 학생들만의 고민은 아니었다. 교복이 브랜드마다 천차만별이긴 했지만 아무리 가격이 저렴한 브랜드를 산다 해도 몇십만 원이 든다는 것은 중학생 입학을 앞둔 부모들에게도 고민이었다. 그중에서 엄마의 고민이 제일 컸다. 아니나 다를까 나는 제일 좋은 브랜드에서도 가장 좋은 교복을 사 달라고 졸랐다.

"엄마, 어차피 3년 내내 입는 거잖아. 그러니까 이왕이면 좋은 거 사는 게 좋지."

중학교 갈 때가 되니 초등학생 때보다 설득력이 생긴 듯하다. 엄마는 곰곰이 생각하다 이번에도 마찬가지로 어차피 안 사 주면 또 말도 안 하고 꿍해 있을 테니 좋은 마음으로, 그리고 중학생이라는 새출발을 잘하라는 뜻으로 내가 원하는 교복을 구매해 주었다.

교복이라는 새로운 옷을 입고 드디어 첫 중학교 등교를 하는 날, 병현이와는 초등학교 때와 같은 곳에서 만나 첫 중학교 등교를 함께 하기로 했다. 좋은 브랜드의 교복을 입고 새 옷이라 그런지 기분도 좋아서 만나기로 한 시간보다 일찍 약속 장소로 나갔다. 나는 항상 뭐 자랑할 게 있을 때마다 기분이 좋아서 들뜬 마음에 약속 장소로 가는 습관이 있었다. 얼마나 자랑하고 싶었는지 대단하기도 하다.

'오늘은 병현이가 좀 늦네.'

분명 내가 빨리 나온 것이다. 저 멀리서 병현이가 걸어오고 있었다. 그런데 병현이는 나와는 다르게 후줄근한 교복을 입고 있었다.

"병현아. 교복 새로 산 거 아니었어? 새것이 아닌 거 같은데?"
"아, 친형이 이번에 고등학교에 가면서 중학생 때 입었던 교복을 물려줬어. 그래서 따로 안 사서 돈을 안 쓸 수가 있었어."
"에이. 그래도 3년은 입어야 할 텐데 그리고 너 새로운 친구들이 집 가난하다고 놀리면 어쩌려고. 너희 집 잘살잖아. 사 달라 하지."
"괜찮아. 일단 입어 보고 정 못 입겠으면 그때 필요한 교복만 사면 되겠지."

나는 그런 병현이를 보며 이해를 할 수 없었다. 분명 집은 병현이네가 우리 집보다 더 잘사는데 병현이는 중학생이 되기까지 핸드폰도 없고 교복도 물려받기도 하고. 그런 병현이를 나는 이해할 수 없었다. 가만 보면 우리가 어떻게 친구인지 알 수가 없었다. 친한 사이이지만 정말 다른 두 단짝이었다.
초등학생 때 병현이와 오락실을 정말 자주 갔었다. 동네에 큰 오락실이 있었는데 사실 우리는 초등학교 3학년 전까지는 학교 끝나고 매일 출석 도장을 찍으러 오락실에 자주 갔었다. 하지만 동네 중학생 형들에게 돈을 뜯기고 난 뒤로는 오락실에 잘 가지 않았었다. 오락실을 들어가기 전 그때 형들이 있나 없나 눈치를 보며 없을 때 후다닥 한 판씩만 하고 나오곤 했었다. 하지만 지금 둘은 중학생이기에 이제 교복을 입고 가면 되지 않겠냐고 생각을 했다.

  병현이에게 우리도 이제 중학생이 되었으니 오락실에 가자고 이야기했다. 평소에 겁이 많던 병현이는 가도 될까 하는 이야기를 했지만 우린 이제 교복 입는 남자들이라며 걱정하지 말라고 말했고 병현이는 그러면 혹시 모르니 우선 오늘은 그냥 맛보기로 한번 가 보고 그때 형들이 없으면 우리도 오래 하자고 말하였다. 그런 말을 하고 용기 내어 같이 오락실을 가게 되었다. 예상대로 그때 그 형들은 이제 오락실에 오지 않았다. 시간이 지나고 가서 그런지 오랜만에 간 오락실에서는 우리가 나이가 제일 많았다. 그렇다고 어린 동생들의 돈을 뜯지는 않았.

  어느 날은 평소와 크게 다르지 않게 학교가 끝나고 병현이와 같이 집에 가고 있었다. 그러다 나는 오락실에 들러 게임에서 진 사람이 아이스크림을 사자고 제안하였다. 비슷한 실력을 갖추고 있었기에 병현이는 거절할 이유가 없었다.

  그렇게 병현이와 격투 게임을 하기로 하고 오락실로 발걸음을 향하고 있었다. 오락실에 도착했을 때 둘은 입을 다물지 못했다. 동네에 꼬마들이 오락실에 다 모인 거 같았다. 이렇게 사람이 많다니. 그래도 둘은 오늘의 승자가 돼야 했기 때문에 100원짜리 동전을 여러 개 만지작만지작 그들만의 리그를 기다리며 긴 줄을 기다렸다. 그렇게 시간이 얼마나 흘렀을까. 드디어 병현이와 대결이 시작되었다. 비슷비슷한 실력이었기에 게임은 흥미진진하게 승패를 주거니 받거니 사이좋게 똑같은 점수를 유지하고 있었다. 드디어 마지막 판이 되었다. 이번 판에서 이기는 사람이 오늘의 승자다. 그렇게 마지막 게임이 절정에 이르렀을 때 한창 치고받고 싸워야 하는데 병현이는 뭔가 알 수 없는 표정을 짓더니 게임기 조작기를 멈추고서는 깊은 생각에 빠진 거처럼 보였다. 그러고 보니 병현이는 어렸을 때나 지금이나 참 멍을 잘 때리는 거 같다. 평소에 무슨 생각이 그렇게 많은 건지, 참. 그런 생각을 가지고 있었을 때 잽싸게 병현이의 게임 속 캐릭터를 공격해 승리했다.

"병현아. 오늘은 내가 이겼다! 뭔 생각을 그렇게 해, 인마. 시시하게. 우리 이제 게임 그만하고 집에 가자. 오늘은 내가 이겼으니 네가 아이스크림 사라."
"아. 상현아. 뭐 좀 생각하느냐고. 미안. 집에 가자. 더 늦으면 엄마한테 혼나겠다. 오늘은 내가 졌으니 아이스크림 살게."

병현이가 사 준 아이스크림을 입에 물고 집에 가면서까지 비등비등한 실력으로 내가 잘했니 오늘은 내가 봐준다고 하며 하루를 보내고 있었다. 사실 게임의 결과는 그다지 중요하지 않았다. 게임의 결과보다는 더 깊어지는 둘 사이의 우정이 더 중요했다.
2주 정도 우리는 학교를 같이 오고 가는 시간을 제외하고는 따로 만나지 않았다. 다가오는 시험 때문에 평소보다 많은 공부를 해야 했기 때문이었다. 공부 머리는 없었으나 승부욕이 강했던 터라 성적에 큰 욕심이 있었다. 하지만 성적은 늘 그래 왔듯 이번 시험도 어중간했다. 공부 머리는 영 아닌 거 같다.
그렇게 시험이 모두 끝나는 날, 오랫동안 시험공부로 인해 받았던 스트레스도 풀 겸 병현이와 놀아야겠다는 생각이 들었다. 첫 과목 시험이 끝나고 쉬는 시간에 병현이에게 오늘 시험 다 끝나고 오랜만에 오락실 가서 게임을 하자고 제안하였다. 병현이는 내 도전을 흔쾌히 받아들였고 그날의 복수를 꼭 하겠노라 하면서 학교가 끝나는 대로 오락실에 가자고 하였다. 얼른 시험이 끝났으면 하는 바람의 두 소년이었다. 그렇게 학교가 끝나고 둘은 시험 문제에 대해 이런저런 이야기를 하며 오락실로 발걸음을 향했다.

시험 때문에 2주 만에 오락실에 간 우리인데 못 보던 게임이 중앙에 떡하니 있었다. 전투기로 적군을 물리치는 게임인데 다른 대도시에서는 유행이라는 이야기를 들었던 적이 있었다. 우리 동네에는 처음 들어온 게임기였다. 처음 들어온 게임답게 많은 동네 꼬마가 줄을 서서 기다리고 있었다. 나는 새로운 게임은 또 못 참는다며 꼭 신기록을 세워서 내일 학교에 자랑해야 한다며 줄이 길더라도 기다렸다가 하자고 했다.

그렇게 줄을 서서 게임을 기다리는데 병현이가 흐뭇한 웃음을 띠며 주머니에서 핸드폰을 꺼내 어디론가 문자를 보내고 있었다.

"오, 병현. 드디어 핸드폰 산 거야? 뭐야. 필요 없어서 안 산다더니. 중학생이 되어서 샀네."

"아, 써야 할 일이 있을 수도 있을 거 같아서 하나 샀어. 어때?"

"뭐, 좋긴 한데 최신 휴대전화는 아니네. 그래도 축하해. 핸드폰 있으면 편하다니깐. 난 시험 잘 보겠다고 약속하고 엄마한테 바꿔 달라고 해서 주말에 바꾸고 왔지."

"전 것도 좋은 건데 또 바꾼 거야? 하여튼 상현의 트렌드는 알아줘야 한다니깐. 인마, 돈 아껴서 효도 좀 해. 돈도 안 버는 놈이."

그런 대화를 하는 와중에도 병현이 핸드폰이 내 핸드폰보다 좋은 것은 아닌지 확인하였고 내 핸드폰보다 좋지 않았기에 다행일 수 있었다. 병현이와 핸드폰 이야기를 하다 보니 긴 줄은 금방 줄어들었고 드디어 우리 차례가 되었다. 전에 하던 격투 게임과는 다르게 둘의 협동이 필요했기에 게임 전 파이팅을 외치며 학교에서 시험 문제를 풀 때보다 더 좋은 집중력을 가지고 게임에 임했다. 신기록을 세워 내일 학교로 가서 친구들에게 꼭 자랑하겠노라. 하지만 아쉽게도 신기록은 세우지 못했다. 좀만 더 게임을 하다 보면 충분히 신기록을 세울 수 있을 거 같다며 서로를 다독이고 그렇게 시험으로 받은 스트레스를 다 풀고 집으로 길을 향했다.

초등학교 때와는 다르게 중학교는 더 빠르게 흘러만 갔다. 입학한 지 엊그제 같은데 벌써 한 겨울이 되었다. 추위가 점점 깊어만 갈수록 전국으로 유행인 패딩이 생겨났다. 북극에 입고 가도 끄떡없다는 패딩. 이름하여 북극 패딩.

그런 유행하는 패딩은 꼭 사야 한다고 생각했다. 그래야 친구들이랑 소통하기 편하기 때문이다. 이번에 나오는 패딩의 특징은 시리즈별로 등급이 있다는 것이다. A, B, C등급으로 나오는데 A등급이 가장 인기가 많았다. 하지만 가격이 다른 브랜드 패딩의 2배에 해당하는 가격이었다. 그런 패딩을 사 달라고 할 생각을 하니 학생들의 부모님은 등골이 왠지 휘어만 가는 거 같았다. 패딩은 당장 파는 것이 아니라 판매 전 사전 예약 중이었기에 친구들과 함께 어떤 등급을 살지 고민했다.

"그래도 가성비면 C등급 아니냐? 그래도 C등급도 패딩인데 따뜻하겠지. 안 그래?"

"그것도 그렇긴 해. 애매하게 B등급 살 바엔 그냥 안 사는 게 나을 거 같기도 하고. 좀 더 돈을 더 주고 A등급을 사든지 아니면 돈을 조금 아끼고 C등급을 사든지. 아무리 봐도 B등급은 가격이 애매해."

"이 친구들이 뭘 모르네. 패딩이 뭐 한 번만 입고 버리는 것도 아니고 이왕 사는 거 무조건 비싼 거 사. 그래야 무시 안 당한다."

역시 나다. 이번에도 멋있었다. 학생들이 아무렇지 않게 대화했지만 C등급의 패딩은 20만 원이고 B등급은 30만 원 A등급의 패딩은 무려 50만 원의 가격이었다. 비싼 가격을 알아도 나는 무조건 A등급을 살 거라고 마음먹었다. 학생들이 부담하는 금액도 아니고 부모님들이 패딩을 사 줘야 하는데 가격 생각만 해도 어질어질했다. 하지만 전국적으로 북극 패딩의 열기는 대단했다. 해당 패딩 회사에서 생각했던 사전 물량보다 빠르게 사전 예약은 끝이 났고 패딩 회사에서는 물 들어올 때 노를 저어야 한다며 추가 생산에 들어갔다. 그러다가 마케팅 면에서 비싼 가격에도 수요가 폭발적으로 있는 것을 확인하고 더 비싼 패딩을 만들어야겠다고 결정하였다. 그렇게 새로 나온 패딩은 Z등급이었다. Z등급 아래 패딩은 패딩이 아니었고 패딩 분야의 대장이라는 이름까지 붙을 정도였다. 심지어 Z등급 이하 등급의 패딩은 다 똑같다는 이야기가 있을 정도였다. 가격은 무려 100만 원에 가까웠다.

엄마에게 가서 Z등급 패딩을 조심스레 이야기했는데 엄마는 절대 안 된다고 하였다. 무슨 옷이 100만 원이냐며 이해할 수 없다 하였고 살 거면 A등급을 사라고 하셨다. 나는 다른 패딩은 죽어도 못 입겠다며 안 사 주면 반팔을 입고 학교에 간다고 말했다. 엄마도 그렇게 하라고 했다. 이번엔 안 사 주실 거 같았다. 결국 다음 날 반팔만 입고 등교를 했다. 얼어 죽는 줄 알았지만 Z등급 패딩을 사고 싶었다. 담임선생님은 한겨울 반팔만 입고 등교하는 행동을 보고 우리 집에 걱정스러운 연락을 남기셨다. 하는 수 없이 울며 겨자 먹기로 엄마는 북극 패딩 대장 Z등급을 사 줄 수밖에 없었다.

　이번에도 자신이 원하는 것을 손에 얻게 되었다. 사전 등록을 완료하고 기다리고 기다리던 패딩 출시 날 그렇게 새로 나온 Z등급의 패딩을 입게 되었다. 그리고 다음 날 친구들에게 1분이라도 빨리 자랑하고 싶어서 평소에 병현이와 만나는 시간보다 일찍 만나자고 이야기하였고 평소보다 빨리 학교로 향했다. 이때 발걸음은 패딩에 들어 있는 오리털처럼 바람만 휙 하고 불어도 정말 날아갈 것만 같았다. 그렇게 기다리고 기다리던 교실 문을 세게 열고 들어갔다. 아마 그때는 나에게 후광이라도 났을 것이다.

"저거 봐 봐. 상현이 대장 패딩 입었다. 집이 잘사나? 엄마한테 말해서 나도 사 달라 했는데 비싸다고 A등급 샀는데…. 부럽다."
"야, 난 B등급이야. A등급이면 좋은 거지. 그나저나 상현이네 집 잘사나 봐."

　교실이 내가 입은 대장 패딩 덕분에 시끌시끌해졌다. 내심 기뻤다. 아니 매우 기뻤다. 마치 교실에서 진짜 대장이 된 것만 같았다.

'이 자식들 비싼 건 알아서. 모두 부러워하겠지?'

이런 생각을 하고 있었을 때 같은 반 친구 명인이가 말을 건넸다.

"상현아. 너희 집 잘사냐? 이거 100만 원 가까이 하지 않아?"
"뭐, 그렇긴 한데 부모님께 말하니까 아무렇지 않게 사 주시더라고.

그 값어치를 하나 엄청 따뜻해. 명인이도 하나 사 달라 해 봐. 비싼 게 좋다."

중학교에 가더니 거짓말도 능청스럽게 잘하는 나였다. 엄마를 설득하기 위해 얼마 전에 반팔로 온 걸 알면 창피하니까 절대 비밀이다. 친구들에게는 그날 날이 겨울치곤 생각보다 따뜻해서 반소매를 입고 왔다고 거짓말을 했다.

그러고 보니 많은 친구들이 북극 패딩을 입었는데 병현이의 패딩은 북극 패딩이 아니었다. 초등학교 5학년 때부터 내가 꾸준히 보았던 패딩이었다. 걱정이 되어서 말을 걸었다.

"병현아. 너는 패딩 안 사냐? 이번에 새로 산 패딩인데 정말 따뜻한데 한번 입어 볼래? 입어 보고 맘에 들면 너도 사 달라고 해. 패딩은 무조건 따뜻해야 해."

"난 지금 이것도 맘에 들어. 충분히 따뜻하고 굳이 살 필요는 없는 거 같아."

"다른 친구들도 다 사는데 너도 좀 사지. 몸이 따뜻해야 해. 그리고 비싼 걸 입어야 무시를 안 당하지."

병현이는 괜찮다며 작은 미소를 띠었다. 그런 모습을 보면서 항상 의아했다. 병현이는 돈을 도대체 언제 쓰는지 아니면 집에 돈이 없는 건 아닌지…. 하지만 정말 걱정해야 될 것은 남이 아니라 나였다. 나의 소비는 나이를 먹을수록 점점 커져만 갔다. 지금의 소비 습관이 미래에 어떤 상황을 만들지 이때까지 알 수 없었다. 하긴 그럴 만도 한 게 별 관심도 없고 먼 미래는 중요하지 않았다. 오늘만을 위해 살아갔다.

그렇게 시간이 지나 나와 병현이는 살고 있는 근처 같은 고등학교로 진학하게 되었다. 초등학교 중학교와는 다르게 추첨으로 고등학교를 배정받는데 운이 정말 좋았다.

새로운 학교를 가면서 나는 중학교 때와 마찬가지로 비싼 교복 브랜드를 사 달라고 말했다. 그래야 친구들이 무시하지 않는다며 엄마를 설득했다. 그런 걸로 무시를 당하지 않는다고 엄마는 말했지만 무조건 좋은 브랜드여야만 한다 말을 했고 결국 이번에도 나를 이길 수 없는 엄마였다.

어렸을 때는 어리니 그러려니 했는데 고등학생이 되도 변한 게 없었다. 변하고 싶지도 않았다. 오히려 심하면 심해졌을 뿐이다. 교복으로 큰 돈을 썼는데도 새로운 친구들을 만나야 되고 지금 쓰는 핸드폰은 창피하니 핸드폰도 입학 선물로 사 달라고 부탁을 하였고 엄마는 입학 선물이다 생각하고 잘되던 핸드폰을 내버려두고 새로운 핸드폰을 사 줬다.

고등학교에 진학하고 고등학교 1학년 때 전국적으로 SNS의 열풍이 불었다. 전까지만 해도 컴퓨터로 메시지를 주고받으며 컴퓨터 속 가상의 집에 누군가가 방문해 구경을 하고 그런 프로그램이 많았었다. 하지만 시대의 변화로 인해 손쉽게 누구나 핸드폰으로도 하는 세상이 되었고 자신의 일상을 바로바로 업로드해서 남에게 보여 줄 수 있는 세상이 되었다. 얼마 전 곧 있으면 해외 SNS 회사에서 비타그램이라는 앱을 개발해 공개한다는 기사를 봤다. 이 앱으로 말할 거 같으면 누구든지 쉽게 자기 일상을 공유할 수 있고 전처럼 핸드폰 메시지를 주고받는 유료 시스템이 아닌 무료 메신저도 언제든지 자유롭게 주고받을 수 있었다. 그리고 무엇보다 기존에 컴퓨터 프로그램들은 국내 사람들만 교류가 가능했는데 비타그램은 활동 범위가 넓어 지구 반대편에 있는 사람과도 일상을 주고받을 수 있다는 장점이 있다. 그래서 많은 사람들이 출시만 하면 다들 꼭 할 거라는 이야기가 많았다. 역시 유행에는 꼭 참여해야 되는 나였기에 출시 전부터 인기가 많은 비타그램을 누구보다 빠르게 깔아 누구보다 자신의 일상을 더 많이 공유하고 더 좋은 것들만 올려야겠다고 생각했다.

'나라는 사람을 내가 아는 사람들뿐만 아니라 본 적도 없는 사람들에게도 지구 반대편에 있는 사람들에게도 알릴 수 있다니. 나의 자랑을 더 많은 사람에게 알릴 수 있는 기회야. 난 다른 친구들보다 무조건 친구 수도 많아야 하고 인기도 많아야 해. 그리고 무조건 남들보다 행복한 삶과 좋은 물건을 쓰는 것을 보여 줘야 해. 출시가 되면 바로 사진들을 왕창 올리는 거야.'

출시 전날까지 비타그램에 어떤 사진을 올릴지 휴대전화 앨범을 쭉 보았고 초등학생 때 사진은 너무 오래되었다는 생각이 들어 중학교 때 산 북극 패딩 Z등급을 입고 찍은 사진들과 비싼 교복 브랜드가 보일 듯 말 듯 한 사진 여러 개를 준비를 하고 있었다. 하지만 생각보다 올릴 사진이 없다는 생각에 얼른 무언가를 더 사야 될 것만 같은 생각이 들었다. 맨날 똑같은 사진만 올리면 남들에게 자랑은커녕 오히려 맨날 똑같은 것만 쓴다는 생각을 들게 해 독이 될 수도 있다는 생각이 들었다. 그렇게 기다리고 기다리던 비타그램이 출시하기로 한 날 자정에 오픈되었고 잠을 자지도 않고 오픈과 동시에 영혼부터 끌어올린 사진 몇 장을 올렸다.

#첫_게시글 #친구_환영 #잘_지내요

앱이 열리자마자 열심히 활동한 게 통하기라도 했는지 친구 수는 첫날에 다른 친구들에 비해 많이 늘 수 있었다. 다음 날 아침 학교에 가야 하는데도 친구 수를 늘리기 위해 등교는 신경 쓰지 않고 오로지 비타그램 활동에만 신경을 쓰고 있었다. 그렇게 새벽 4시가 되어서 잠이 들 수 있었다.

3시간만 잠을 잔 탓인지 하루 종일 반쯤 풀린 눈으로 등교를 하였다. 수업 시간 전 학교 친구들 무리는 다 같이 모여 비타그램 이야기를 하였다. 비타그램을 하는 친구들 중에 당연히 나의 친구 수가 가장 많았다. 친구들은 아는 사람이 많다 생각하고 부러워하며 나의 어깨는 한층 더 올라갔다. 근데 다른 친구들과는 다르게 병현이만 책상에 앉아 1교시 준비를 하고 있었다. 그 모습을 보고는 병현이에게 말을 걸었다.

"병현아. 넌 비타그램 안 하냐? 요즘 이거 다 하는데 너도 해 봐. 내가 친구 걸게."

"아, 뭔지는 아는데 난 별로 하고 싶지 않아. 굳이 해야 하나 싶기도 하고…."

"이런 거 안 하면 무슨 재미로 사냐? 혹시라도 나중에 하고 싶으면 말해. 친구 제일 많은 내가 알려 줄 테니."

"응, 고마워."

그렇게 비타그램 명예 전도사가 되고 그 후로도 SNS가 인생에서 많은 부분을 차지하였다. 시간 가는 줄 모르고 핸드폰을 꺼내 구경을 하곤 했다. 무의식적으로 핸드폰을 켜면 항상 비타그램을 누르고 사람들의 일상을 보기 마련이었다. 평소 비교하는 걸 좋아하는 사람답게 사람들의 일상을 보며 이 사람은 나보다 못사는 거 같네, 이 사람은 나보다 잘사는 거 같네, 같은 비교를 하기 시작하였다. 시간이 지날수록 그 깊이는 심해져만 갔다.

그렇게 시간이 지나 2학년이 되었고 어느 학과를 갈지 고민하는 친구들처럼 나에게도 그런 고민은 있었다. 대학교와 학과마저도 남들과 비교해야 했기 때문에 누구나 들으면 알 만한 좋은 대학과 남들이 부러워하는 학과를 가야만 했다. 하지만 그건 어디까지나 희망 사항이었다. 공부를 못했기 때문이다. 어느 날과 다름없이 비타그램에 들어가 봤는데 많은 친구들이 새로 산 태블릿PC를 자랑하는 것이었다. 그다지 필요하다고 느끼지 못했으나 다른 친구들도 많이 가지고 있고 공부할 때 쓰면 좋겠다는 생각이 들었다. 사실 이건 역시 핑계였다. 그냥 SNS에 올릴 게 필요했던 것이었다. 가격이 저렴하지는 않았고 좋은 제품의 경우 지금 우리 집에서 쓰는 세탁기보다 비싸기도 했다. 엄마한테 꼭 사 달라 해서 이쁜 태블릿 PC를 사서 자랑을 하겠노라 마음먹었다.

"엄마, 아들 슬슬 공부 좀 하게 태블릿PC 하나만 사 주면 안 돼? 다른 친구들도 다 있고 공부할 때 편하다길래. 인터넷 강의 들으면 편할 거 같아서."

"너 원래 공부 안 하잖아. 무슨 태블릿PC야. 없는 친구들 중에서 공부 잘하는 친구도 많더구먼. 핸드폰으로도 충분히 되잖아."

"핸드폰은 핸드폰인 거고 동영상 보다가 연락이 오면 집중 안 된단 말이야."

"네 친구 병현이는 그럼 뭐니? 태블릿PC도 없고 공부도 잘하고. 꼭 필요한 것도 아니잖니."

"왜 병현이랑 비교해? 사 주기 싫으면 사 주지 말든가. 대학 그냥 안 가면 되지."

어렸을 때 대학교를 가고 싶었지만 집안 형편 때문에 대학에 가지 못했던 우리 엄마는 본인이 대학을 못 갔던 기억을 떠올리며 아들만큼은 꼭 대학에 보내야겠다고 마음을 먹었었다. 그렇기에 아들이 대학을 안 간다고 하면 자신의 꿈도 같이 무너지는 것만 같아 결국 사 주자고 마음을 먹었다. 그 주 주말 슈퍼마켓을 잠깐 닫고 백화점에 있는 디지털기기 매장에 가서 구매를 하기로 했다. 소비의 왕인 나답게 가장 가볍고 가장 용량이 크고 가장 화면이 크고 가장 최신의 태블릿PC를 구매하였다.

"원하는 거 사 줬으니까 공부 열심히 해서 꼭 좋은 대학 가. 엄마랑 약속해. 그게 엄마 소원이다."

"응, 고마워. 엄마! 꼭 좋은 대학교 갈게."

후다닥 집으로 돌아와 개봉하였고 박스를 조금만 열었는데도 영롱한 빛이 박스 틈 사이로 나오고 있었다. 조심스레 박스에서 꺼내 뒤를 봤는데 서걱서걱, 지문에서 느껴지는 이 촉감. 너무 좋다. 이렇게 좋은 걸 혼자만 느낄 수 없다. 핸드폰으로 태블릿PC를 찍어 SNS에 폭풍 업데이트를 했다.

#고3 #수능 #필수 #신상 #태블릿PC

업로드를 본 친구들은 네 것이 가장 좋은 태블릿PC라며 메시지를 보냈고 친구들의 연락을 받을 때마다 그 맛에 취해 가는 듯했다.

　소비는 SNS를 통해 시간이 지날수록 더욱 커지기만 했다. 수시로 업데이트를 해 줘야 하는 것도 있었기에 들어가는 비용도 적지 않았다. 아니, 그냥 많았다. 엄마에게 더 사 달라고 하고는 싶었으나 확실히 가정형편이 어렸을 때보다 많이 힘들어졌다. 동네에서는 한둘씩 편의점이 생겨나기 시작했고 그로 인해 슈퍼마켓의 입지는 점점 작아졌고 우리 집도 마찬가지였다. 그리고 과거에 매일 일이 있으셨던 아버지는 현재는 일주일에 3번만 일을 나가도 많이 나가는 편이었다. 우리 집의 가난이 더욱 심해진 것은 나도 쉽게 알 수 있었고 그렇게 부모님의 상황을 알고 있었기에 이젠 부모님에게 의지를 하면 안 되겠다는 생각이 들었다.

　근데 여기서 중요한 것은 부모님에게 앞으로 사 달라고 하지 않겠다고 했지 안 쓴다고 말한 적 없다. 학교 수업 시간에도 소비하고 싶은데 어떻게 할지 고민만 하던 나였다. 그런 고민하는 모습이 표정에도 드러났는지 같은 반 수빈이가 말을 걸었다.

"상현아. 무슨 생각이 그렇게 많냐? 표정이 왜 이리 어두워."
"어, 수빈. 다름이 아니라 부모님이 많이 힘든 거 같아서 뭐 사 달라고 말을 못 하겠어. 혹시 좋은 방법 없을까?"
"너 바보냐? 네가 직접 벌면 되지. 몸도 건강한 놈이 뭐가 걱정이냐? 나도 요새 아르바이트하잖아. 우리 가게 사람 뽑는데 사장님께 말해 볼까? 그래도 내가 말하면 좀 도움이 될 거 같은데."
"몇 시부터 몇 시까진데?"
"저녁 7시부터 자정까지. 평일 5일 동안이고 시급은 다른 곳보다 많이 줘서 오천 원."

수빈이의 제안에 솔깃하였다. 스스로 돈을 벌면 쓸 때마다 엄마한테 달라고 할 필요도 없고 자신이 가지고 싶은 물건은 언제든지 살 수 있으니 무슨 문제가 있겠느냐는 생각에 수빈이에게 출근하면 사장님께 한 번 물어봐 달라고 했다.

"근데 잠깐. 나 야자는 어쩌지? 야자하면 아르바이트 안 되는 거 아니야?"
"너 바보냐? 당연히 담임 쌤한테는 학원 간다고 거짓말해야지. 집에는 아르바이트 하는 거 비밀로 하고. 우리 담임 쌤한테 말하면 아마 빼 줄 거야. 나도 그렇게 뺐어."
"그럼 오늘 출근하면 사장님께 물어보고 나한테 알려 주라. 기다리고 있을게."
"알겠어. 잘되면 첫 월급 받고 나 맛있는 거 사 주는 거다? 약속."

모든 수업이 끝나고 밤 10시가 지날 무렵 수빈이에게 메시지로 연락이 왔다. 사장님께서 흔쾌히 허락하셨고 대신 사람이 급하다며 내일부터 출근해 줄 수 있냐는 이야기를 하셨다고 한다. 이제 앞으로 해야 할 일은 내일 아침 학교에 가서 담임선생님께 말씀을 드려서 야자를 빼는 것과 그리고 돈을 벌어 SNS에 폭풍 업데이트를 하는 것이었다. 분명 태블릿PC를 살 때만 하더라도 부모님과 공부 열심히 하기로 약속했는데 어째 그 약속은 지키기 힘들 거 같다.

다음 날 학교에 가서 다행히도 담임선생님께 말씀드려 야자를 빼는 것에 성공을 하였고 이제 첫 출근만 하면 된다. 학교가 끝나면 수빈이와 함께 가기로 했다.

수업이 끝난 뒤 우리는 시내버스를 타고 20분 정도 된 곳에서 내렸다. 가는 동안 수빈이에게 우리 동네에서 굳이 버스를 타고 이동한 다음 아르바이트를 하는 것을 물어봤다. 우리 동네에도 일할 곳이 많았기 때문이다. 수빈이는 동네 사람들한테 나 여기서 야자 안 하고 아르바이트한다고 홍보할 거냐고 이야기를 했다. 그러고 보니 수빈이도 나와 마찬가지로 부모님께 거짓말한 처지였다. 나보다 똑똑하고 생각이 깊은 친구였다.

야자 대신 출근한 곳은 사람이 북적북적하고 연기가 가게를 가득 채운 고깃집이었다. 수빈이는 일한 경력이 있어서 그런지 사장님께 인사만 드리고 바로 앞치마를 하고서는 일을 하기 시작했다. 그런 수빈이를 보면서 우선 앞치마를 하고 일을 도왔다. 생각했던 것보다 일이 힘들었다. 불판 닦기와 숯 나르기 그리고 설거지와 밑반찬 나르기까지. 첫날부터 쉬운 게 하나 없었다. 설거지를 하던 도중 많은 생각에 빠졌다.

'돈 버는 게 쉬운 게 아니었구나. 이렇게 하루 일하면 2만 5천 원이네. 한 달 이렇게 하면 40만 원이 조금 넘을 거고. 이제 와서라도 그만둔다고 말할까…. 아니야. 그래도 돈 쓰려면 벌어야지. 일하다 보면 적응되어서 괜찮아지겠지.'

그런 생각을 가지고 있을 때 사장님께서 바쁜데 왜 이리 오래 걸리냐고 혼내셨다. 하던 설거지를 끝내고서는 매장 일을 중심으로 도와줬고 그렇게 첫날 아르바이트를 무사히 마칠 수 있었다. 사장님께서는 고생

했다며 도망가지 말고 내일도 꼭 와야 한다는 농담 아닌 농담을 하셨다. 알겠다고 걱정하지 말라는 말을 남기고 수빈이와 함께 같은 버스를 타고 우리가 살던 동네로 가고 있었다. 버스를 타고 오는 동안 고기를 먹지 않았는데도 몸에서 나는 고기 냄새 때문에 노동으로 돈을 번다는 것이 쉬운 일이 아니라는 것을 깨달았다. 그런 생각과 동시에 몸에서 나는 고기 냄새 때문에 부모님께 혼나지 않을까 하는 생각이 들었다. 내일부터는 일이 끝나면 갈아입을 수 있는 다른 옷을 가지고 와야겠다는 생각이 들었다.

시간에 발이라도 달렸는지 어느덧 첫 월급을 받는 날이 되었다. 사장님께서 오늘도 고생 많고 첫 월급 축하한다는 말과 함께 봉투를 주셨다. 감사하다는 말과 함께 웃음을 계속 보이고 있었다. 집에 가는 버스에서 조심히 봉투를 열어 보았고 그 사이로 10장이 되지 않는 오만 원권과 여러 장의 만 원권도 보였다. 사실 오늘 월급날만을 기다려 왔다. 며칠 전부터 정말 사고 싶었던 운동화가 있었기 때문이다. 다행히 월급보다 5만 원 가격이 낮은 운동화였다. 평일에는 학교와 아르바이트 때문의 시간이 되지 않았기에 주말이 되기를 기다렸고 주말이 된 토요일 오후 알바비를 5만 원 남기고 원하던 운동화를 샀다.

한 달 일한 것을 한 번에 다 써 버리는 엄청난 기적을 보여 주었고 역시 자랑할 건 해야 한다는 마음으로 운동화 한 켤레를 무려 100장이 넘는 사진을 찍어 어떤 걸 올릴지 친구들에게 논의하고 가장 괜찮다고 이야기 들은 사진 몇 장을 추려 SNS에 올렸다.

#신상 #운동화 #셀럽 #패션 #내돈내산

'역시 돈이 최고야. 내가 직접 벌어서 산 것도 있고. 엄마한테 사 달라 안 해도 되고. 너무 좋잖아. 이 맛에 돈을 버는 건가. 진작에 할 걸 그랬어.'

힘이 들었던 아르바이트도 첫 월급을 받아 돈을 써 보니 행복하다는 것을 깨달았다. 그렇게 시간이 지나 어느새 고깃집에서 가장 오래된 알바생이 되었다. 일을 소개해 준 수빈이는 수능 공부를 해야 할 거 같다며 일을 그만두었고 그러면서 자연스레 나의 일이 많아짐과 동시에 시급도 전보다 조금 올랐다. 돈을 더 쓸 수 있다는 생각에 행복했다.

알바도 열심히 하고 살아가다 보니 어느새 고등학교 3학년이 되었다. 수능에 대한 걱정은 없었다. 왜냐하면 공부하지 않았고 대학에 대한 생각이 별로 없었기 때문이다. 근데 그게 꼭 나쁜 것만은 아니라고 생각은 한다. 인생에서 정답은 없으니 말이다.

고3이 되었을 때도 열심히 일을 했다. 그리고 그 돈으로 또 소비했다. 그다음은 누구나 알 수 있듯이 자랑하곤 했다. 아르바이트하면서 번 돈으로 친구들이 부러워할 만한 곳으로 주말에 여행도 자주 가고 맛있고 값비싼 식당에서 식사를 즐겨 하곤 했다. 역시나 모은 돈은 없었다. 마치 한 달만 살 거처럼 열심히 일해서 받은 아르바이트 월급을 받은 다음 날 다 쓰는 습관이 있었다. 다음 달 또 돈이 들어오니 말이다.

열심히 학교도 다니고 일도 열심히 했겠다 보상이라도 해 주자고 생각하여 최신 핸드폰으로 바꾸려고 알아보았다. 얼마 전 나온 미국에서 출시되어 한국에 상륙한 스타폰을 구매해야겠다는 생각이 들었다. 다른 친구들은 한국 핸드폰을 쓰니 해외 브랜드 핸드폰을 쓰면 분명 달라 보일 거라는 생각이었다. 하지만 아직 미성년자였기에 부모님의 동의가 필요했다.

"엄마. 나 핸드폰 바꾸려고."

"뭐 또 벌써 바꾸니. 산 지 얼마나 됐다고."

"다른 친구들은 다 바꾸고 나만 우리나라 것 쓰는데 바꾸고 싶어. 이번에는 엄마 돈으로 안 바꾸고 내 돈으로 할게. 그리고 앞으로 휴대전화 요금은 내가 낼게."

평소에 매달 약간의 용돈을 받기에 엄마는 내가 아르바이트하고 있을 거라고 의심하지 않았다. 오히려 엄마는 철이 들어 짐을 덜어 준다고 생각했고 그러면 그렇게 하자며 휴대전화 가게로 길을 향했다. 드디어 원하는 핸드폰을 구매하였고 빠르게 SNS에 빛나고 영롱한 스타폰의 사진을 올렸다.

#최신 #핸드폰 #스타폰 #신상 #미국_핸드폰

이번에도 역시 부러움을 한 번에 받는 나였다. 그리고 약속대로 핸드폰 요금은 내가 부담하기로 했다.

그렇게 한 달이 지났을까 스타폰을 잘 쓰고 있을 무렵 핸드폰을 바꾸고 나서 처음으로 휴대전화 요금통지서 우편물이 집으로 날아왔다. 스스로 요금을 내기로 했기에 그전까지 나랑 상관없다고 생각한 휴대전화 요금에 관심을 가지고 우편물을 열었는데 휴대전화 요금을 보고 당황할 수밖에 없었다.

'뭐야. 내가 분명 계산해 봤는데 왜 이러지. 왜 내가 생각한 거보다 두 배나 많이 나온 거지? 핸드폰 가게 사장님께서 말한 금액보다도 더 많

은데…. 잘못 온 우편인가?'

분명 뭔가 잘못됐다는 생각에 고개를 갸우뚱하며 통신사 고객센터에 전화하였다.

"안녕하세요. 행복 통신사입니다. 무엇을 도와드릴까요?"
"아, 안녕하세요. 다름이 아니라 휴대전화 요금이 조금 잘못 나온 거 같아서요."
"상현 고객님 맞으시죠? 조회해 보고 바로 알려 드릴게요. 잠시만 기다려 주세요."
"네."
"기다려 주셔서 감사합니다. 상현 고객님 핸드폰 요금은 정상으로 청구된 거 맞고요. 혹시 저번에 쓰시던 핸드폰 할부를 빼고 계산하신 거 아닐까요?"

고객센터 직원의 말을 듣고 깨달았다. 그러고 보니 저번 핸드폰도 할부로 샀고 이번 스타폰도 할부로 샀기 때문에 이중으로 할부가 나가 버린 것이었다. 바꾼 지 얼마 되지 않았던 것을 까먹었던 것이었다.

"그럼 혹시 언제까지 나머지 할부를 내야 할까요?"
"잠시만요. 아, 확인해 보니까 오늘 날짜 기준으로 12개월 정도 남으셨네요. 아니면 일시불로 납부하실 수도 있습니다. 그렇게 진행 도와드릴까요?"
"아, 아닙니다. 괜찮습니다. 감사합니다."

그렇게 통화를 마치고 뭔가 잘못된 것은 요금이 아니라 나라는 것을 깨달았다. 이럴 줄 알았으면 그냥 바꾸지 말고 엄마가 돈을 내주는 핸드폰을 쓸 걸 싶었다. 하지만 자랑 마스터답게 친구들에게 이미 자랑도 다 해서 바꿀 수도 없는 상황이었다. 그냥 그대로 새로 산 핸드폰을 쓰기로 마음먹었고 마음 같아서는 일시불로 결제하고 싶으나 아르바이트하면서 돈을 물 쓰듯 써 왔기 때문에 모은 돈이 하나도 없었기에 하는 수 없이 12개월 동안은 전에 쓰던 핸드폰과 지금 쓰는 최신 핸드폰 할부를 같이 내기로 했다. 아르바이트에서 많은 돈이 핸드폰 요금으로 빠져나가기에 남은 돈을 어떻게 써야 할지 고민에 빠지곤 했다.

어느덧 고등학생에게 가장 큰 행사인 수능이 끝나고 수능 성적은 말도 안 되게 좋지 않았다. 그 이유는 간단했다. 공부 열심히 하겠다고 사달라고 했던 태블릿PC는 각종 OTT를 통해 수많은 영화와 드라마를 보는 데 사용되었고 그나마 유일하게 공부하던 야간 자율학습 시간마저 아르바이트했으니 말이다. 오히려 성적이 잘 나오면 이상할 정도였다. 대학을 안 가려고 했으나 그래도 엄마는 대학을 나왔으면 하는 바람에 등록금은 집에서 다 내 줄 테니 꼭 가라고 말씀하셨고 손해 볼 게 없다는 생각에 집에서 거리가 있는 지역으로 대학에 진학하기로 하였다.

마음 같아선 서울에 있는 대학에 가고 싶었는데 그것은 말도 안 되는 일이었고 진학하는 대학교가 창피해서 그런지 SNS에 내가 가는 대학교를 따로 언급하지는 않았다. 오랜 단짝 병현이는 좋은 수능 성적을 받았음에도 불구하고 대학교 진학에 고민이 많았었다. 외삼촌의 사업 일을 배워 보고 싶어 고민이라고 했다. 우선 수능이 끝나면 찾아오는 남자들의 또 다른 숙제인 군대를 빨리 해결하고 싶다고 하였고 그렇게 병현이는 대학을 선택하는 대신 군대를 선택하게 되었다. 그렇게 나와 날마다 붙어 다니던 병현이는 그렇게 나의 곁을 떠나갔다.

그리고 학창 시절 때 약 2년간 열심히 일했던 고깃집 아르바이트도 그만두게 되었다. 마음 같아선 계속하고 싶지만 대학교가 본집과는 멀리 떨어진 지역이다 보니 출근하는 게 쉽지는 않았다. 마지막 출근 날 사장님은 그동안 고마웠다며 퇴직금 비슷한 거라며 대학교 등록금에 보태라고 돈을 챙겨 주셨다. 일뿐만 아니라 아르바이트하면서 정말 많은 것을 배울 수 있었다.

대학 입학까지 얼마 남지 않은 상황에서 나에게 큰 걸림돌이 있었다. 타 지역으로 학교에 가기 때문에 숙식을 해결할 집이 있어야 했다. 다행히도 진학하는 학교에는 기숙사가 있었다. 하지만 기숙사를 택하지는 않았다. 기숙사를 SNS에 올릴 수는 없으니 말이다. 기숙사 대신 택한 것은 학교 근처 방을 잡아 자취하는 것이었다. 학교 근처에서 자취란 부모님과 같이 사는 친구들에게는 로망일 수 있고 또 자랑거리로 충분하니 이것 또한 행복이라는 생각에 학교 근처 원룸을 월세로 계약하기로 마음먹었다. 월세가 높더라도 제일 신축 그리고 넓은 평수를 가야겠다고 생각했다. 그래야 친구들이 놀러 왔을 때 창피하지도 않고 SNS에 자랑도 할 수 있으니 말이다. 그래서 학교 근처 신축 오피스텔로 계약하고 개학 며칠 전 입주를 할 수 있었다. 월세는 학교 근처에서 아르바이트를 구해 내자고 생각했다. 입주 전부터 집을 어떻게 꾸밀까 곰곰이 생각하였고 인테리어 쇼핑몰에서 이것저것 쇼핑도 참 많이 하였다. 금액적으로 부담을 느꼈지만 그동안 고생했다고 주신 퇴직금과 비슷한 돈봉투를 열어 그 돈을 쓰기로 결정하였다. 오래 살 것도 아니고 자기 집도 아닌데 말이다. 그리고 사장님이 그렇게 쓰라고 준 돈은 분명 아닐 것이다. 그렇게 입주 당일 모든 택배를 안에 넣어 뜯고 설치하며 아침에 시작된 입주는 늦은 밤이 되어야 끝이 날 수 있었다. 뿌듯함이 온몸에 감돌기 시작하고 이 기분 그대로 수많은 사진을 찍어 SNS에 올리기 시작하였다. 마치 성공한 사람처럼 말이다. 분명 자기 집도 아닌데.

#자취 #신축 #오피스텔 #독립 #인테리어

 대학교 입학식 날 그렇게 대학생이 되고 젊은 청춘이 되었다. 대학교에서 많은 친구들을 사귀며 본인의 SNS를 공유하였고 돈을 많이 써서 계정을 유지해서 그런지 대학 친구들 사이에서도 많은 부러움을 받곤 했다. SNS도 유료 게임과 크게 다르지 않았다. 내 캐릭터를 좋게 꾸미려면 현금이 필요했다.
 초중고랑은 완전히 다른 어떤 설렘이 감쌌다. 하지만 감싼 것은 그런 좋은 설렘뿐만은 아니었다. 당장 다음 달부터 나가는 월세와 써야 할 돈이 없었기 때문에 불안함도 커져만 갔다. 이대로 가면 큰일이 날 거 같아 학교 근처에서 아르바이트를 구했고 고등학교 때와는 다르게 월세라는 큰 고정지출이 추가로 생겼기에 할 수 없이 월요일부터 수요일 오후 7시부터 10시까지는 카페 아르바이트와 학교에 가지 않는 목요일은 편의점 하루 대신하는 아르바이트, 토·일요일은 오전 9시부터 오후 6시까지 편의점 아르바이트를 하였다. 이쯤 되니 왜 비싸고 좋은 오피스텔에 사는지 모를 정도였다. 지금 사는 비싼 신축 오피스텔은 정말 잠만 자는 곳이 되어 버렸다. 아, 참. SNS에 올리는 용도이기도 하였다.
 대학교 1학년 때 같은 과 친구들과 마찰도 많이 있었다. 바쁜 아르바이트 스케줄 때문에 조별 과제를 하기가 쉽지 않다는 것이 그 이유였다. 일주일 중 유일하게 시간이 있는 것은 금요일 오후인데 금요일 저녁에 과제를 하는 것이 어떠냐고 같은 조 친구들에게 물어보면 5명 중 3명 이상은 금요일에 약속이 있다며 다른 날짜에 하자고 하였다. 하지만 커진 소비로 인해 일을 뺄 수 없었기에 나를 빼고 그냥 평일에 과제를 하라고 하였고 그렇게 대학교 1학년 성적은 중간고사와 기말고사와는 무관하게 늘 C와 D학점을 피하지는 못했다. 그리고 잠을 집에서보다 학교에서 더 잤다. 바쁜 아르바이트 일정 때문에 새벽에는 놀고 아침에 학교 가서 자고. 그냥 학교에다 월세를 내는 게 맞는 거 같았다.

그렇게 대학 생활이 1년 지나가고 모든 일상에 지쳐 모든 걸 내려 두고 도망가고 싶다는 마음이 들어 21살 3월에 입대하기로 했다. 군에 입대하는 것은 그렇다 치는데 문제가 있었다. 1학년 종강을 하고 입대 전까지 자취방 계약기간이 3개월 정도 남아 있었다. 하지만 뭐, 군대에 가나 안 가나 내야 했던 거기 때문에 다른 방법은 없었다. 새로운 세입자를 구하면 됐으나 3개월이라는 시간도 애매하고 또 12월은 대학교 방학 기간이라 그런지 학교 근처에서 방을 찾는 사람도 없었다. 그래서 어쩔 수 없이 월세를 내기 위해 군대 가기 직전까지 아르바이트를 했다. 열심히 대학생 때 일한 것은 나를 위한 것이 아닌 집주인을 위한 것이었다.

다른 문제가 하나 더 있었다. 자취방에 입주할 때 샀던 물건들을 모두 빼야 했다. SNS에 올리겠다고 사진 찍으면 이쁘게 나오는 비싸고 디자인 좋은 물건들을 잔뜩 샀기 때문에 이사를 하는 것도 문제였지만 이사를 하게 되면 가구를 둘 곳이 없다는 문제가 더 컸다. 그 물건들에는 먼지가 수북이 쌓여 있었다. 계약기간이 끝나가기 전 부모님께 이 상황을 말씀드렸고 부모님은 큰 한숨과 함께 알겠다 하며 내 자취방에 있던 짐을 슈퍼마켓 창고 한편에 쌓아 두기로 하였다. 가뜩이나 집이 좁은데 더 좁아졌다.

그렇게 3월이 되고 군대에 입대하게 되었다. 군인으로 복무하면서 자연스레 소비는 줄어들었다. 아무래도 돈 쓸 시간이 사회에 있을 때보단 적기도 하고 아르바이트에 비하면 월급이 너무 적었던 탓도 있었다. 하지만 휴가를 나가거나 할 땐 쌓였던 소비욕이 풍선 터지기라도 하듯 펑 하고 엄청난 돈을 쓰곤 했다. 휴가를 나갈 때도 SNS 중독답게 업로드를 해 주었다.

#군인 #휴가 #만날_사람 #술_마실_사람 #3.4초

군대에서 이런 사람 저런 사람을 만나 왔지만 많은 선·후임들이 열심히 살아왔던 거 같다. 전역하면 더 열심히 살아야겠다고 생각했다. 그리고 열심히 산 만큼 돈도 열심히 써야 한다고 생각했다. 단 한 번뿐인 우리 인생 아니겠는가. 화끈하게 쓰는 거지. 그렇게 입대 후 2년이 안 되는 시간이 흘러 전역을 하게 되었다. 시원섭섭한 이 감정은 다시는 못 느낄 거 같다.

바람이 많이 불고 Z등급 패딩을 입어도 추울 거 같은 한겨울 12월 어느 날 전역을 하게 되었다. 복학하려고 했으나 복학까지는 약 3개월이라는 시간이 남아 뭘 해야 할지 고민이 많았다. 이런 걱정은 군대에서 어느 정도 계획하고 나왔어야 했는데 실수였다. 우선 전역을 했으니 놀아야겠다는 생각으로 여러 친구를 만나며 술을 매일같이 먹었다. 못 했던 쇼핑도 몰아서 하고 그렇게 가뜩이나 돈이 없는 통장 잔고는 더 쪼그라들기만 했다. 그래도 SNS는 해야 하니까….

#충성 #전역 #나에게_주는_선물 #군필

새해가 밝아 오기 전쯤 이대로 가면 통장 잔고가 0원이 될 것만 같아 무슨 일이라도 해서 돈을 벌어야겠다고 생각했다. 비슷한 시기에 군대를 전역한 고등학교 친구 시환이에게 연락을 해 봤다.

"시환아. 뭐 하냐? 전역했는데 우린 언제 보냐? 술 한잔해야지. 자식아."
"어. 상현. 나 지금 일 중이라 이따가 전화할게!"

전역한 지 얼마 되지도 않았는데 무슨 일을 한다는 건지 궁금했다. 이따 전화가 오면 물어봐야겠다. 몇 시간이 흐르고 시환이에게 전화가 왔다.

"어. 상현. 미안하다. 일하고 있어서 이제 통화가 되네. 이제 막 쉬는 시간이야."
"전역한 지 일주일 된 거 아니었어? 무슨 일을 벌써 해?"
"아, 군대 말년휴가 나왔을 때 집 근처에서 단기 공장 알바를 알아봤거든. 하하. 개강하려면 시간도 좀 남기도 하고, 부모님 짐도 좀 덜어 드릴까 해서."
"얼마나 받는데?"
"교대 일이고 주 6일이긴 한데 한 달에 세금 떼고 보통 270정도 받아."
"2… 270만 원?"

270만 원이면 아르바이트 때와 비교를 한다면 확실히 큰돈이었다. 아니다. 270만 원은 그냥 큰돈이다. 통장에 그 돈이 없었기 때문이다. 자리가 있으면 당장 하고 싶었다. 아니, 당장 해야만 한다. 돈을 다 썼기 때문이다.

"응응, 관심 있어? 아직 사람 뽑을걸? 물어봐 줘?"

시환이가 나의 마음을 훔쳐보기라도 한듯 먼저 물어봐 주었다. 고맙다며 알아봐 달라고 이야기했다. 시간이 얼마 지나지 않아 간단한 면접을 보고 다음 주부터 시환이가 다니는 공장으로 출근하게 되었다. 그리고 교대 일을 하면서 밤낮 주말 할 거 없이 열심히 일만 하다 보니 꽤 많은 돈을 모았다. 개강 전 쓸 돈 쓰고 두 달 동안 400만 원 정도 되는 돈을 모을 수 있었다. 이제 쓰기만 하면 된다. 두 달 동안 고생한 나를 위해 좀 써도 된다. 다음 방학 때 또 하면 된다.

개강하기 며칠 전 학교 근처에 또 자취방을 구했다. 기숙사는 죽어도 가기 싫었다. 방학 때 돈도 벌었기 때문에 크게 걱정은 되지 않았다. 그런데 전보다 월세가 5만 원 더 비싸졌다. 다른 저렴한 곳을 알아볼까도 생각했지만 일도 했겠다. 통장에 400만 원도 있는데 그냥 계약하자는 마음으로 원하는 집을 1년 월세 계약했다.

슈퍼마켓 창고에 있는 전에 쓰던 물건들을 자취방으로 갖다 놓을까 생각이 들었으나 내 SNS에 전에 올렸던 물건들을 올려야 되는데 그러고 싶진 않았다. 똑같은 걸 또 올리면 안 올리는 게 낫기 때문이다. 금액이 크기 때문에 내적 갈등은 있었으나 이번에도 자취방에서 쓸 물건을 또 구매하게 되었다. 큰 소비를 하게 되었다.

아, 창고에 있는 물건들은 어떻게 했냐고? 그냥 친구들 줬다. 자취하는 친구들도 있었기에 필요하면 엄마한테 말하고 가져가라고 이야기했다. 그때만큼은 자취하는 친구들이 있어서 기부 천사였다.

2학년 한 학년만큼은 아르바이트를 주말에만 하자고 마음먹었다. 평일에는 과제도 하고 친구들도 만나서 돈도 쓰고 1학년 때와는 다른 평범한 학생처럼 다녀 보고 싶었다. 다행히 개강 전 일해서 번 돈이 있었기에 주말에만 아르바이트하는 것이 크게 문제가 되지 않았다. 그렇게 시간이 흘러 2학년 1학기가 종료된 후 본격적으로 여름방학이 되고 군대를 전역 후 일했던 공장으로 출근하게 되었다. 거기서 또 소비를 위한 돈과 2학기 때 쓸 돈을 모을 수 있었다.

　1학년 때 아르바이트한다고 못 했던 과제들과 공부할 시간이 없어 망친 시험들 때문에 성적이 좋진 않았으나 2학년 때는 그래도 나름 괜찮은 성적을 받았다. 그렇게 두 학년의 성적이 섞여 애매한 최종성적을 받고 학교를 졸업하게 되었다. 그런데 2학년 때 열심히 하는 모습이 보였는지 전공 교수님께서 전공을 살려 제약회사에 추천을 해 줄 테니 가 보는 게 어떠냐는 이야기를 했다. 회사 이름을 보니 딱 알 수 있는 회사였다. 본집과 나름 가까운 거리에 있었던 회사였다. 졸업하고 마땅히 하고 싶은 일도 없었고 꿈도 없었기에 돈이나 벌자는 마음으로 교수님께 추천해 주시면 열심히 다니겠다고 말했다.

　다행히 어렸을 때부터 아르바이트하고 공장에서 일했던 것이 면접 때 큰 도움이 되었다. 역시 경험은 늘 언제나 도움이 되었다. 결국 대학교 졸업과 동시에 제약회사에 취업하게 되었다. 합격이라 쓰여 있는 홈페이지를 캡처해 SNS에 올렸다.

#취업_준비_없이 #취업 #성공 #제약회사 #신입 #직장인

　이제 취업하지 않은 친구들은 나보다 불행한 거다. 대학교 졸업식을 하기 전 취업한 사실을 아신 우리 부모님은 나보다 더 좋아하셨다. 부모 마음은 다 그런 건가 보다. 그렇게 내 학창 시절은 막을 내렸다.

드디어 첫 출근을 하는 날이다. 첫 출근인 만큼 깔끔하게 가야 했기 때문에 다림질이 잘되어 있는 셔츠와 정장을 입고 엄마의 잘 다녀오라는 인사를 뒤로하고 크게 손을 흔들고 가게 문을 열고 나왔다. 사실 제약회사가 본집 근처에는 있기는 하지만 차로 10분 정도 되는 거리에 있었다. 도보로는 꽤 거리가 있는 거리였다. 비록 차는 없었지만 셔틀버스가 우리 집 근처를 지나갔다.

셔틀버스를 타는 곳은 병현이와 어렸을 때 학교에 가기 위해 만났던 곳이다. 그놈은 잘 지내고 있을지 모르겠다. 병현이가 군대를 빨리 간 것도 있고 나도 학교를 타 지역에서 나오는 바람에 연락을 잘 하지 않았다. 생일 같은 날 안부만 전할 뿐이었다. 학창 시절이 주마등처럼 지나가다 보니 오늘따라 유난히 병현이가 보고 싶다.

회사 셔틀버스를 타러 가는데, 어라. 셔틀버스를 타는 곳에 병현이가 정장을 입고 서서 하늘을 보고 있는 것이었다. 너무 반가웠다.

"병현아! 너 여기서 뭐 해!"
"오, 상현아. 정말 오랜만이다. 나 오늘부터 회사 다녀!"
"혹시 제약회사?"
"어? 너도?"

알고 보니 병현이도 이번에 내가 다닐 제약회사에 합격하였다고 한다. 초중고 때 붙어 다니던 친구가 내 회사 동기라니. 너무 좋았다. 그렇게 반갑게 웃으며 버스를 같이 타고 우린 그동안 하지 못했던 이야기를 버스에서 나눴다. 다시 만났다는 게 너무 행복했다.

수다를 떨다 보니 어느덧 회사에 도착했다. 회사 인사팀에서 신입생 입문 교육을 받았는데 생산이라는 곳에 병현이와 내 이름이 나란히 있었다. 우리는 같은 부서를 배정받게 되었다. 초등학교 중학교 고등학교를 같이 다닐 때도 같은 반이 여러 번 됐었는데 이번에도 운이 좋았다.

체계가 잘 잡혀 있는 회사는 처음이라 둘 다 많이 서툴기는 했지만 3개월의 수습 기간이 지나다 보니 안 보이던 것들이 하나둘 보이기 시작했다. 수습 기간이 끝나고 늘어나는 생산량 때문에 병현이와 난 특근을 자주 하였다. 월급을 평소보다 많이 받아서 좋기는 했는데 몸도 지치고 집에 가면 부모님과 마찰도 자주 생기곤 했다. 회사 일에 지쳐 예민해진 거 같았다. 그리고 대학생 때부터 나가서 혼자 살았던 적이 있었기에 누구랑 같이 산다는 것은 나에게도 매우 불편한 일상이 되어 버렸다. 월급도 더 받기도 하고 결국 회사 근처에 자취방을 구했다. 회사에서 본집까지 셔틀버스를 운행하지만 더 가까운 집을 원했다. 괜찮은 회사도 들어가고 자취방도 생기고 이제 돈도 버는데 무서울 게 없었던 나였다. 사는 게 행복했다. 어렸을 때 벌던 아르바이트 월급과는 차원이 다르다.

병현이에게 근처에서 같이 자취하는 게 어떠냐고 이야기했는데 병현이는 집에서 출퇴근하고 싶다고 했다. 특근하고도 부지런히 집까지 가고 아침에 또 셔틀버스를 타러 일찍 나오고. 돈도 버는 놈이 뭘 그렇게 아끼는지 이해가 되지 않았다. 대단한 친구다.

수습 기간이 끝나고 월급과 특근비도 들어오니 전보다 꽤 큰돈이 매달 통장에 들어왔다. 사회생활을 하다 보니 저축을 해야 할 거 같은 생각이 들었다. 뉴스에서는 계속 오르는 집값과 인플레이션인가 잘 모르는 단어들이였지만 좋아 보이진 않았다. 그래서 뭐라도 해야 할 거 같았다. 월급을 받아서 써야 하기도 하고 월세도 내야 하고 하니 매달 50만 원이면 충분히 많이 모으는 거라고 생각이 들어 50만 원짜리 적금 2년을 들기로 했다.

'그래, 매달 50만 원씩이어도 잘 모으는 거지. 적금도 들었겠다 나머지 돈은 그냥 다 써 버려야겠다.'

그러다 사무실에서 쉬고 있는 병현이를 보았다.

"병현아, 이거 봐 봐. 나 적금 들었는데 너는 혹시 얼마나 적금 들었어?"
"적금? 나 적금은 따로 안 하고 그냥 통장에 넣어 두는데."
"너 바보냐? 이렇게 하면 이자도 나오는데 너 혹시 돈 다 써서 적금 못 드는 건 아니지?"
"뭐? 네가 나를 걱정한다고? 어이가 없어, 정말. 난 내가 알아서 잘하니까 너나 신경 쓰셔."

병현이가 걱정되었다. 적금 이야기에 민감하게 반응하는 걸 보니 월급을 받으면 분명 어디론가 다 쓰는 거 같았기 때문이다. 뭐, 내 인생도 아닌데 병현이가 알아서 잘할 거라는 생각이 들었다. 적금 가입한 상품을 보며 현장으로 향했다. 그렇게 월급이 들어오는 날 50만 원씩 은행에 돈이 빠져나갔다. 나머지 200만 원 되는 돈은 월세도 내고 열심히 일한 나에게 선물도 주고 하다 보니 통장에 남는 돈은 따로 없었다. 하지만 나에겐 50만 원의 적금이 있으니 겁날 게 없었다.

회사에 다니면서 학생 때와는 다르게 소비가 줄어들었다. 바쁜 일정에 매일 지쳐 있기에 돈 쓸 시간이 없었다. 하지만 그렇다고 돈이 모이는 것이 아니었다. 대신 소소하지만 확실한 행복을 택했다. 먹는 것에 돈을 아끼지 않았다. 회사에서 저녁을 제공하긴 하나 먹지 않았다. 저녁에 나오는 음식들도 매우 맛있었다. 하지만 늦은 시간 퇴근 후 집에 가서 배달 음식에 시원한 술을 먹는 것이 더 맛있었다. 열심히 살고 있는데 뭐 이 정도는 써도 된다고 생각했다. 그게 직장인들의 쾌락 아니겠는가. 그러다 한 번은 나에게 청구되는 신용카드 배달 음식 월별 결제금액이 모여 있는 것을 보며 깜짝 놀란 적이 있다.

'5… 50만 원? 내가 이걸 한 달 동안 배달 음식으로만 채웠다고? 그럴 리 없어. 뭔가 잘못된 걸 거야. 잠깐만, 매일 시켜 먹었으니까… 그렇게 생각하면 그렇게 많이 나온 거 같지도 않고.'

누가 카드를 몰래 쓴 건 아닌가 싶었지만 내가 다 먹은 게 맞았다. 그리고 회사 형들, 동생들과 우리 집에서 술도 자주 먹었었다. 자취방은 결국 술집으로 변해만 갔다. 술을 먹기 위해 자취를 하는 것만 같았다.
SNS에 맨날 술 마시는 사진만 올리고 이제 SNS에 올릴 것도 없다. 꾸준히 업데이트할 수 있는 게 필요했다. 그러고 보니 요새 친구들 게시물에 커피 사진이 많이 올라왔었다. 커피를 마신다는 것은 요즘 트렌드 같기도 하고 돈을 그렇게 많이 투자하지 않았고 꾸준히 SNS에 올릴 수 있는 가성비 좋은 소비라고 생각했다.
마침 병현이와 회사 다닌 지 1년이 되어 우리는 사무실에 개인 자리가 생겼다. 병현이는 내 옆자리로 배정받았다. 이제 커피만 사서 책상에 올려놓기만 하면 된다. 다행히도 요새 인기가 많은 프랜차이즈 카페가 자취방 앞에 있는데 잘됐다. 매일 한 잔씩 먹는 것을 목표로 하고 커피 가게에 매일 얼굴도장을 찍곤 했다. 그리고 컵에 로고가 잘 보이게끔 사무실 책상에서 사진을 찍고는 SNS에 올려 오늘도 열심이라는 문구를 남기며 업데이트하곤 했다.

#하루의_시작 #카페인_충전 #별다방 #얼죽아
#추워도_찬_음료_마시는_사람 #직장인

다른 친구들과 그리고 나와는 다르게 병현이는 커피를 마시지 않았다. 한 번은 궁금해서 물어봤었다.

"병현아. 넌 커피 안 먹냐? 요새 유행하는 건데 다른 친구들처럼 커피 마시는 건 어때?"
"상현아. 그거 과소비야. 봐 봐. 우리 사무실에서 보면 커피가 저렇게 많은데 그걸 매일 돈 주고 사 먹냐?"

병현이가 가리킨 곳엔 수많은 원두커피와 커피믹스 등 먹을 게 잔뜩 쌓여 있었다.

"야. 저거랑 이거랑 같냐? 원두도 다르고 맛도 다르지. 저런 걸 누가 먹냐."

말이 끝나기 무섭게 김 팀장님과 장 부장님 커피를 타고 계셨다.

"너 팀장님이랑 부장님한테 다 말한다?"
"아냐, 아냐. 미안해. 농담, 농담. 암튼 너도 커피 사 먹어. 그래야 성공한 거 같잖아."
"내가 말 안 했었나? 나 카페인 때문에 커피 못 마셔."
"디카페인 마시면 되지. 아니면 딴 거라도 마셔. 아이스티 같은 거."
"싫어."

아, 이 짠돌이. 정말 답답하다. 월급도 뻔히 아는데 하는 것일까. 친한 친구지만 이럴 때마다 정말 답답하다.
시간이 흘러 우리는 제법 회사에 잘 적응해 나갔다. 신규 입사자들도 생기고 막내에서 벗어났다. 어느덧 다닌 지 만으로 2년이 조금 더 지났고 적금도 만기가 됐다는 연락을 받으며 그동안 매달 열심히 냈던 돈 원금 1,200만 원과 약간의 이자를 받았다.

'뭐야. 이자가 왜 이것만 들어와. 쥐꼬리만 한 이자에도 세금을 떼네. 참 어이가 없네.'

하지만 다시 생각해 보니 만약 적금마저 없었다고 하면 돈을 아예 모으지 못했을 것이다. 2년 동안 모은 돈은 적금 1,200만 원이 전부였다. 그래도 적금을 꾸준히 하다 보니 나름 성공한 직장인이라고 생각했었다. 우선 이자는 너무 적어 안 쓰기도 애매하고 퇴근하고 일찍 끝나는 날 맛있는 걸 사 먹어야겠다.
열심히 회사에 다니는 2년 사이 친한 친구들도 하나둘 취업을 하고 동시에 자동차를 SNS에 올리는 친구가 많아졌다. 다들 돈 벌기 시작하니 차를 사는 것 같다. 사실 대학생 때도 차를 사고 싶었다. 그때 차 있는 친구들이 많지는 않았지만 볼 때마다 부럽긴 했었다. 하지만 월세 내고 돈 쓰고 하다 보니 모은 돈이 없었다. 그래서 대학생 때 차는 그림의 떡이었다. 하지만 지금도 크게 다를 게 없었다.

금요일 오후 회사 점심시간에 다른 날과 다르지 않게 SNS를 보곤 했다. 오늘도 어김없이 친구들이 새로 산 자동차를 올리곤 했다. 자동차는 중고차와 새 차로 나뉘었으며 차의 크기도 다양했다. 하지만 난 모은 돈이 1,200만 원밖에 없었기에 차는 어림도 없었다. 그렇게 SNS를 쭉 보다가 이상한 게시물을 봤다. 그것은 바로 분명 나보다 돈을 덜 모은 윤주가 차를 산 것이었다.

'그럴 리가 없는데. 이 차는 분명 윤주가 모은 돈보다 더 비싼 차인데. 어떻게 된 거지?'

그렇게 속으로 생각하고 있다가 내 단짝인 병현이에게 말을 걸었다. 그런데 병현이를 보니 평소에 먹지도 않던 커피를 마시며 환하게 웃고 있었다. 환하게 웃는 모습을 보니 카페인 때문에 미친 건가 싶었다.

"병현아, 무슨 일 있어? 왜 갑자기 안 마시던 커피를 마셔? 그나저나 이거 봤어? 윤주 차 산 거 같은데."
"오, 그러니? 이거 요새 사회초년생들이 많이 탄다는 그 차네. 성공했네. 윤주."
"분명 저번에 만났을 때 돈 모은 거 없다고 했는데…."
"차를 요새 누가 현금 주고 사냐? 요샌 대출로 사지."
"대출? 나도 대출 나오려나?"
"나오지 않을까? 차 사고 싶은 거면 한번 알아봐. 괜찮을 거 같은데."

둘의 대화 내용을 들은 동기 태호가 말을 걸었다.

"상현아, 혹시 경차는 어때? 중고로 500만 원, 600만 원이면 괜찮은 거 살 수 있을 거 같던데. 가격도 저렴하고 효율성도 좋을 거 같은데. 혜택도 많고."
"어, 태호. 너나 타. 무슨 경차야. 폼도 안 나고 그게 장난감이지 차냐?"
"그래도 금전적으로 부담은 덜 되잖아. 너 얼마 모았는데? 5,000만 원은 모았어? 그것도 아니면서."
"그래도 경차는 안 타. 너나 타라고, 인마. 나같이 SNS 친구가 많은 사람들은 그런 차 타면 안 돼. 적어도 중형은 타야지."

말은 그렇게 했지만 경차도 감당하기가 쉬울 거 같진 않았다. 차를 사기 어렵다는 현실에 속상하기도 했지만 사실 그거보다는 나보다 돈이 없는 윤주 이 자식이 무슨 돈이 있어서 차를 샀는지 그게 더 궁금했다. 궁금증이 주말까지 이어졌다. 윤주에게 물어보고 싶었으나 자존심이 있어서 그렇게 가지는 못했다.
아, 참. 이야기를 안 한 게 있었다. 내 취미 중에 사회인 야구가 있다. 야구 경기가 있는 일요일 날이어서 자취방에서 무거운 야구 가방을 등에 메고 경기가 있는 야구장으로 발걸음을 향했다.
그렇게 경기가 시작되고 좌익수 자리에서 수비를 보는데 자꾸 금요일에 SNS에서 본 윤주 자동차가 생각이 났다.

'그놈 혹시 친구들이 모르는 금수저인가? 아니면 누구한테 받은 건가? 에이, 윤주 차 아니겠지. 아닌가? 아, 모르겠네.'

중요한 상황에서 깡 하는 소리와 함께 내가 서 있는 쪽으로 공이 날아오고 있었다. 머릿속에 차 생각밖에 있지 않아서 늦게 움직인 탓에 공을 잡지 못했다. 평소였으면 충분히 잡고도 남았다. 그렇게 우리 팀은 경기에서 지고 말았다. 이번 경기는 내가 못 해서 졌다고 해도 할 말이 없는 경기였다. 평소에 그러지는 않는데 유난히 실수가 많은 날이었다. 경기가 끝나고 형들과 술 한잔을 했는데 하루 종일 윤주 생각에 표정과 마음이 좋지 않았다. 그런 모습을 보고 우리 팀 감독인 태혁이 형이 말을 걸어왔다.

"상현아, 무슨 일 있어? 하루 종일 표정이 안 좋은 거 같은데. 경기 때 집중도 못 하는 거 같고."
"형…."

형에게 이번 주에 있었던 이야기를 다 해 주었다. 나보다 돈이 없는 친구가 차를 산 게 말이 되지 않는다고. 형은 어이가 없다는 듯 웃으며 말했다.

"인마, 그게 걱정이냐? 너도 사면 되지 뭐가 걱정이야."
"근데 저 모은 돈이 얼마 없어서…."
"차를 누가 현금으로 사냐. 당연히 할부지. 돈 얼마 모았는데."
"적금 끝난 거 해서 한 1,200만 원 정도 되는 거 같아요."
"2년 회사 다닌 거 치곤 돈 많이 모았네. 그 정도면 충분해. 당장 차 사러 가. 시간 될 때."
"경차요?"

"누가 요새 모양 빠지게 경차를 타냐? 대출받아서 사면 되지. 어차피 쓸 돈인데 미리 차 가져와서 할부로 내면 되는 거지. 한 번 사는 인생인데 경차가 뭐냐, 경차가. 너 야구 짐은 어디다 넣게? 경차 뒷자리에 넣고 아무도 안 태우게? 한 번 사는 인생인데 하고 싶은 거 하면서 살아야지. 1,200만 원 모았으면 선수금 넣고 한 3,000만 원짜리 사. 크게 부담은 안 될 거야."

'선수금은 뭐지? 나중에 회사 가서 검색해 봐야겠다. 그리고 3,000만 원짜리 차를 어떻게 산다는 거지?'

형이랑 말할수록 의아한 게 많았지만 오늘따라 유난히 식당 책상에 올려져 있는 태혁이 형의 삼각별 자동차 키가 유난히 더 빛나 보였다. 형에게 대출 이야기를 듣고 무리하더라도 삼각별 차주가 돼 보자고 마음먹었다. 나중에 나이 먹어서 끌면 별로 멋지지도 않을 거 같고 하루라도 젊을 때 빨리 타야 주위 사람들이 부러워할 것만 같았다. 어차피 할부도 다 내고 하면 차가 내 것이 되니까 그걸로 저축을 해도 되고 어차피 나갈 돈인데 다른 거 아껴서 사면 별 문제는 없다고 생각을 했다. 형의 조언대로 평일에 회사에서 차를 알아보고 출근하지 않는 주말에 중고차 매장을 가야겠다는 생각이 들었다.

태혁이 형은 대표적으로 사회초년생들이 타는 차들 신차 살 돈이면 중고로 외제차는 충분히 살 수 있다고 이야기하였다. 그래, 무슨 경차에 국산차야. 태호는 뭘 알지도 못하면서 참 나. 형이랑 대화하니까 답답함이 조금 풀리는 거 같다. 나도 이제 곧 외제차 소유주다. 성공한 삶이 될 것이다. 그리고 윤주 차보다 더 좋은 차를 탈 것이다. 아니, 친구들 중에서 내 차가 가장 좋은 차가 될 것이다.

그렇게 술에 잔뜩 취해서 더러워진 유니폼과 야구 가방을 메고 집으로 걸어가고 있었다. 이제 곧 차를 살 생각에 집 가는 길이 행복하기만 하였다. 그러다 저 멀리서 병현이와 태호가 걸어오고 있었다.

"상현아. 어디 가?"
"어, 안녕. 둘이 여기서 뭐 해? 주말인데 좀 다른 사람도 만나고 하지. 회사에서도 만나고 주말에도 만나고 안 지겹냐? 따라 와. 커피 사 줄게."

그렇게 병현이와 태호를 데리고 평소에 즐겨 가던 카페에 갔다.

"나는 해장 좀 하게 아메리카노 먹을 건데 둘은 뭐 먹을래?"
"음. 난 괜찮은데…."
"사 줄 테니까 얼른 골라! 나 술 깨야 해."
"그럼 우리는 아이스티 두 개."

그렇게 병현이와 태호는 나와 반대 방향 아파트 단지가 많은 곳으로 걸어갔다. 늦은 시간에 산책이라도 하는 걸까. 재미없는 인생일 것만 같았다. 하지만 지금 병현이와 태호가 중요한 게 아니다. 내일 출근도 해야 하고 아침에 분명 술이 안 깰 거 같다. 다행히도 자취방에 무사히 도착해 샤워를 하고 바로 잠이 들어 버렸다.

다음 날 출근을 하고 깨질 거 같은 두통이 나를 반겼다. 어제의 행복만큼 오늘은 힘이 들었다. 다시 술을 먹으면 난 사람이 아니다. 일이 손에 잡히질 않는다. 사무실에서 좀 쉬어야겠다.

아 참, 어제 태혁이 형이 말했던 방법으로 차를 알아봐야 하는데 형이 말한 3,000만 원이면 새 차로는 잘 사야 준중형 크기 국산차를 살 수만 있으니 중고차 사이트만 켜 보기로 했다. 그러고 나서 바로 외제차가 모여 있는 메뉴로 들어갔다. 차종도 너무 많고 겉은 똑같은데 가격도 다른 것들도 많고 차를 잘 알지 못했기에 이렇게 봐서는 안 될 거 같다는 생각이 들었다. 출근을 하지 않는 주말을 이용해 중고차 매장을 한번 직접 가 봐야 할 거 같다. 그런데 가격을 보니 3,000만 원 이하의 외제차들이 많았다. 친구들은 왜 국산차를 타는지 모르겠다. 그 돈이면 남들이 부러워하는 삼각별을 탈 수 있는데 이해가 되지 않는다. 그런 생각을 하고 있었을 때 병현이가 말을 걸었다.

"상현, 바빠?"
"어제 술이 깨질 않는다. 미칠 거 같아."
"그러게 적당히 마시지. 야구를 하러 가는 거야, 술을 마시기 위해 야구를 하는 거야."
"나도 모르겠어. 근데 무슨 일 있어?"
"무슨 일이 있어야만 말하는 사이는 아니잖아. 근데 무슨 일 있어."
"뭔데. 여자라도 소개해 주게?"
"나보다 인싸면서. 다른 건 아니고 우리 회사 근처에 대단지 아파트 알지? 나 거기 계약했어."
"전세 아님 월세? 요새 금리도 높다는데 잘 알아보고 한 거지?"
"둘 다 아니야. 매매로 샀어."
"매매? 돈이 어디 있어서? 사기당한 거 아니야?"
"다 방법이 있지. 나중에 알려 줄 테니 상현이도 돈 열심히 모아 봐."

"에이, 됐어. 요즘 뉴스 보니까 집값 맨날 떨어진다 어쩐다 그러던데 난 미래보다 지금을 중요시할래. 언제 죽을 줄도 모르고."

"그래. 그게 상현이다운 대답이지. 술 얼른 깨고 점심 나가서 먹을까? 상태 보니까 해장국 한 그릇 먹어야 될 거 같은데. 내가 사 줄게. 가자."

병현이가 집을 어떻게 산 건지 궁금하다. 거기 아파트 분명 3억 정도 하는 거 같은데 어렸을 때부터 패딩이랑 교복 같은 거 살 돈 아껴서 산 건가 궁금하긴 했으나 집값은 어차피 떨어질 거라 믿기에 별 관심이 없었다. 됐고 점심시간이나 얼른 왔으면 좋겠다. 온몸에서 해장국을 찾는 중이다.

해장을 시원하게 하고 오후에 일을 하다 보니 생각했던 거보다 빨리 끝나 사무실에 앉아 있었다. 틈틈이 시간을 내서 중고차에 대해 검색을 해 봐야겠다. 아, 참. 태혁이 형이 알려 준 대로 인터넷에 중고차 할부 계산을 해 봐야겠다. 차량 가격엔 3,000만 원을 썼고 할부 기간은 가장 많이 한다는 36개월로 설정을 한 뒤 금리를 조회해 보았다. 지금 차를 구입한다면 금리는 8.2%가 나왔다.

'선수금? 아, 그때 선수금 이야기 했었는데 이게 그건가 보다. 검색해 봐야지. 음. 선수금을 미리 내는 돈이라 하는 거구나. 그럼 선수금으로 1,200만 원을 미리 내니까 내가 내야 될 할부는 1,800만 원이네.'

선수금의 뜻을 알고는 선수금을 쓰는 곳에 1,200만 원이라는 숫자를 썼다. 총 납입 원금과 총 이자, 총 상환액이 순서대로 나오는 것이다. 뭐가 뭔지도 모르고 나한테 중요하지는 않았다. 그냥 한 달에 얼마씩 나가는지가 중요했다. 한 달 상환 금액은 원금과 이자를 포함해 56만 원이었다. 부담이 되는 숫자였다. 월급에서 자취방 월세랑 관리비를 빼고 56만 원도 추가로 나간다고 하면 다른 소비를 많이 줄여야 할 텐데. 무슨 좋은 방법이 없을까 생각이 들었는데 최대 60개월까지 가능으로 되어 있었다.

'잠깐, 기간을 늘리면 한 달에 내는 돈은 우선 줄어드는 거 아닐까? 어차피 회사도 꾸준히 다니고 더욱 더 열심히 다닐 수 있는 동기부여도 될 거고. 다시 한번 60개월로 계산해 봐야지.'

다행히도 예상이 맞았다. 36개월로 하게 될 시 56만 원이 나가는데 60개월로 설정 후 다시 계산해 보니 36만 원이다. 이거다. 이 정도 한 달에 차로 나가는 거면 크게 부담도 되지 않을 거 같고 외제차를 끌 수도 있고 만족도가 매우 클 거 같다. 월요일이지만 얼른 주말이 오면 좋겠다. 하지만 그렇게 생각할수록 회사의 시간은 더욱 안 가는 것만 같았다.
기다리던 주말 아침 알람이 울렸다. 평일 동안 회사에서 충분히 어떤 차를 살지 고민했고 집에서 좀 떨어진 중고차를 가장 많이 보유하고 있는 중고차 매매단지로 버스를 타고 가고 있었다.

'이제 뚜벅이 인생도 끝이다. 다음 주에 차를 가지고 가면 회사에서 병현이랑 태호, 아니 우리 회사 사람들 모두가 놀라겠지? 기다려라, 월요일아.'

평소와는 다르게 평일 아침 9시가 기다려지는 그런 날이었다. 그런 생각을 할 때쯤 중고차 매매단지에 도착했다.

"어서 오세요. 보시는 차량 있으신가요?"
"안녕하세요. 저 삼각별 모델 보고 왔는데 제가 인터넷으로 봤던 매물이 없는 거 같네요?"
"혹시 이 매물인가요? 아이고, 이 차량이 인기가 많아서 금방 팔렸네요. 죄송합니다. 바로 업데이트했어야 했는데…."
"아 그래요? 알겠습니다. 그럼 다시 오게…."
"혹시 이런 차는 어떠세요? 고객님이 보시던 차보다 위 단계이긴 한데 이놈이 다른 차들보다 연식이 조금 있고 킬로 수는 조금 돼도 성능 하나는 기가 막힙니다! 보세요. 뚜껑도 열리는 스포츠카입니다. 고객님 나이에 이런 삼각별 스포츠카 타고 다니면 주위 사람들이 모두 부러워할 겁니다. 여자들도 줄을 설 겁니다."

친구들은 많았으나 모태 솔로인 나를 자극하는 딜러분의 멘트였다. 그럼 사진 않더라도 한번 타서 시동이라도 걸어 보자 하는 생각에 알겠다 했고 그 차가 있는 곳으로 우린 발걸음을 향했다.

실제로 차를 보니까 딜러분이 태블릿PC로 보여 준 것보다 이뻤다. 높은 등급이라 그런지 인터넷으로 알아보고 왔던 차보다 더 이뻐 보였다. 그리고 보닛에 있는 삼각별 마크가 날 운전석으로 이끌었다. 시트에 앉아서 핸들을 살며시 잡았는데 정중앙에 있는 삼각별 마크가 너무 이쁘게 보였다. 괜히 엄지손가락으로 마크를 만져 보고 싶어 쓰다듬어 보았다. 그런 모습이 딜러에게도 보였는지 행복해 보이는 나를 보고 한 마디 하셨다.

"제가 마음에 드실 거라 했죠? 한번 시동 걸어 보세요. 소리가 예술입니다."

얼마나 좋길래 그러시는 걸까. 괜히 긴장되는 마음으로 브레이크를 꾹 밟고 시동 버튼을 눌렀는데 갑자기 사자 한 마리가 으르렁으르렁 울기 시작했다. 심장이 쿵쾅쿵쾅 뛰기 시작했다. 역시 외제차라 그런지 그리고 고성능이라 그런지 어디서도 들어 볼 수 없는 소리였다. 이 차를 타고 다니면 분명 모두 부러워할 게 뻔했다. 나도 모르게 딜러에게 이성보단 감성이 먼저 반응해 말을 꺼냈다.

"이… 이 차로 할게요!"
"근데 고객님. 고객님이 알아보고 오신 차는 3,000만 원이고 이 차는 4,000만 원의 차량입니다. 그런데 동급인 다른 차들은 현재 시세를 보시면 아시겠지만 5,000만 원에 팔리고 있어서요. 반대로 생각하시면 1,000만 원 싸게 사시는 겁니다."

3,000만 원이 내가 생각한 금액이었는데 4,000만 원은 좀 부담이 될 거 같았다. 하지만 딜러의 말을 들으니 이 차 말고 다른 차를 사면 손해가 될 거 같다는 생각이 들었다.

"저 혹시… 대출도 가능할까요? 4,000만 원에서 1,200만 원은 선수금으로 넣으려고 하는데 계산 한번 부탁드려도 될까요?"
"그럼요! 60개월로 보시는 거죠? 잠시만 기다려 주세요."

딜러는 말이 끝나기 무섭게 중고차 할부에 대한 정보를 뚝딱뚝딱 입력하고 있었다.

"고객님 같은 경우 현재 금리는 8.2%이고 한 달에 나가는 금액은 이자 포함 57만 원이네요. 57만 원이면… 에이, 탈 만하죠. 요새 국산차들도 전액 할부로 넣으면 그렇게 나오는데. 고객님은 선수금도 천만 원 이상도 넣으시고 한번 잘 생각해 보세요. 비슷한 돈이면 무조건 이 차로 가셔야죠. 제가 판 차들만 해도…."

생각했던 금액 보다 가격이 높기 때문에 고민이었다. 한 달에 20만 원이나 더 꾸준히 나간다고 하면 적은 금액은 절대 아닌 거 같다. 하지만 이 차를 사게 되면 만족도가 올라갈 거 같은 느낌은 확실히 들었다. 많은 친구의 부러움을 받을 수 있을 거 같고 이 나이에 이 차를 타고 다니면 SNS 스타도 될 수도 있지 않을까 생각했다. 중고차 매장 한구석에 국산차들이 모여 있는 곳을 한번 쓱 봤는데 그때 확신이 들었다.

'뭐, 좀 더 아껴서 좋은 차 타지 뭐. 한 번 사는 인생 이렇게 사는 거지! 저런 차들보단 백배는 낫지.'

"이걸로 주세요!"
"좋은 선택입니다! 절대 후회 안 하실 거예요."

딜러와 함께 차 구매에 필요한 계약서를 쓰기 위해 사무실로 향했다.

"아, 참. 취·등록세 내시는 건 아시죠?"

아, 맞다. 차 살 때 필요하다고 했던 취·등록세가 생각났다. 차 살 때 내는 세금이라고 전에 태혁이 형이 분명 설명해 줬었다. 그런데 술을 마시고 취해서 기억이 안 났는데 단어를 들어 보니까 기억이 난다. 일단 아는 척을 해야겠다.

"네. 알죠. 얼마 정도 될까요? 제가 첫 차 사는 거라 자세히는 몰라서요."
"차의 7%라고 생각하면 되니까 280만 원이라고 생각하시면 될 거 같네요."
"2… 280만 원이요? 세금이 원래 그렇게 비싼가요?"
"허허, 이건 어떤 차를 사도 다 내는 세금이에요. 차 말고 다른 물건 살 때도 세금 내는 거랑 똑같은 거예요."
"아… 알겠습니다."

취·등록세가 그렇게 비싸다니. 첫 차다 보니 처음 알았다. 차 가격만 생각했는데 실수였다. 하지만 불행 중 다행으로 통장에 400만 원의 돈이 있었다. 그걸로 우선 해결해야겠다.

"보험은 어떤 걸로 하실래요?"
"보험비도 따로 내야 하나요? 차 가격에 포함되어 있는 거 아닌가?"

딜러의 표정에서 당황함이 보였다. 차만 사면 되는 거 아닌지 취·등록세도 내야 하고 보험료도 내야 하고…. 차 살 때 나가는 돈이 찻값뿐만

이 아니었다니. 차 구매는 처음이니 이제야 그런 것도 내는 것을 알았다.

"제 차 기준에서 가장 저렴한 걸로 해 주시겠어요?"
"고객님 같은 경우 나이가 어려서 지금 이 차 같은 경우 300만 원 정도가 나가네요?"
"네? 다른 친구들 보면 200만 원 안 되는 거 같은데 왜 저는 이렇게 많이 나오는 거죠?"
"에이, 고객님. 이런 좋은 차 타는데 보험회사도 먹고는 살아야죠! 보험 안 들었다가 나중에 사고 나시면 어쩌시려고요. 괜히 돈 아끼려다 정말 큰돈 나갑니다. 그래도 이게 제일 저렴한 보험입니다. 보험금이 많이 부담되실 거 같으시면 자차 포함을 빼시는 건 어떨까요? 자차 포함을 빼시면 300만 원 단위는 아닐 겁니다. 자차는 빼시고 고객님이 사고만 안 내면 큰 문제는 없을 겁니다."

소비의 끝판왕마저 망설여졌다. 한 달에 30만 원 정도만 내면 나도 삼각별 차주가 될 수 있을 줄 알았는데 보험료까지 할부로 하게 되면 찻값이랑 보험료만 80만 원 정도가 숨만 쉬어도 나간다. 거기에 월세도 내야 하고 막막하다. 계약하지 말까 고민하다가 슬쩍 밖에 주차되어 있는 삼각별 차를 보니 나를 얼른 데려가라는 듯 애절하게 나를 쳐다만 보고 있었다.

'그래. 어차피 나중에 결국 차는 살 건데 시원하게 사자. 뭐 죽기라도 하겠어? 여기까지 왔는데 못 먹어도 고지.'

그런 생각을 가지며 자신감을 가지고 딜러에게 말을 꺼냈다.

"자동차 보험도 할부 되죠?"

그렇게 모든 서류에 서명을 끝내고 드디어 인생 첫 차를 구매하였다. 그것도 무려 모두가 부러워할 만한 삼각별의 스포츠카를 말이다. 분명 모두가 부러워할 것이다. 딜러분의 조심히 잘 들어가고 안전 운전 하라는 인사를 받으며 큰 한숨을 쉬고 조심스레 차에 시동을 켜고 천천히 중고차 매매 단지를 빠져나왔다. 도로를 달리는 순간 공기마저 달콤하게 느껴지며 도로에 있는 차 중에 내 차가 가장 좋은 차라는 것에 행복했다. 이 차를 타고 다니기만 하면 많은 친구들이 분명 부러워할 것이다. 신나는 기분에 대답이라도 하듯 스포츠카의 엔진은 더 우렁차게 반응하였다.

자동차 사진을 얼른 찍어 SNS에 올리고 싶었다. 안 그래도 방금 사 와서 그런지 광택도 잘 되어 있고 지금 찍어야 사진이 잘 나올 것만 같았다. 근처에 자주 가던 대형 카페가 있는데 그리로 가야겠다. 거기 주차장이 넓기도 하고 감성도 있어서 자동차 사진 찍기 아주 딱 좋은 곳이다. 평소 즐겨 먹던 아메리카노를 시키고 커피가 나오기까지 기다리면서 주차장에 주차되어 있는 내 차량을 바라보았다. 웃음이 절로 나온다. 그렇게 큰 대형주차장에 수많은 차가 주차되어 있었지만 역시 내 삼각별이 최고로 빛나 보였다. 얼른 사진을 찍어서 올리고 싶었다. 주문했던 커피가 나오고 가벼운 발걸음으로 차로 향했다.

'자, 그럼 본격적으로 찍어 볼까.'

자동차 내부 컵홀더에 아메리카노가 조금 담긴 컵을 꽂아 놓은 후 사진을 열심히 찍었다. 우선 마크가 잘 보이게 해서 운전석에 앉아 왼손을 살짝 걸친 후 핸들 가운데 있는 삼각별 마크가 잘 보이게 해서 사진을 찍었다. 높은 킬로수가 나오면 안 되니 시동은 끄고 찍어야겠다. 그러고 나서 본격적으로 외관을 찍고 이 각도 저 각도 찍으면서 웃음이 절로 나왔다.

#삼각별 #외제차 #스포츠카 #성공 #첫차 #드라이브_갈_사람 #선착순

차가 좋아서 그런지 SNS에 올릴 사진도 많고 행복했다. 앞으로 어떤 일이 펼쳐질지 이때는 잘 알지 못했다.

주말이 지나가고 벌써 출근하는 날이다. 오늘따라 몸이 정말 가벼웠다. 큰 소비를 해서 그런지 얼른 회사 사람들에게 자랑하고 싶었다. 출근 시간이 9시까지인데 평소에는 출근 시간에 정확히 도착했지만 차 자랑을 해야 하므로 8시까지 회사에 갔다. 회사 사람들이 주차할 때 가장 잘 보이는 곳에 주차해야 한다. 그래야 다 부러워할 테니 말이다. 처음 차를 끌고 간 출근 날 잘 보이는 곳을 찾기 위해 텅 빈 주차장에서 주차를 7번이나 했다.

나름 신중했던 주차를 마치고 설레는 마음으로 사무실에 갔다. 불이 꺼져 있길래 불을 탁 켰는데 아무도 없어야 할 이른 시간 병현이가 자리에 앉아 있었다. 너무 놀란 나머지 심장이 멈출 뻔했다.

"아씨, 깜짝이야. 인마. 출근했으면 불을 켜고 있어야지. 놀랬잖아."
"뭐야. 무슨 일이야. 맨날 시간 맞춰서 오던 놈이 8시에 회사를 다 오고. 해가 서쪽에서 떴나."

"너야말로 여기서 뭐 하는 건데. 9시까지 출근이면 9시쯤 오는 게 정상이지."

"나 맨날 일찍 와서 이 시간에는 항상 회사에 있었어. 늦게 와서 몰랐나 보구나."

그러고 보니 항상 병현이는 일찍 출근했었다. 하지만 이렇게 일찍 출근하는지는 생각도 못 했다. 셔틀도 타지 않고 시내버스를 타고 온다는데 왜 그런지 이해가 되지 않았다. 부지런한 건지 멍청한 건지 모르겠다. 나처럼 자취하든지. 바보.

"근데 오늘은 왜 진짜 빨리 온 거야? 혹시 김 팀장님이 부탁하신 거 저번 주에 못 했어?"

"에이, 그건 다 진작에 끝냈지. 병현아. 이거 봐 봐. 짠!"

"뭐야. 결국 차 산 거야? 그것도 삼각별을?"

"그것도 스포츠카야. 하하. 중고차 매장 가니까 국산차 새것 살 돈으로도 이런 좋은 차 살 수 있더라. 태호 놈은 언제 와? 얼른 이 차 키 보여줘야 하는데 뚜벅이 자식이 어딜 경차 타령을 해."

"차로 사람 판단하는 거 아니다! 그리고 경차가 어때서 그래! 나도 첫 차 사면 경차 살지 생각 중인데."

"어허, 이 친구도 큰일 날 소리하네. 이런 차를 타야 성공하지. 무조건 외제차다. 차는. 병현아. 안 되겠다. 태호랑 친하게 지내지 마! 물들어."

"네가 제일 친하면서 그런 말을 하냐. 근데 전에 나랑 이야기할 땐 적금 든 게 전부여서 1,000만 원 조금 넘게 모았다고 하지 않았어? 그때 말했던 거 거짓말이었어? 역시 잘 모으고 있었나 보네."

"너한테만 말하는 건데 비밀이다. 이거 다 할부로 샀어. 나 이제 숨만 쉬어도 돈 나가. 그것도 한 달에 차에만 80만 원씩."

"뭐? 우리 월급이 300이 안 되는데 무리하는 거 아니야? 너 기름값 포함한 금액이 80만 원이라는 거지?"

"그건 생각 안 했는데…? 아껴 타면 되지. 아 몰라, 몰라. 병현아. 오늘 칼퇴근하지? 특별히 내가 오늘 집에 데려다줄게. 참고로 내 차 처음으로 타는 사람이 너다. 영광인 줄 알아."

"고마워. 근데 너 부모님이 이 차 산 거 아시냐? 모르시면 나 그냥 집 말고 집 앞 큰길에서 내려 줘. 너희 부모님이 너 이 차 산 거 모르시다가 나 내리는 거 보이면 나까지 두들겨 맞을 거 같아서 그래."

"알겠어. 당연히 부모님한텐 비밀이지. 진짜 큰일 나. 근데 회사 부서 사람들은 언제 오시려나? 출근 시간이 다 되어 가는데 다들 언제 오시는 거야."

병현이와 대화를 하던 도중 출근 시간이 다가오고 부서 사람들이 하나둘 사무실에 들어오기 시작했다. 들어오시는 분마다 저 주차장에 삼각별 차 누구 거냐는 이야기뿐이었다. 아니나 다를까, 다 나에게 차를 샀냐고 물어보았다. 마음 같아선 제 차입니다! 하고 말하고 싶었으나 삼각별 차마저도 별거 아닌 거처럼 보여야 했기 때문에 소심하게 대답하곤 했다. 대신 너무 티 나지는 않도록 하고 살포시 삼각별이 보이는 방향으로 차 키를 내 책상에 잘 보이는 곳에 올려 두었다. 오늘만큼은 어깨가 사무실 천장에 닿아도 되는 그런 날이었다. 쉬는 시간마다 그리고 점심시간 때 부서 사람들이 차를 보여 달라고 해서 키를 들고 주차장에 가서 자랑했다. 괜히 한번 액셀도 밟아 주며 부럽다는 이야기를 들었다. 부서 사람들이 뭔 돈으로 샀냐고 말해서 모은 돈이 있어서 일시불로 샀다고 거짓말했다. 할부는 뭔가 창피했다. 병현이가 비밀을 지켜줄 거라 믿는다.

그렇게 유난히 짧았던 회사 시간이 끝나고 어느덧 퇴근 시간이 왔다. 아침에 한 약속을 지키기 위해 병현이를 조수석에 태우고 뒷자리에는 내 자취방 근처에 사는 태호를 태우고 병현이네 집으로 향했다.

"태호야. 어때? 차 죽이지? 경차는 무슨 경차야. 이게 낭만이고 이게 차지. 밟는 대로 나가는 게 차라고. 경차로는 이 속도 내려면 하루 종일 걸리겠다."

"뭐라고? 상현아. 차 뚜껑 열고 빠르게 가서 바람 소리 때문에 잘 안 들려. 살짝 추운 거 같은데 뚜껑 좀 닫아 주면 안 될까?"

"이게 감성인데 좀 참지. 기다려 봐. 닫아 줄게."

계기판이 화려해서 그런지 조수석에 앉은 병현이가 자꾸 이것저것 구경을 하고 있었다. 자식. 차가 어쩌고저쩌고 하더니 내심 부러운가 보다.

"상현이 근데 이거 20만 킬로 탄 거 중고로 산 거면 좀 오래 탄 거 아닌가?"

"그런 건가? 차 파시는 분이 외국에서 만든 차라 20만 킬로면 그렇게 많이 탄 건 아니라고 했는데 20만 킬로면 국산차들만 힘든 거 아냐?"

"20만이면… 좀 많이 탄 거 같은데…."

뒤에 있던 경차 마니아 태호가 조심스럽게 말을 꺼냈다.

"태호야. 그건 국산차 얘기겠지. 차 엔진 소리 안 들리냐? 이 싱싱하고 우렁찬 소리가? 경차만 외치던 놈이 뭘 알아."

말은 그렇게 했지만 말한 뒤로 이상하게 차 엔진 소리가 점점 커지는 거 같았다. 에이, 아닐 거다. 나에게 길드는 중일 거다. 이놈은 달리기 위해 태어난 놈이다. 그렇게 차를 회사에 처음 끌고 간 날 자랑도 완벽하게 했고 동기들이랑 가벼운 드라이브도 하고 기분이 너무 좋았다. 매일 이 차를 타고 어디를 간다는 것 자체가 큰 행복이 될 것만 같았다.

하지만 그런 행복도 그렇게 오래 가지는 않았다. 차 산 뒤 한 달 동안은 친구들에게 자랑해야 했기 때문에 내가 올린 SNS에 차를 타 보고 싶다고 연락한 친구들과 함께 드라이브도 자주 가고 드라이브 가서 그냥 올 순 없으니 먹고 카페도 가고 지출이 더 늘어났다. 그리고 차를 구매할 때 놓친 부분이 있었는데 그것은 주유비였다. 다른 차에 비해 고성능이고 스포츠카여서 그런지 기름을 정말 많이 먹었다. 안 그래도 기름이 요새 비싼데 출퇴근과 친구들과의 드라이브에 들어간 주유비를 합산해 보니 기름값만 60만 원 가까이 나온 것이다. 첫 달이라 그럴 수 있겠는데 다음 달부터는 주유비를 좀 아껴야겠다. 출퇴근할 때도 가끔은 걸어서 가야겠다. 회사랑 지금 사는 자취방에서 걸어서 10분도 안 걸리고 차를 타고 가면 시동이 켜지고 예열되기 전에 도착하는데 굳이 필했나 싶기도 하지만 이미 자랑도 다 했고 회사에도 너무 걸어만 다니면 모양 빠지니 가끔은 걸어가고 만약 누가 차 왜 안 타고 왔냐고 하면 술 약속이 있다고 해야겠다. 다음 달부턴 그렇게 하는 거다. 주유하고 집에 가는 길 유난히 철부지 같은 놈이 더 우렁차게 소리를 내는 거 같다. 평소에 듣기만 좋던 엔진 소리가 유난히 밉게 들리던 날이었다.

"아오, 조용히 해. 인마. 기름 좀 그만 먹어! 이런 하마 같은 놈."

차를 사고 본격적으로 자동차 값과 보험료가 할부로 나가기 시작했다. 자동차 값 57만 원, 보험료 25만 원, 그리고 참. 차 밥도 먹어야지. 주유비 40만 원. 이렇게 총 차에 나가는 돈만 한 달에 120만 원이 넘게 되었다. 그리고 월세로 사는 집도 관리비 포함해서 매달 50만 원씩 나갔다. 숨만 쉬어도 달에 170만 원이었다. 월급에서 빼고 나면 100만 원 정도 남는데 차가 있기 전 친구들을 만나 썼던 돈을 계산해 보니 한 달에 50만 원짜리 적금과 자취방 월세 50만 원을 제외한 150만 원 정도였다. 이렇게 많이 썼나 싶기도 하지만 SNS에 올리기 위해 주말에는 호캉스가 유행이라고 여행도 자주 가고 비싼 식당이 유행이라 또 오마카세와 같은 고급 식당도 가서 사진도 찍고 골프도 유행이라고 해서 골프도 배우고 어쩌면 한 달에 150만 원 정도 쓴 거는 적게 쓴 거일 수도 있다. 하지만 지금은 쓸 수 있는 돈이 100만 원뿐이니 우선 다니던 골프학원을 그만둬야겠다. 고정지출을 제외한 금액이 현저히 낮아져서 당연히 지금은 모을 수 있는 돈은 없었.

오늘은 동기들과 오랜만에 술을 먹는 날이다. 병현이도 같이 가기로 했는데 얼마나 일을 열심히 하던지 칼처럼 퇴근하고 가야 차도 안 막히고 약속 시간에 늦지 않을 텐데 먼저 말을 걸어야겠다.

"병현아. 오늘 우리 회사 동기들이랑 술 먹는 거 안 잊었지? 퇴근하고 우리 집 같이 들렀다 갈래? 술 먹으면 차 놓고 가야 할 거 같아서."

"아! 그게 오늘이었나? 잊고 있었네. 같이 가자."

"동기들 좋아하면서 그걸 까먹냐? 그럼 퇴근 후에 바로 가자. 우리 집에서 잘 거지?"

"어어. 그러자."

"그럼 하던 일 멈추고 얼른 짐 싸. 내일 해, 내일. 늦겠다, 약속."

다행히 늦지 않게 퇴근할 수 있었다. 집에 차를 주차하고 만나기로 한 장소로 갔더니 와서 자리에 앉은 동기도 있었고 아직 오지 않은 동기들도 있었다. 그렇지만 얼마 지나지 않아 모두 도착하였고 술을 먹다 보니 이런저런 이야기를 주고받았다.

"맞다. 인태 너 차 산 거 같던데 맞지? 회사 주차장에서 주차하는 거 봤어."

"아, 봤어? 이번에 적금 든 거 돈도 모이고 해서 그냥 일시불로 샀지! 하영이도 사지 않았어?"

"맞아. 하하 난 돈 아끼려고 그냥 경차로 샀어! 시내에서만 주로 타다 보니 경차도 좋더라고. 영미도 차 산 거 같던데?"

"하영이는 어떻게 알아? 우리 일하는 건물이 달라서 모를 줄 알았는데."

"너 좋은 차 탄다고 소문이 자자해. 성희가 알려 줬어. 나도 한 번 태워 주면 안 돼?"

"좋지. 윤혁이도 차 샀더라. 그거 비싼 차 아니야? 우리 중에 가장 좋아 보이던데."

"다 할부지. 뭐. 차 사고 싶은데 돈이 없어서 그냥 할부로 샀어. 어차피 한 번뿐인 인생 하고 싶은 거 하면서 살아야지. 근데 그거 알아? 상현이 차가 여기서 제일 좋아. 나도 삼각별 한번 타 보고 싶다."

동기 중에서 윤혁이가 제일 좋다. 내 맘을 알아주는 진정한 친구이다.

"에이, 아니야. 뭐. 그냥 타는 거지. 그러고 보니 여기서 병현이만 차 없네. 너도 좀 사. 인마. 돈 안 모아?"
"괜찮아! 나는 차보다 투자하고 싶어서 지금 만족해. 굳이 필요하지도 않고."
"차 사면 삶의 질이 바뀐다. 명심해."

동기들이 자기 차 자랑을 했지만 내 차는 무려 삼각별이다. 그것도 스포츠카. 아무리 신차라고 해도 국산차가 다 거기서 거기지. 내 차와는 비교를 할 수도 없었다. 그런 대화를 가지고 이야기하다 보니 시간이 많이 늦어졌다. 아쉬움을 뒤로 한 채 병현이와 함께 비틀비틀 걸어가며 집으로 향했다.
한 달에 월급의 60% 이상을 고정지출이 나간 지 어느덧 6개월이 흘렀다. 나름대로 소비도 거기에 맞춰지는 거 같아 뿌듯한 마음도 있었다. 오늘은 야구 가는 날이어서 차에 짐을 싣고 시동을 걸어 출발하려고 하는데 처음 보는 모양이 계기판에 떴다.

"수도꼭지와 같이 생겼는데 뭐지? 주유해 달라는 건가? 알겠어. 이놈아. 야구하러 갔다가 집에 오는 길에 주유소 들르자. 주유하고 가면 야구 늦어."

그렇게 큰 신경을 쓰지 않고 야구장으로 가고 있었다. 좌회전만 하면 야구장인데 갑자기 이상한 소리가 나기 시작했다. 확실한 것은 평소의 엔진 소리는 아니었다. 마치 심한 감기에 걸려 콜록콜록하는 사람 같았다. 불안한 촉이 내 안에 파고들었다. 그래도 여차저차 야구장에 도착하고 얼른 몸을 풀고 경기에 임했다. 차에 모든 신경이 쓰여서 그런지 경기에 집중을 못 했다. 그리고 우리 팀이 공격할 때 더그아웃에 앉아 태혁이 형이랑 이야기를 나누었다.

"형, 저 차 고장 난 거 같은데 이따 경기 끝나고 한 번만 봐줄 수 있어요?"
"벌써 고장 났어? 산 지 얼마 안 됐잖아."
"저번에 형도 보셨듯이 중고긴 한데… 아 모르겠어요…."
"알겠어. 경기 끝나고 봐줄 테니까 우선 경기에 집중하자."
"네."

아무리 경기에 집중하려고 해도 쉽게 되지는 않았다. 중요한 시점에 타석에 들어가 시원하게 말아먹고 이번 경기도 패배하게 되었다. 양 팀과 인사를 마치고 태혁이 형과 함께 내 차로 뚜벅뚜벅 걸어갔다.

"상현아. 차 시동 걸어 봐."
"네. 어, 뭐야. 형 이거 안 걸리는데요?"
"잠깐 나와 봐. 뭐야, 이거 엔진 경고등이네. 언제부터 이랬어?"
"오늘 처음 보긴 했는데 사실 언제부터 그런 건진 잘 모르겠어요."
"이런. 이거 일단 보험사 불러서 견인해야겠다. 우선 보험회사에 연락하고 우선 오늘은 택시를 타고 집에 가야겠다. 골치 아프게 됐네."

"알겠습니다. 형님. 오늘 고생 많으셨어요. 다음 주에 만나요."

그런 말을 하는 태혁이 형을 보며 괜스레 미워졌다. 분명 외제차 사라고 할 땐 언제고 이 모든 게 형 때문이다. 그런 형이 밉게만 느껴졌다. 사실 차를 산 건 나인데 말이다.

주말이 지나고 보험회사에서 연락이 왔다. 오래된 연식과 많이 주행한 것도 있고 관리가 전부터 잘 되지 않아 엔진에 이상이 생긴 거라고 한다.

"상현 고객님, 이번 수리는 자차보험이 가입되어 있지 않아 힘들 거 같습니다."
"네? 그럼 어떻게 해야 하죠?"
"공업소나 서비스센터로 가신 후 직접 계산하시면 됩니다."
"아, 네."
"원하시는 공업소나 서비스센터로 차를 보내 드리겠습니다. 견인비는 별도입니다. 감사합니다."

'하… 자차 보험 들 걸 그랬나. 돈 좀 아끼려다가 큰일 나게 생겼네. 아 아니야. 일단 고치기나 하자. 타고 다녀야지.'

큰 견인차에 심장이 아픈 자동차가 집 근처 삼각별 브랜드 서비스센터에 도착했다.

"안녕하세요. 다름이 아니라 제 차에 엔진 경고등이 뜨던데 혹시 수리 맡길 수 있을까요?"
"아. 그럼요. 근데 고객님 모델 같은 경우 연식이 오래돼서 보증기간은 끝이 났겠네요. 제가 한번 봐드리겠습니다. 우선 앉아서 기다려주세요."

그렇게 30분이 흘렀나. 기다리는 동안 떨리는 마음으로 소파에 앉아 다리를 떨고 있었다.

"오래 기다리셨습니다. 고객님, 이 차 점검해 봤는데 지금 엔진 쪽에 문제가 된 거 같아요. 다행히 교체까지는 안 해도 될 거 같은데 여러 곳을 수리해야 할 거 같거든요?"
"아 그렇군요…. 혹시 금액은 어떻게 될까요?"
"잠시만요. 아, 여기 있네요. 총 600만 원입니다."
"네? 600만 원이요?"

태호가 말한 경차 중고차를 살 수 있는 가격과 똑같았다. 자동차 엔진이 원래 그렇게 비싼 건가? 비싼 건지 여쭤보아야겠다. 근데 큰일이다. 600만 원은커녕 지금 통장에 60만 원도 없다.

"원래 이렇게 비싼가요?"
"아무래도 외제차여서 부품 같은 경우도 해외에서 와야 하므로 비싼 것도 있고 우선 고객님 같은 경우 타시는 차가 일반 엔진이랑 다르고 고성능 엔진이라 손볼 것도 많아서요."
"아, 그래요. 저 일단 잠시 전화 한 통화 괜찮을까요?"

그러고 보니 태혁이 형 지인분이 카센터를 한다는 이야기를 들었던 적이 있던 거 같다. 한번 물어봐야겠다.

"태혁이 형. 혹시 잠깐 전화 괜찮으세요?"

그렇게 자동차를 견인해 형 지인 카센터에 도착했다. 견인비도 돈이 많이 나왔다. 우선 신용카드로 결제하고 다음 달 월급이 나오면 그때 결제해야겠다. 형의 지인분이 차를 점검해 주시는 동안 많은 생각에 빠졌다.

'600만 원보다 적게 나오면 좋겠다. 아니 적게 나와야만 한다. 근데 60만 원도 없는데 어쩌지. 막막하네. 안 고칠 수도 없고.'

"상현 고객님, 오래 기다리셨습니다. 점검은 끝났고요. 엔진 교체는 안 해도 되는 수준인데 안에 여러 부품을 교체해야 할 거 같아서요. 태혁 형님이랑 친하게 지내시는 사이라고 하셨죠? 원래는 550만 원인데 그냥 500만 원까지는 맞춰 드릴게요."
"알겠습니다. 그렇게 해 주세요. 혹시 결제는 꼭 오늘 해야 하나요?"
"아뇨! 수리 다 되시고 그때 하셔도 됩니다. 이게 외제차라 수리가 되는 데는 국산차보다 오래 걸리거든요. 부품이 한국에 다 있는지도 알아봐야 하고요. 제 경험으로 봤을 때 한 달 정도 소요될 거라고 생각이 들어요."
"아, 감사합니다. 잘 부탁드리겠습니다."
"걱정하지 마세요. 조심히 들어가세요! 연락드리겠습니다."

사장님께 명함을 받고 카센터에서 나와 자취방으로 가려고 하는데 평소 같았으면 택시를 탔겠으나 지금은 택시도 사치라는 생각이 들었다. 대신 버스를 타야겠다는 생각이 들어 버스 단말기에 카드를 찍었다. 버스 맨 뒷자리 바로 앞에 앉아 밖을 바라보며 수많은 생각에 잠겼다.

　'어쩌다 이렇게 됐을까. 뭐가 잘못된 걸까. 그나저나 수리비를 어디서 구하지. 600만 원이라. 아 모르겠다. 오늘은 그냥 집에 가서 술이나 먹고 다음 날 출근한 다음 그때 생각해 보자.'

　집에 도착하기 전 버스에서 배달로 치킨을 시킨 뒤 집 앞 편의점에서 검정 봉투에 소주 두 병을 넣어 터벅터벅 걸어갔다. 분명 택시비를 아끼려고 버스를 탔는데 택시비보다 몇 배 비싼 치킨은 아무렇지 않게 시켰다. 그건 그렇고 수리비를 내기 전까지 하루하루가 늦게 흘러가길 바랐다. 집에 도착해 샤워한 뒤 식탁에 앉아 식은 치킨 한 조각을 입에 넣었다. 오늘따라 치킨이 맛이 없었다.
　다음 날 아침이 밝아오고 술이 덜 깬 상태로 터벅터벅 회사로 걸어 나갔다. 술을 먹었으니 덜 깬 거 같아 차를 안 끌고 왔다고 말하면 되는데 앞으로는 어떻게 말할지 고민이었다. 일과시간이 시작되고 손에 일이 잡히질 않았다. 일할 때만큼은 잡생각이 들지 않았는데 오늘은 반대로 잡생각이 너무 커 일이 손에 잡히지 않는 하루였다. 평소와 다른 모습 때문이었을까 옆자리에서 눈치를 보던 병현이가 말을 걸었다.

　"상현, 너 무슨 일 있지? 안색이 안 좋아 보여."
　"죽고 싶다."

"왜 무슨 일인데? SNS에 올릴 사진이 없는 거야?"
"차라리 그런 거였으면 좋겠다. 병현, 나 차를 잘못 산 거 같아. 엔진 쪽에 고장이 나서 수리를 해야 한대."
"삼각별이면 수리비 비싸지 않나…?"
"어 맞아. 생각했던 거보다 비싸더라고. 근데 차 산다고 자취할 거라고 맛있는 거 먹겠다고 다 쓰다 보니 모은 돈이 없더라고. 월급이 적은 건 알았는데 모은 돈이 이렇게 없을 수가 있을까 싶다."
"흠. 그럼 어쩌게? 지금 할 수 있는 게 없잖아. 아니면 이건 어때?"

마땅한 방법이 없었기에 병현이의 말을 끝까지 들어 보기로 했다. 방법은 간단했다. 부모님께 돈을 빌리는 것이었다. 돈을 빌린 후 매달 50만 원씩 해서 딱 1년을 갚는 것이다. 계산하기도 편하게 딱 개월 수와 맞아떨어지기도 했다. 그렇게 좋은 방법은 아니었지만 퇴근하고 본집에 한번 가야겠다는 생각이 들었다.

"병현아, 아직 셔틀버스 우리 그때 만나던 장소 아직 가냐?"
"그럼, 가지. 같이 타자.

그렇게 버스에서 내려 병현이와 집을 같이 걸어가는데 어렸을 때 어떤 걸 사 달라고 할 때랑은 기분이 매우 달랐다. 사 달라고 설득해서 사는 것과 산 다음 설득해서 계산한다는 것은 정말 천지 차이였다. 마치 바지를 벗고 볼일을 본 게 아니라 볼일을 보고 바지를 벗은 그런 느낌이었다. 엄마에게 뭐라 말해야 할지 머릿속이 복잡했다.

"어, 아들, 평일에 무슨 일이야. 입사하고 평일에 집 오는 건 처음 아닌가? 돈 필요해?"

엄마의 따끔한 말 한마디에 고개를 조심스레 끄덕였다.

"어쩐지 이놈아. 평일에 오지도 않던 놈이 집에 오면 그거밖에 더 있냐. 뭐 얼마나 필요한 건데."
"유… 육….""
"60만 원? 에라이. 직장 다니는 남자가 60만 원이 없어서 엄마한테 부탁해?"
"60 말고 600…."
"뭐? 600? 무슨 사고 치고 다니는 거야? 평범하게 직장도 잘 다니는 놈이 갑자기 나타나서는 600을 빌려 달라 하고. 사실대로 말해 봐. 우선."

그동안 차에 대해 있었던 일들을 엄마에게 이야기했다. 그것도 아주 자세히 이야기하였다. 혹시나 돈을 빌려주지 않으면 어쩌냐는 마음에 불안하기만 했다. 이야기가 다 끝날 때까지 엄마는 아무런 말도 하지 않았다. 그리고 이야기가 다 끝날 때쯤 깊은 한숨만 내뱉었다.

"그동안 본집 올 때는 차 안 끌고 어떻게 잘 숨겼니? 휴. 알겠어. 빌려줄게. 뭐 젊으니까 그럴 수 있다고 생각해. 오히려 그 나이 때는 그게 정상일 수 있어."

의외인 엄마의 반응에 놀랐다. 안 빌려주실 줄 알았는데 흔쾌히 빌려 주셨다. 입꼬리가 살짝 올라가려 했지만 빌려준 게 아니기 때문에 올라가는 입꼬리를 꾹꾹 누르려고 애를 썼다.

"대신 조건이 있어. 두 가지야."
"조건? 무슨 조건?"
"첫 번째로는 600만 원을 한 번에 주지 말고 한 달에 50만 원씩 1년 동안 주기."
"응응. 나도 어차피 한 번에 못 줬을걸…. 그랬으면 안 빌렸겠지. 두 번째 조건은?"
"차 수리하면 바로 팔기."
"엄마! 그건 좀…."
"왜? 돈 빌리기 싫어? 딴 곳에서 구할 수 있으면 해 보던가. 그리고 다 널 위해서 그런 거야. 내가 좋자고 이러는 거겠니?"

엄마의 조건이 맘에 들진 않았지만 수리가 곧 끝나기 때문에 결제할 날이 얼마 남지 않았었다. 하는 수 없이 엄마의 조건을 받아들이기로 했다.

평일이 지나 주말이 되고 시간이 흘러 자동차 수리가 끝이 나고 엄마와의 약속을 지키기 위해 바로 중고차 매매단지로 갔다. 내가 이 차를 샀던 딜러가 보인다.

"사장님 오랜만이시네요! 어쩐 일이세요?"
"아, 안녕하세요. 다름이 아니라 제가 그때 사 갔던 차 다시 판매하려고요."

"왜 벌써 파세요! 더 좋은 차를 사시려고요?"
"아… 네…."
"잠시만요! 제가 상태를 확인해 보고 말씀을 드릴게요."

말씀하시더니 딜러분과 차량 정비사로 보이시는 분이 함께 가져온 차를 열심히 보고 있었다.

"음… 그때는 안 보이던 엔진 수리한 자국이 있네."

저 말을 남기고서는 알 수 없는 표정으로 더 꼼꼼하게 점검하였다.

"다 끝났습니다. 근데 이 차 4,000만 원 주고 사셨죠?"
"네. 혹시 그건 왜요?"
"다름이 아니라 금리도 많이 오르고 감가도 많이 돼서 차 매입 가격이 많이 내렸는데 거기다 수리한 자국도 보이고…. 매입 진행해도 될까 해서요."
"지금 매입하면 얼만데요?"
"제가 차를 파는 가격이랑 관리비도 있으니까 잠시만요. 아, 됐네요. 2,500만 원 정도 되겠네요?"
"네? 이거 7개월 전에만 해도 4,000만 원에 사 온 건데 벌써 그렇게나 떨어졌다고요?"

분노가 가라앉지를 않았다. 이 차를 판 딜러가 사기꾼으로 보이기 시작했다.

"진정하시고 이걸 좀 보시겠어요? 지금 이 차를 찾는 사람들이 별로 없어요. 고객님이 사셨을 때보다 가격이 이렇게 내려갔는걸요. 그리고 얼마 전에 엔진 수리하신 것도 있고 그래도 2,500이면 저희가 비싼 가격에 쳐 주는 거예요. 아니면 옆으로 가 보시던가요. 거긴 2,300을 부를 거예요."

"아 2,500에 해 주세요. 그럼."

"네, 알겠습니다! 잠시만요. 이것저것 처리하고 하려면 한 시간 정도 걸릴 텐데 고객님 이름으로 커피 기프티콘 하나 보내 드릴게요! 밑에 가셔서 한잔하고 계시죠. 제가 끝나면 말씀드리겠습니다."

"네. 감사합니다."

1층으로 내려와 카페에 가서 좋아하는 아이스 아메리카노를 마셨다. 기분이 좋지 않을 땐 샷을 추가한 아이스 아메리카노만 한 게 없다. 오늘따라 유난히 쓴맛이었다. 가족 같았던 차인데. 차는 팔 거긴 하지만 딜러분 말이 의심스러웠다. 차를 산 지 그렇게 오래되지도 않았고 팔기로 했긴 했는데 찝찝함이 입안에 머무르는 샷 추가한 아메리카노처럼 쉽게 가시지 않았다. 중고차 매매 앱을 통해 내 차량 번호를 입력 후 견적을 내 보았다. 견적을 내 본다고 돈이 드는 것도 아니니 말이다. 딜러의 말이 맞았다. 매입 가격이 2,300만 원과 2,400만 원이 가장 많았고 아주 저렴한 것은 2,200만 원인 곳도 있었다.

'딜러분 말이 맞았구나. 괜히 의심했네.'

깊게 한숨을 쉬며 아메리카노를 크게 한입 쭉 빨아 마시고 있을 때 딜러에게 전화가 왔다. 한 시간이 되기도 한참 전이였다.

"네, 사장님 벌써 다 끝났나요? 생각했던 거보다 빠르네요?"
"아아, 그게 아니고요. 고객님 그러고 보니 이거 전에 대출로 하셨죠? 이게 지금 근저당이 걸려 있어서요. 매입하기가 힘들 거 같네요."
"네? 그게 무슨 말씀이죠? 근저당이라뇨?"
"음, 쉽게 말씀드리면 대출 같은 건데 이걸 다 갚아야만 차를 파실 수가 있습니다. 고객님께서 대출받으신 곳에 한번 전화를 해 보셔야 할 거 같습니다."
"우선 알겠습니다."

'근저당은 뭐야. 우선 빨리 전화해 봐야겠다.'

"안녕하세요. 허니 캐피탈입니다. 무엇을 도와드릴까요?"
"아, 안녕하세요. 다름이 아니라 차를 팔려고 하는데요. 근저당이 잡혀 있다고 해서 그러는데 혹시 남은 금액이 얼마인지 알 수 있을까요?"
"잠시만요. 상현 님 맞으실까요?"

개인 정보와 차량 번호를 뚝딱뚝딱 키보드를 두드리는 소리와 잠시만 기다려 달라는 고객센터 직원분의 말과 함께 기다리고 있었다.

"고객님 현재 자동차 대출을 해지하시려고 하면 해지 특약 할인이 적용되어서 총 2,700만 원을 납부해야 합니다."
"네? 제가 빌린 돈은 2,800만 원이고 7개월 동안 꾸준히 낸 걸로 알고 있는데요?"

"맞습니다. 고객님께서 내신 금액 중 대부분이 이자였고 원금은 조금만 납부가 되어 있네요. 대출하실 때 약관에 쓰여 있고요. 고객님께서 동의하신 부분입니다."

"우선 알겠습니다. 바로 연락드리겠습니다."

통화가 끝나고 핸드폰을 의자에 툭 하고 던지고 양손으로 머리를 있는 힘껏 잡아당겼다. 머리가 너무 복잡하다. 전혀 예상치 못한 상황이었고 차를 파는 데 돈이 필요할 거라곤 전혀 생각을 못 했다. 내 물건을 파는 데 돈을 내야 하는 상황이라. 아차차. 지금 이런 생각을 하고 있을 때가 아니다. 대출 원금이 2,700만 원이고 자동차 판매 금액이 2,500만 원이고…. 200만 원을 어디서 구할지 고민이었다. 커피의 얼음 때문인지 머리가 깨질 것만 같았다. 이럴 시간도 지금은 사치다. 안 되겠다. 그 방법을 써야겠다. 의자에 툭 하고 던진 핸드폰을 다시 들고 어디론가 전화했다.

"엄마. 지금 통화돼?"

엄마랑 통화를 하면서 모든 상황을 설명했다. 그렇게 엄마에게 빌린 돈은 600만 원에서 800만 원이 되었고 엄마는 갑작스레 200만 원을 더 빌려줬으니 깔끔하게 66만 원이 아닌 70만 원씩 달라는 것이었다. 선택의 여지가 없었다. 반대로 생각해 보니 어려울 거 같긴 한데 차로 인해 나가는 고정지출보다는 적겠다는 생각이 들기도 했다. 엄마에게 알겠다는 말과 함께 통화를 끊었고 몇 분이 흘렀을까 200만 원이 입금되었다. 그렇게 딜러와 다시 통화를 한 뒤 내 인생 첫 차를 살 때보다 힘들게 팔 수 있었다. 생각해 보니 비록 엄마한테 빚은 졌지만 내가 직접적으로 나간 돈이 없어 다행이라는 생각이 들었다. 근데 뭔가 이상하다는 찜찜함이 계속 맴돌아 생각의 생각을 거듭해서 무엇인지 찾아야겠다는 생각이 들었다. 그때 문득 그 찜찜함을 찾고 말았다.

'에이. 내 1,200만 원…. 생각해 보니 그것도 있었네.'

생각해 보니 입사 후 2년 동안 열심히 저축에 부었던 돈도 다 사라졌다. 속상하긴 했지만 이미 벌어진 일이다 생각하고 그냥 열심히 저축이나 해야겠다는 생각이 들었다. 엄마에게 빌린 돈을 1년간 갚다 보니 나의 20대는 그렇게 막을 내렸다.

30살이 됨과 동시에 병현이와 태호 이렇게 셋이 함께 진급했다. 열심히 일하다 보니 우리의 아름다운 20대도 끝이 났다. 그리고 엄마에게 빌렸던 돈도 다 갚았다. 20대에 있었던 중고차의 경험을 토대로 스스로 저축이라는 것을 해 보기로 마음먹었다. 인생에서 처음으로 저축해야겠다고 생각한 나이가 30살이었다. 1년간 엄마에게 70만 원씩 꾸준히 드린 탓인지 70만 원 모으는 것이 어렵게 느껴지지 않았다. 그리고 진급과 동시에 월급이 30만 원 정도 오르게 되어 한 달에 100만 원을 모으자고 생각했었다. 대신 이번엔 적금을 따로 들지 않기로 하였다. 저번처럼 적금이 끝난 후 적금 만기 후 갑자기 큰돈이 들어와 이 정도는 써도 된다는 나약한 마음으로 다시 큰 소비를 하지 않을까에 대한 걱정 때문이었다. 나름 철든 모습이었다.

통장에 돈이 쌓여 가며 20대에 비해 짧은 시간 동안 많은 돈을 모을 수 있었다. 2년이라는 시간이 흐르고 어느새 내 통장에는 2,000만 원이 넘는 돈이 쌓였다. 이렇게 큰돈을 모을 수 있었던 이유는 저축만이 살길이라는 생각이 들어 열심히 모았기 때문이다. 그리고 차를 사는 순간 고정지출이 크다는 것도 알았기 때문에 필요하지 않은 상황에서는 안 사는 것이 가장 좋은 방법이라는 것을 깨달았다. 병현이와 태호가 그 때도 옳았었다.

그렇게 평범하게 일하던 어느 날 퇴근 후 부서 회식을 하게 되었다. 운이 좋았는지 병현이와 태호랑 같은 테이블에 앉을 수 있었다. 술을 얼마나 마셨을까. 볼이 빨갛게 달아오르고 우리의 이야기도 수많은 주제를 섞어 가며 이야기하고 있었다. 그리고 술잔을 들고 다른 테이블로 이동해 술을 먹곤 했었다. 마치 회전초밥 같았다. 가만히 앉아 있으면 부서 사람들과 잘 못 어울린다는 생각이 들었지만 이미 만취해서 그런지 내 엉덩이는 의자와 한 몸이 되었다. 그러던 중 장 부장님이 우리 테이블에 앉았다.

"상현아, 고생이 많다. 한 잔 받아."
"예, 부장님. 저도 한 잔 따라 드리겠습니다."
"자, 병현이랑 태호도."
"감사합니다."
"아 맞다. 혹시 여기 있는 사람들은 돈 얼마나 모았어? 요즘 뉴스 보니까 젊은 친구들 잘 안 모은다고 하던데. 갑자기 궁금해지네."

정확한 액수까지 말하기가 좀 그래서 그냥 두루뭉술하게 말해야겠다는 생각이 들었다. 누가 나보다 많으면 지는 기분이 들 거 같기도 했다.

"천만 원 단위로 모았습니다."
"허허 그렇구먼. 그럼 상현 주임은 적금 들어 놨나?"
"아닙니다. 적금은 아니고 그냥 저축만 하고 있습니다."
"병현 주임은 저축만 하고 있나?"
"저는 현금 조금만 보유하고 각종 투자를 좀 하고 있습니다."
"그렇지! 상현 주임. 병현 주임처럼 해야 해. 저축해 봤자 이자가 많이 나오는 것도 아니고. 현금은 천만 원만 있으면 돼. 나도 요즘 주식을 하는데 혹시 초전도체라고 아나? 이게 미래를 바꿀 혁신인데 대한민국에서 아마 세계 최초로 나올 수도 있을 거 같다는 이야기가 있거든? 아, 이런 거까지 알려 주면 안 되는데…. 셋만 가까이 와 봐. 내가 좋아하는 사람들이니까 너희한테만 알려 줄게. 이 회사가 이번에…."

 장 부장님의 연설은 계속되었고 그 이야기를 들으면 들을수록 장 부장님의 말이 그럴싸하게 들렸다.

 '만약 저것만 잘 되면 큰돈을 벌 수 있을 거 같다는 생각이 든다. 안 되겠다. 내일 당장 사야겠다. 근데 주식 계좌도 있어야 하는 거 같던데. 그건 어떻게 만드는 거지? 아 맞다. 병현이는 주식 한다고 했으니까 물어봐야겠다.'

 회식이 늦게 끝나는 바람에 병현이를 데리고 함께 내가 자취하는 오피스텔에서 잠을 자기로 했다. 씻고 누운 다음 사이좋게 같은 천장을 바라보며 누웠다. 자기 전에 계좌를 만들고 빨리 돈을 넣고 내일 아침이 되면 장 부장님이 말한 종목을 사야겠다고 생각했다.

"병현아. 졸릴 텐데 뭐 하나만 물어봐도 돼?"

"그럼, 뭔데?"

"혹시 주식 계좌 만드는 거 한번 도와줄 수 있을까?"

"너 혹시 아까 부장님이 말씀하신 종목 사려고?"

"왜? 듣다 보니 틀린 말도 아니고 해서 조금만 넣어 보려고 하는데 병현이는 어떻게 생각해?"

"어휴, 난 위험할 거 같은데. 그런 이슈가 있는 건 쉽게 오를 수 있는 만큼 그만큼 더 크게 떨어질 수도 있고."

"근데 병현이는 오래 투자해 왔잖아. 주로 어떤 거에 투자해?"

"난 배당에 투자하고 있어. 꾸준한 현금흐름도 만들고 싶고 해서."

"배당? 그거 수익률은 높아?"

"음. 가지고 있는 종목들 놓고 보면 평균 1년에 6% 정도 되는 거 같은데 꽤 쏠쏠해. 어떻게 하는지 알려 줄까?"

"야 씨, 1년에 6% 벌려고 주식을 하냐? 난 그냥 부장님이 말해 준 종목을 사야겠어. 계좌 만드는 것 좀 도와주고 자."

"알겠어. 근데 상현아. 해도 아주 소액으로 해. 알겠지? 나중에 후회할 수도 있어."

"내가 알아서 할 테니까 돈은 이 계좌로 보내면 되는 거지?"

그렇게 자기 전 주식 계좌를 만들었고 저축 통장이라 생각하고 모은 돈에서 500만 원만 잔고를 옮겼다. 딱 500만 원어치만 하는 것이 적당할 거 같다는 생각이 들었다. 다음 날 아침 깨질 거 같은 머리와 함께 엄청난 숙취가 몰려왔다. 병현이와 평소 일어나는 것보다 늦게 일어났지만 회사에 늦진 않았다. 후다닥 출근도 하고 아침 미팅도 하다 보니 정신이 없었다. 시계는 이미 9시를 훌쩍 넘긴 시간을 향해 가고 있었다. 그때 마침 어제 말한 초전도체가 딱 생각이 나서 알아보았는데 아니나 다를까 5%가 상승을 했다. 지금이라도 사야 한다는 마음으로 500만 원을 한꺼번에 매수를 하였다. 그렇게 주식은 체결되고 나의 첫 주식은 부장님이 말씀하신 종목이 되었다. 이제 부장님과 난 가족이다. 초전도체 파이팅!

　종목을 매수하고 오전에 일이 끝난 뒤 점심시간이 되어 밥을 먹고 있었다. 그러다 마침 내가 산 종목은 잘돼 가고 있나 한 번 봤는데 내가 매수한 가격보다 무려 6%가 올라가 있었던 거다. 부장님을 쓱 쳐다봤는데 핸드폰을 보며 흐뭇한 표정을 짓고 계시는 걸 보니 나와 같이 주식을 보고 있는 듯하다. 저 인자한 모습. 나 어쩌면 부장님에게 짝사랑이 빠질지도 모르겠다. 참, 그러고 보니 병현이가 어제 배당 어쩌고저쩌고했던 게 1년에 6%라 했던 거 같은데 바보 같은 놈. 난 두 시간 만에 병현이의 1년 치 수익률을 뽑았는데 그러게 부장님 말 좀 잘 듣지. 같은 이야기를 듣고 초전도체를 사지 않은 병현이가 한심하게만 느껴졌다. 그렇게 장이 끝나고 인생 첫 주식의 수익은 30만 원이었다. 자랑하고 싶었으나 자랑하기 애매한 수익률이었던 거 같다. 그래도 공짜로 30만 원을 번 거 같아 기분이 좋다. 지금은 말고 좀만 더 오르면 그때 자랑을 해야겠다는 생각이 들었다. 분명 직장인인데도 불구하고 평일 아침 9시가 기다려졌다.

　기다리고 기다리던 다음 날 아침이 되었다. 다른 날과 다르게 몸도 가볍고 알람이 울리기 전 눈이 떠졌다. 제발 오늘도 오르길 바라며 짧은 기도를 한 후 출근할 준비를 했다. 휘파람도 절로 나오고 왠지 잘될 것만 같았다. 회사를 걸어가는 길 발걸음도 가볍다. 주식. 이놈 어쩌지. 난 사랑에 빠질 것만 같았다. 기다리고 기다리던 9시가 되기 5분 전이였는데 갑자기 아침 미팅이 잡힌 것이다. 그것도 하필 장이 시작하는 9시에 말이다. 초조한 마음으로 아침 미팅에 들어갔다. 오늘따라 미팅이 길어졌다. 마치 초등학교에서 운동장에 다 같이 모여 말씀하시는 교장선생님 같으셨다. 제발 빨리 끝나길. 그렇게 미팅이 종료되고 화장실로 뛰어가 떨리는 마음으로 내가 가진 종목을 보았다. 이게 무슨 일이람. 내가 산 가격보다 무려 20%가 상승을 한 것이다. 액수로는 수익으로만 100만 원이었다. 어쩌면 난 주식 천재일지도 모른다. 커지는 동공과 올라가는 입꼬리. 이제부터 장 부장님을 아빠로 불러야 할 거 같다. 이쯤 되면 자랑해도 될 거 같다는 생각이 들었다. 수익률이 적힌 화면을 캡쳐해 SNS에 공유했다.

#주식 #고수 #초전도체 #영앤리치 #부자

얼른 내 옆자리 병현이에게 보여 줘야겠다는 생각이 들었다.

"병현아, 이거 봐 봐. 대박이지? 수익률 벌써 20%다. 지금이라도 사. 인마."

"오 축하해. 상현아. 운이 좋네. 부장님 맛있는 거 한번 사 드려야 되는 거 아니야?"

"그럼, 그럼. 1년에 6% 번다더니 나랑 그냥 같이 사지. 아쉬워서 그래."

"아냐. 난 정말 괜찮아. 근데 상현아… 혹시라도 아주 혹시라도 더 살 생각은 안 하고 곧 파는 것도 좋지 않을까 싶어. 걱정되어서 그래."

"걱정하지 마! 알아서 잘 팔 거니까!"

병현이와 대화를 하고 혼자 현장에 확인할 것이 있어 잠깐 들어갔다. 한 손에는 핸드폰을 들고 있었다. 물론 주식 창이 켜진 상태로 말이다. 곰곰이 생각을 해 보니 병현이가 한 말이 신경이 쓰인다. 잘 알지도 못하면서 수익률도 나보다 낮으면서 훈수를 둔다고 생각이 들었다. 주식을 더 사지 말라는 것이 정말로 걱정이 돼서 그러는 건지 아니면 본인은 사지 못해 나만 돈을 번 것이 배가 아픈 건지 알 수가 없었다. 내 생각엔 후자에 더 가깝다는 생각이 들었다. 종목의 토론방에 들어가 보기로 했다. 다들 더 가니까 더 사라는 이야기가 정말 많았다.

'지금 더 사는 게 맞는 거 같은데. 더 사야 하나? 더 갈 거 같긴 한데….'

깊은 생각에 빠졌지만 더 사는 게 맞다는 결론이 나왔다. 그렇게 500만 원어치 더 사게 되었다. 사자마자 조금 올려 주길래 마음이 편안해졌다. 이제부터 내 수익은 전보다 두 배가 많아진다. 그제야 일을 맘 놓고 할 수가 있었다. 이따 점심 먹으러 갈 때 얼마나 올라와 있을지 벌써 기대가 된다. 벌써 밥시간이 되고 그 누구보다 빠르게 현장에서 나와 휴대 전화로 달려갔다. 1%만 올라도 일당인데 기대된다. 그렇게 주식 앱을 열고 충격에 빠질 수밖에 없었다. 엄청 올랐을 줄 알았던 나의 초전도체 종목은 엄청난 하락을 보여 줬고 수익을 낸 금액은 어느 새 본전이 되어 있었다. 어떻게 된 일인지 어안이 벙벙했다. 밥을 먹으러 가는 식당에서까지 핸드폰을 쳐다보았다. 그래도 또 금방 오를 거라는 마음에 팀장님과 같이 식사를 했다. 보통 팀장님과 이야기를 하면서 식사를 하기에 핸드폰을 안 보곤 했었다. 하지만 지금만큼은 너무나 보고 싶었다. 평소에도 느리게 느껴졌던 팀장님의 밥 먹는 속도는 오늘따라 더 유난히 느리게만 보였다. 얼른 주식을 봐야 하는데 안절부절 보지도 못하고 결국 참지 못하고 팀장님께 화장실이 급하다며 자리에서 먼저 일어났다. 사무실 자리로 돌아와 왼쪽 다리를 열심히 떨면서 주식 앱을 켰는데 아까 저점이라고 생각했던 주가는 더 하락을 보였고 결국 200만 원 정도 마이너스가 되었다. 이게 다 장 부장님 때문이다. 장 부장님께 가서 어떻게 해야 하냐고 물어봐야겠다. 그런 생각을 하고 있을 때쯤 식사를 마치고 오는 우리 팀 사람들을 만날 수 있었다.

"부장님, 주식 보셨어요? 마이너스 엄청 크게 됐던데 어쩌죠?"
"상현 주임, 혹시 회식 때 내가 말한 종목 산 거야?"
"네. 부장님 이야기 듣고 괜찮을 거 같다는 생각에 샀는데 지금 마이너스예요."
"그런 건 기사도 찾아보고 앞으로의 가치도 보고 해야지. 기사 나온 거 봤어? 왜 떨어지는지는 알아야지. 초전도체 그거 상용화가 힘들 거 같대. 하긴 그게 말이 안 되긴 했지."
"네? 그럼 어쩌죠? 부장님은 어쩌시게요?"
"뭘 어째? 난 안 샀는걸. 그냥 괜찮을 거 같다고 했지. 무조건 사야 된다고는 안 했어."
"분명 회식 때는 사야 될 것처럼 말씀하셔서…."
"상현 주임, 어떠한 결과가 있든지 본인이 선택하고 본인이 책임지는 거야."

아침까지만 해도 아빠처럼 보이던 그리고 늘 존경스럽기만 하던 장 부장님이 얄밉게만 보였다. 분명 사야 된다는 식으로 그리고 본인은 가지고 있는 것처럼 말을 했기 때문이다. 답답하다. 창피해서 누구한테 말할 수도 없고. 병현이한테 물어볼지 하다가 물어보면 자존심이 상할 거 같아 물어보지 않았다. 그렇게 주식 장이 마감이 되었다. 어제와는 사뭇 다른 분위기였다. 분명 어제까지만 하더라도 빨리 다음 날 아침 9시가 됐으면 했는데 지금은 지구가 망해 버렸으면 좋겠다는 생각이 들었다. 내일이 이렇게 무서운 건 또 처음이었다. 언제나 그랬듯이 오지 말라고 하면 더 빨리 오는 거처럼 다음 날 주식 시장이 빨리 왔다. 장이 열리는 9시가 지났지만 앱을 켜지 않았다. 무서웠기 때문이다. 하지만 켜나 안 켜나 이미 답은 정해져 있는 법. 용기 내서 주식 앱을 켰고 아니나 다를까 문제의 그 종목은 엄청난 하락을 보여 주고 있었다. 식은땀이 나기 시작했다. 분명 어제까지만 해도 수익권이었던 주식 계좌가 하루아침에 월급을 가져가고 있었다. 자존심이고 나발이고 안 되겠다. 그래도 주식 경험이 있는 병현이에게 물어봐야겠다.

"병현아. 혹시 뭐 하나만 물어봐도 돼? 일과 관련된 건 아니고."
"언제든지 되지. 무슨 일인데?"
"부장님이 말한 그 초전도체 있잖아."
"너 그거 아직도 가지고 있어? 아침 뉴스 보니까 그거 위험한 거 같던데?"
"어. 어제라도 팔았어야 됐나? 난 오늘 아침 복구될 줄 알고…. 미치겠어."
"음. 내 생각엔 파는 게 나을 거 같은데. 그 회사 분석은 해 본 거야?"
"주식 살 때 회사도 봐야 해?"
"아이고, 안 그래도 그때 너 샀다길래 걱정되어서 한번 그 회사에 대해 알아봤는데 순 엉터리야. 말이 안 되는 것도 많고. 내 생각엔 파는 게 좋을 거 같아. 근데 판단은 본인이 하는 거야. 알지?"
"응. 고마워. 좀만 더 고민을 해 볼게. 나 현장에 들어갔다 올게."

현장에서 할 일은 딱히 없었지만 혼자 있고 싶었다. 현장 책상에 앉아 엄청난 고민을 했다. 이걸 지금이라도 팔아야 되나 말아야 되나 고민하고 있었을 때 어느 새 마이너스 400만 원을 향하고 있었다. 이제 파란색만 봐도 지긋지긋하다. 밥 먹을 때까지만 고민을 해 봐야겠다. 생각해 보니 그렇게 큰돈도 아닌데 너무 스트레스를 받을 필요가 있을까 생각이 들었다. 400만 원이면 4개월만 모으면 되는 돈인데 그냥 손절을 하는 게 맞을 거 같다. 그리고 나보다 주식을 잘 아는 병현이가 팔아야 될 거 같다고 했으니 파는 게 맞는 거 같다. 그래 손절이 답이다. 가지고 있는 모든 수량을 입력 후 매도 버튼을 눌렀다. 그 순간 1,000만 원이었던 돈이 이틀 사이 600만 원으로 변하는 기적을 볼 수가 있었다. 그 후 시계는 점심시간을 가리키고 우울한 상태에서 현장에서 사무실로 발걸음을 옮겼다. 사무실에 앉아 있는 장 부장님을 보았다. 우린 이제 가족이 아니다. 가족은 무슨. 역시 저축이 답이었던 거 같다. 투자는 무슨 투자. 그런 건 전문가나 하는 거라고 생각이 든다. 그냥 예전처럼 꾸준히 돈이나 모아야겠다. 그게 맘이 편한 거 같다. 역시 저축만이 살길이다.

저축을 열심히 하다 보니 3년이라는 시간이 흘렀다. 나에게도 결혼이라는 것이 찾아왔다. 비록 연애 경험은 없었지만 늘 나에게 좋은 사람이라며 여자친구가 없는 게 이해가 되지 않는다던 회사 선배인 주연 님의 지인 소개로 인해 사내 커플을 할 수 있었고 첫 연애에서 한 번에 결혼까지 할 수 있었다. 만약 주연 님이 계시지 않았더라면 결혼은 무슨 평생 연애도 못 해 볼 뻔했다. 결혼 준비를 하던 도중 얼마의 돈이 모였나 봤더니 생각보다 많은 돈이 모였다. 30대 중반에 6,000만 원이라 그냥 평균 정도 모으지 않았나 하는 생각이 들었다. 집은 대출받아서 전세로 들어가면 될 거 같고 결혼하면 혼자도 아니니 좋은 차를 사야겠다는 생각이 들었다. 하지만 와이프의 의견은 달랐다. 직장 생활을 하면서 본인이 모은 돈도 조금 합칠 테니 대출을 받아서 아파트를 사자는 것이었다. 거기서 우린 결혼식에 들어가기도 전에 마찰이 생겼다.

"여보, 아파트를 매매로 해서 들어가는 건 어때? 나도 돈 많이 모았고 합쳐서 그렇게 하자. 응?"
"매매는 무슨 매매야. 지금 집값 다 떨어지는데 떨어지는 칼날을 잡으라고? 그리고 회사 근처 저 아파트 당신이 가고 싶다는 아파트는 4억이 잖아. 병현이는 저 아파트 3억 안 될 때 샀다는데. 안 돼. 비싸."
"그래도 요즘 금리도 많이 내려갔고 괜찮을 거 같은데 그걸로 돈 모으면 되지."
"어허, 잘 알지도 못하면서 자꾸 그러네. 난 무조건 전세로 갈 거야. 저 집들을 봐. 저 집을 누가 4억이나 주고 사냐고. 무조건 병현이보다 저렴한 가격에 살 거야. 뉴스에서도 곧 떨어진다고 했어."

결국 의견을 좁히지는 못하였고 결혼하기도 전에 부부싸움으로 번질 판이다. 결혼식은 다가오는데 냉전 상황은 풀리지 않자 결국 양쪽 부모님의 도움이 있었고 그렇게 아내가 사고 싶은 아파트를 매매로 하게 되었다. 물론 4억을 다 지원받은 건 아니었고 대출을 받아 집을 살 수 있는 최소한의 금액에 맞춰 주셨고 나머지는 20년 주택 담보 대출을 받아 갚아 나가기로 했다. 아무리 생각해도 아닌 거 같다는 생각이 들었다.

대신 와이프에게 집은 뜻대로 했으니 차는 본인이 타고 싶은 걸 해 달라고 말했다. 알겠다고 했지만 가전제품에 들어가는 돈이 많았기에 갖고 싶은 차를 사기엔 매우 부족한 돈이었다. 어떻게 해야 하지 고민하다 보니 어느새 결혼식 당일이 다가왔다. 긴장을 너무 한 탓인지 어떻게 결혼식이 진행됐는지도 모르겠다. 두 번은 못 할 거 같다. 식이 끝나고 집에 가는 길에 아내가 축의금으로 차를 바꾸는 건 어떻겠냐고 이야기했다. 아내가 타고 다니는 차는 오래된 승용차였다. 새로 생길 아이를 생각하면 그게 좋겠다는 생각이 들었다. 축의금이 사고 싶은 차보단 훨씬 적은 돈이었지만 20대 삼각별을 생각하면 이번만큼은 편하게 새 차를 사고 싶었다. 그리고 아파트 대출도 내야 하고 들어가는 고정지출이 더 생기는 것은 원치 않았다. 그래서 합리적인 국산 중형 SUV를 일시불로 구매하게 되었다.

아, 참. SNS에는 안 올리냐고? 회사에 치이고 삶에 지쳐서 그만하기로 했다. 시간이 지날수록 올릴 것도 없지만 무엇보다 친구들이 하나둘씩 SNS를 하지 않았다. 내 삶을 보여 주고 싶은데 볼 사람이 없다면 의미가 없지 않겠는가. 그래서 점점 SNS와 자연스레 멀어지곤 했다.

신혼을 즐기다 보니 우리 가족에게도 선물이 탄생했다. 아들이었다. 제발 나처럼은 크면 안 될 텐데 내심 걱정도 되었다. 아이를 키우는 데 생각보다 들어가는 돈이 많았다. 분유부터 생필품 등등. 부모님이 어렸을 때 얼마나 힘드셨을지 아빠가 되어 보니까 알 것만 같았다. 그리고 아파트 대출도 아직 10년 넘게 내야 하고 허리띠를 더욱 강하게 졸라매야 할 거 같았다. 와이프의 육아 휴직으로 인해 돈을 버는 사람이 나 혼자인데 밥을 먹는 수저는 하나가 더 늘었다. 더 열심히 살아야 할 거 같다. 그렇게 앞만 보고 열심히 살다 보니 어느새 나이는 40세가 되어 버렸다.

40대가 되니 어느새 직장에서 오래 일한 사람이 되었다. 공장장님도 몇 번 바뀌고 수많은 선배님과 후배님이 입사와 퇴사를 반복하였지만 이직할 시기도 놓치고 초등학생이 되어 버린 아들을 보니 퇴사와 이직은 무슨, 지금 여기서 더 열심히 살아야겠다는 생각이 들었다. 어렸을 때와 다르게 돈이 더 들어간다. 중학교 고등학교 가면 더 든다고 하는데 벌써 큰일이다.

병현이와 태호도 나의 처지와 크게 다르지 않았다. 지금은 셋 다 같은 아파트에 거주하고 있다. 그때 집값이 4억에서 살짝 빠지나 싶었는데 지금은 6억을 향해 가고 있다. 아파트의 가격이 올랐다기보단 현금의 가치가 떨어진 것이었다. 그때 와이프 말을 듣지 않고 전세로 살았다면 지금 어떻게 됐을까 끔찍한 상상을 가끔 하곤 한다. 역시 여자 말을 잘 들어야 한다. 지금까지 저축한 돈이라곤 나에게 오직 대출이 껴 있는 이 아파트 하나다.

내가 회사에 다닌 지 얼마 되지 않았을 때부터 김 팀장님과 장 부장님은 회식 때 사원들에게 이런저런 이야기를 해 주었다. 어렸을 땐 철이 없던 마음에 불편하다고 생각했는데 지금 내가 그러고 있다. 영원히 오지 않을 거 같았던 꼰대 나이가 되어 버렸다.

오랜만에 부서 회식이 있는 날이다. 처음엔 병현이와 태호 이렇게 셋이 가운데에 앉아 먹었지만 분위기를 살릴 겸 젊은 사원들만 앉아 있는 테이블로 자리를 옮겼다.

"우리 회사의 현재이자 미래! 다들 열심히 해 주셔서 고마워요. 다들

한 잔씩 받아."

"감사합니다. 책임님! 열심히 하겠습니다."

"열심히 안 해도 돼. 항상 건강하게만 살면 되지. 혹시 은지 사원은 얼마나 모았어? 이제 우리 회사 다닌 지 3년 차 아닌가?"

"저는 그렇게 많이 모으진 못했어요. 내년 되면 1억 정도 될 거 같아요."

"이야. 내가 은지 나이 때는 말이야. 통장에 돈이 없었어. 맨날 월급 들어오면 쓰기 바빴고. 그래도 열심히 살다 보니 집도 있고 다닐 수 있는 회사도 있고. 어렸을 때 나랑 비교하면 은지는 잘하고 있네. 혹시 투자는 하나?"

"투자는 하지 않고 저축만 하고 있습니다. 투자는 위험한 거 아닌가요?"

"큰일 날 소리. 내가 은지랑 여기 있는 사람들한테만 알려 주는 건데. 코인 알지? 코인. 이번에 상장하는 코인이…."

20년 전 장 부장님이랑 나와 같은 모습이었다. 오래 다니고 나이를 먹으면 다 똑같아지나 보다. 술에 취하니 오늘따라 유난히 김 팀장님과 장 부장님이 보고 싶다.

40대가 끝나갈 때쯤 아들이 중학생이 되었다. 학년이 올라갈수록 들어가는 돈도 많았다. 그리고 무엇보다 큰일 난 게 하나 있었다. 그것은 바로 소비의 유전이었다. 마치 나의 어렸을 때를 보는 듯한 모습이었다. 이것이 놀라운 유전의 힘인가. 아직 부동산 대출도 끝이 나지 않아서 힘든 상황인데 자꾸 신제품을 사 달라는 것이다. 결국 사 주진 않았지만 편하진 않았다. 안 사 주는 것이 아니라 못 사 주는 것이었다. 시계를 보니 늦은 시간이 아니었다. 엄마에게 전화를 걸어 봐야겠다.

"엄마, 뭐 하고 계셔요? 그나저나 저는 어떻게 키우셨어요? 아주 힘드셨겠어요."

어머님은 괜찮다며 어렸을 때 나 때문에 행복했었다고 말씀해 주셨다. 비록 힘이 들었지만 유일한 행복이라고 하셨다. 그 이야기를 듣자마자 눈물이 왈칵 쏟아져 나왔다. 앞으로 더 잘해야겠다는 생각이 들었다. 철이 들려고 할 때쯤 내 나이가 50을 바라보고 있었다.

50살이 좀 넘었을 때 길고 길었던 아파트 대출이 끝이 나고 있었다. 이번 달만 내면 자유다. 이제 돈을 모을 수 있을 거 같다는 생각이 들었다. 그동안 아들 키우고 양가 부모님 용돈도 드리고 아파트 대출도 갚다 보니 모은 돈이 없었다. 지금부터라도 열심히 모아야겠다는 생각이 들었다.

"여보, 우리 아파트 대출 드디어 한 번 남았어! 정말 고생 많았어. 여보! 덕분에 할 수 있었어."
"당신도 정말 고생 많았어. 이제 열심히 저축하고 우리 행복하게 노후를 살아 보자!"

마침 아들도 고등학생 때의 나와 같이 아르바이트하겠다고 말하여 우리의 부담을 덜어 주었고 우리는 그렇게 열심히 돈을 모을 수가 있었다. 하지만 돈을 본격적으로 모으려고 보니 퇴사가 눈앞에 다가왔다.

날이 추운 어느 60살이 되던 어느 겨울날, 난 퇴사를 결정하였다. 정년퇴직까지는 몇 년 더 일을 할 수 있었지만 이만하면 됐다는 생각과 회사에도 인원을 감소하는 추세였고 지금 퇴사하면 퇴직금을 좀 더 줄 수 있다는 인사팀의 제안에 지금 나가도 괜찮을 거 같다는 생각이 들었다.

하지만 병현이와 태호의 생각은 달랐다. 그 둘은 어떻게든 회사에 남아 정년을 꽉 채운다고 했다. 돈들을 다 모으지 못한 걸까. 한편으론 안쓰러웠다. 마지막으로 인사팀에 가기 전 혼자만 생각하고 있었던 퇴사라 병현이에게 할 얘기도 있고 같이 커피 한잔하러 나가자는 이야기를 했다.

"병현아, 이거 봐 봐. 나 오늘 퇴사하기로 마음먹었어. 커피 한잔하고 인사팀 가려고."

"뭐? 갑자기 무슨 소리야, 그게. 아직 몇 년 남았는데 더 다니지. 어디 아픈 곳이 있는 것도 아니고."

"에이, 그래도 이만하면 됐지. 충분히 오래 다녔고. 나도 이제 좀 쉬고 싶어."

"노후 대비는 다 된 거야? 퇴사 후에 계획은? 우리 앞으로 30년 이상은 더 살아야 할 텐데…."

"그게 뭐가 걱정이냐! 퇴직금도 나오고 시간 지나면 연금도 나올 텐데. 이 정도면 됐겠지."

"상현아. 난 그래도 좀만 더 생각을 해 봤으면 좋겠어. 너랑 떨어지는 것도 아쉽기도 하구."

"야 이놈아, 같은 아파트 사는데 자주 보면 되지. 아 몰라. 이제 마음먹어서 인사팀 들를래."

"네가 그렇게 생각하면 어쩔 수 없고. 조심해서 다녀와."

모든 직장인의 로망인 회사 잠바 속주머니에 사직서를 들고 인사팀으로 향했다. 인터넷으로도 사직서를 올릴 수 있었지만 괜히 해 보고 싶었다. 30년 넘게 다니던 회사를 그만두려니 좀 시원섭섭했다. 어렸을 땐 취업만 하면 인생이 일사천리로 해결될 줄 알았는데 그건 또 아니었다. 그리고 인사팀에 가기 전 병현이와 나눈 대화가 자꾸 생각이 났다. 이게 정말 맞는 걸까. 이쯤 되니 취업은 정말 새로운 시작에 불과했던 거 같다.

마음을 먹고 퇴사하려는데 발이 쉽게 떨어지지 않았다. 퇴사라는 단어가 왜 이렇게 힘든 걸까. 하지만 가족들에게 이미 말도 다 했고. 그래. 용기를 가지자. 상현아. 넌 할 수 있어.

그렇게 퇴사에 필요한 모든 서류를 준비해 제출하였고 전역을 앞둔 말년 병장처럼 퇴사도 늦게 올 줄 알았지만 날이 금방 다가왔다. 회사를 오래 다닌 만큼 우리 부서뿐만 아니라 타 팀 사람들을 포함해 수많은 사람에게 제2의 인생을 응원한다며 많은 축하를 받았다. 부서 사람들이 꽃다발과 케이크를 준비해 주셨다.

"아이고, 뭘 이런 걸 다 준비해 주셨어요! 그동안 정말 감사했습니다. 여러분들도 제가 언제나 응원하겠습니다! 감사합니다!"

'그래. 이제부터 진짜 내 인생을 즐기는 거야. 그리고 30년 넘게 달려왔으니 좀만 쉬어 보자. 내 남은 후반전 인생을 위해.'

그렇게 퇴사 후 시간이 흘러 6개월이 지나 지금 앉아 있게 되었다. 혼자 옛날 생각을 하다 보니 어느덧 시간이 많이 흘렀다. 오늘 저녁 병현이를 만나기로 했는데 밀린 집안일도 많기 때문에 부지런히 움직여야만 했다. 나처럼 늙은 슬리퍼를 끌고 그 여느 때와 다르게 더 무겁게 느껴지는 몸을 들고 집으로 발걸음을 향했다.

병현 전반전

오늘 오전에 꼭 해야 할 일이 있었기에 반차를 쓰고 오후에 회사로 복귀하려고 했다. 하지만 늘 계획이 지켜지지 않는 것처럼 그날도 생각했던 것보다 시간이 늦어졌다. 이대로 가면 지각일 거 같아 볼일을 끝내고 난 뒤 회사로 후다닥 뛰어가고 있었다. 그렇다고 택시를 타기엔 아까운 거리였다. 집 앞 놀이터에 작은 문이 있는데 그리로 뛰어가면 늦지 않을 거 같다는 생각에 세상 누구보다 정신없이 후다닥 가는 중인데 그 와중에 놀이터로 시선이 갔다. 더운 날인데도 불구하고 온 동네 어르신들이 다 모여 앉아 똑같은 생각이라도 하는 듯 고개를 푹 숙이고 있었다. 어라, 그런데 한가운데 낯이 익은 사람이 앉아 있었다. 나의 오랜 친구 상현이었다.

"상현아. 여기서 뭐 하냐? 햇빛이라도 쐬는 거야?"
"어, 병현아 안녕. 집에만 있기 답답해서 잠깐 나왔어. 어디 가길래 그렇게 급하게 가?"
"나 잠깐 볼일 있어서 오전에 반차 썼다가 지금 다시 회사로 복귀하고 있어. 늦겠다. 혹시 오늘 술 한잔 되냐? 오랜만에 아파트 앞에 포장마차 어때?"
"그래. 좋아. 이따 보자."

상현이에게 간단한 안부를 묻고 엄청난 번개 약속을 잡고 회사로 열심히 향하고 있었다. 열심히 달린 탓에 늦지 않은 시간에 회사 바로 앞 횡단보도 신호를 기다릴 수 있었다. 땀 좀 식힐 겸 신호등 바로 옆 나무 그늘에 몸을 맡기고 있었다. 그늘 안에는 한 초등학생 정도 돼 보이는 꼬마가 날이 더운지 쭈쭈바를 죽을힘을 다해 열심히 먹고 있었다. 그 아이를 보니 내 옛날 생각도 나는 거 같다. 놀이터에서 만난 상현이와 거의 한평생을 같이했는데 그때가 어렴풋이 생각이 난다. 아이가 먹고 있는 쭈쭈바처럼 내가 살던 과거로 빨려 들어가는 것만 같은 기분이 들었다.

내가 태어났을 땐 우리 집이 꽤 부유했다고 한다. 당시 꽤 큰 도시에서 규모가 제법 큰 아파트를 가지고 계신 부모님 집안에 태어났다. 나보다 3살 많은 친형이 한 명이 있으며 형과 나는 어렸을 때부터 지금까지 부모님의 사랑을 잔뜩 받으면서 클 수 있었다. 하지만 대기업을 다니시면서 높은 연봉을 받으시던 우리 아버지께서 IMF로 인해 회사에서 잘리게 되었고 그로 인해 큰 도시에서 삶이 유지가 힘들어 결국 우리 집은 내가 유치원을 다니고 있을 때 어느 지방으로 이사를 가야만 했다. 거기서 아버지는 이렇게 포기할 순 없으시다며 아주 작은 공장에 들어가 생산 일을 하셨다. 물론 대도시에서 일을 다니실 때보단 월급이 많이 줄었다. 하지만 매달 나오는 월급 덕에 비록 큰 도시에서 살 때보다는 아니지만 우리 가족은 행복하게 살 수 있었다.

지방에 있는 단독주택으로 이사를 가니 전에 살던 아파트와는 매우 달라 어색했지만 그래도 티는 내지 않았다. 부모님이 나보다 몇 배는 더 힘들 거라는, 아니 몇십 배는 힘들 거라는 생각을 했기 때문이다.

이사 온 날 이사하는 것을 도와드리려고 했는데 아직 어리다고 위험하니까 밖에 다녀오라는 부모님 말씀에 형의 손을 잡고 집 밖으로 나왔다. 앞으로 우리가 살 동네이기에 구경을 열심히 했던 거 같다. 구경하려고 보니 집 근처에 작은 슈퍼마켓이 하나 있었다. 거기에서 단짝 친구 상현이를 처음 만났다. 우리가 처음 만난 날 상현이는 나에게 먼저 말을 걸어 주었다. 60살이 넘은 지금도 그날이 생생하게 기억난다. 그만큼 상현이에게 고마운 날이었다. 첫 만남이 있던 그날부터 우린 금방 친해졌고 그렇게 제일 친한 친구가 되었다.

그렇게 상현이와 추억을 열심히 쌓았더니 어느새 초등학교에 입학하게 되었다. 동네가 작았기에 우린 같은 초등학교에 다닐 수 있게 되었다. 입학식 날부터 상현이와 함께 학교에 갔다. 입학식 날 정신없던 하루가 지나가고 상현이와 같이 집에 가고 있었다. 그런데 상현이가 무슨 일이라도 있는 듯 안 좋은 표정으로 먼저 말을 꺼냈다.

"병현아. 미안한데 나 집에 일이 좀 있어서 먼저 가 볼게. 미안해."
"어, 그래. 잘 가고 내일도 학교 같이 가자."

나를 뒤로한 채 뛰어가는 상현이의 모습을 보니 무슨 일이 있다는 것을 알 수 있었다. 하지만 큰일이었으면 분명 고민을 말했을 텐데 말하지 않는 거 보면 그리 큰 문제는 아니라고 생각한다. 뭘 잘못 먹어서 속이 안 좋은 건가. 걱정되는 상현이를 뒤로 하고 집에 돌아와 처음 등교할 때 있었던 일을 형과 부모님에게 이야기하였다. 이야기보따리를 풀다 보니 어느덧 밤이 되었고 내일도 학교에 가야 하니 잠을 자야겠다는 생각이 들었다.

아침에 학교 가기 전 상현이와 만나기로 한 장소로 정해진 시간에 가기 위해 열심히 학교 갈 준비하고 있었다. 그런데 오늘은 상현이가 만나기로 한 장소가 아닌 우리 집 앞까지 온 것이었다. 그것도 약속 시간보다 빠른 시간이었다. 그래서 하는 수 없이 잠깐만 기다려 달라는 말과 함께 급하게 준비를 끝낸 뒤 집 문을 열고 나갔다. 상현이는 나를 보자마자 인사 대신 새로 산 가방을 자랑하기 시작했다.

"병현아. 이것 봐! 어제 가방 새로 샀는데 이쁘지?"
"오, 이거 티브이에서 광고하는 거 봤는데 꽤 비싸지 않아?"
"아, 그래? 그건 몰랐네. 어제 엄마랑 백화점 가서 샀어. 혹시 너 가방은 얼마짜리야?"
"내 것은 몇 년 전에 3만 원 주고 샀었던 거 같아. 근데 잘 모르겠어. 사실 형이 쓴 거 물려받은 거라서."
"에이, 너도 엄마한테 사 달라 하지. 내가 이따가 학교 끝나고 아줌마한테 말해 줄까?"
"괜찮아! 난 이것도 좋은걸. 마음만 받을게."

상현이와 대화를 하면서 사실 나도 새로운 가방을 사고 싶었다. 어린 나이에 친구가 좋은 물건 들고 다니면 부러울 수밖에 없다. 그게 정상이다. 하지만 지금 집안이 아빠가 큰 회사를 다닐 때와는 다르게 힘들다는 것을 알았기에 부모님께 피해를 드리고 싶지는 않았다. 형이 준 이 가방도 좋다. 가방이 물건만 잘 들어가기만 하면 됐지. 비싼 건 의미가 없다고 생각한다. 그날 학교가 끝나고 집으로 돌아갔을 때 엄마가 형에게 물려받은 오래된 가방을 보시곤 말씀을 하셨다.

"아들. 형이 쓰다가 물려준 가방은 어때? 쓸 만해? 이번 달 아빠가 다니는 회사에서 보너스가 나와서 여윳돈이 조금 생길 거 같은데 주말에 엄마랑 백화점 갈까? 하나 사 줄게."

"괜찮아요. 엄마. 전 이 가방도 좋은 걸요! 잘 모아 놓으셨다가 엄마 아빠 필요할 때 쓰세요!"

"기특해라. 누구 아들인지 정말 착하네! 나중에 언제든지 가방 사고 싶을 때 말해 주렴."

"네, 엄마!"

비록 돈에 관해 잘 모르는 어린아이였지만 그래도 부모님 짐을 좀 덜어 드리고 싶었다. 돈 때문에 부모님이 덜 힘드셨으면 좋겠다. 이런 어린 시절을 보내다 보니 나중에 부자가 되어야겠다고 생각이 들었다. 돈만 많으면 이런 걱정도 안 할 거라고 생각했다. 그리고 돈이 많으면 내가 사랑하는 사람을 행복하게 할 수 있겠다는 생각도 들었다. 그래서 부자가 되고 싶은 마음이 정말 컸다. 지금은 아니지만 어른이 되어 난 부자가 될 것이다. 아니. 꼭 그래야만 한다.

초등학교 3학년이 되었다. 3학년이 되자 1, 2학년 때와는 다르게 친구들이 한둘씩 핸드폰을 사기 시작했다. 굳이 필요하지 않을 거 같은데 왜 사나 생각이 들었다.

학교가 끝나고 저녁에 친구들과 축구를 하기로 한 날이었다. 물론 가장 친한 친구이자 친구들에게도 인기가 많은 상현이도 온다고 했다. 상현이는 역시 축구화도 역시 가장 좋은 브랜드의 제품이었다. 축구가 끝나고 상현이가 주머니에서 핸드폰을 꺼내더니 아주머니와 통화를 했다.

축구를 했던 친구들 중에서는 유일하게 핸드폰이 있던 친구여서 그런지 같이 있던 친구들도 상현이를 많이 부러워했다. 옹기종기 모여 핸드폰을 만지작만지작하곤 했다.

"병현아. 어때 죽이지? 이제 내가 너랑 만날 때마다 너희 집으로 전화할게."
"고마워! 근데 핸드폰 비싸지 않아?"
"뭐 어때. 엄마가 낼 텐데. 너도 사 달라 해. 하나 있으니까 좋다. 친구들도 부러워하고."
"나는 괜찮아. 지금 당장 필요하지도 않고."

처음에 핸드폰이 필요하지 않을 거 같다고 생각했는데 가까이에서 직접 만져 보고 나만의 번호가 생긴다는 것이 부럽긴 했다. 맨날 좋은 제품을 잘 사기도 하고 엄마 돈을 아무렇지 않게 쓰는 모습이 한심하기도 했지만 한편으로는 상현이가 멋있었다. 나는 그렇게 하지 못하기 때문이다. 하지만 아무리 생각해도 부러움 하나 때문에 불필요한 소비를 할 필요는 없다고 생각했다. 그리고 무엇보다 우리 집에 전화하는 친구가 유일하게 상현이뿐이었다. 그런 사람이 핸드폰을 샀다는 것은 오히려 나에게 좋은 상황이었다. 그런 생각을 하다 보니 어느덧 집에 도착을 했다. 오늘도 어김없이 엄마가 반겨 주셨다.

"아들, 오늘은 이겼어 졌어?"
"졌지만 잘 싸웠어요!"
"그럼 됐지. 맞다. 아들. 아까 낮에 상현 엄마 만났는데 상현이 핸드폰 샀다며. 아들도 하나 사 줄까? 친구들이랑 연락하기도 편하게."

"에이, 괜찮아요. 엄마. 핸드폰 사면 매달 돈도 많이 나가고 공부에 집중도 안 될 거고 그리고 무엇보다 핸드폰 없는 친구들이 더 많아서 있으나 마나예요. 다음에 시간 지나면 그때 사 주세요. 그리고 혹시…."

"뭐 할 말이라도 있니?"

"제가 사고 싶은 물건을 필요한지 필요하지 않은지 최대한 잘 생각해 보고 사려고 하는데 혹시 나중에 제가 정말 필요하다고 느끼는 물건이 있을 때 그때는 엄마가 도와주실 수 있어요?"

"그럼 물론이지. 우리 아들이 항상 엄마 아빠 생각해서 그렇게 생각하는 거 보면 분명 필요한 것만 사 달라고 할 거라고 믿어. 언제든지 말해 주렴."

"감사합니다. 엄마."

초등학교를 다니면서 친구들을 많이 사귀고 어느덧 졸업이라는 것이 다가왔다. 6년이라는 시간이 얼마나 빨리 지나갔는지 상현이와 난 교복을 입을 나이가 되었다. 상현이와 다른 중학교로 떨어지는 것이 싫었다. 하지만 다행히도 동네에는 중학교가 하나밖에 없었기에 사실상 배정하는 것은 의미가 없기도 하였다. 그렇기에 우리 둘은 같은 중학교로 갈 수가 있었다.

초등학생과 중학생의 가장 큰 차이는 교복을 입는 것인데 교복이 생각했던 것보다 많이 비쌌다. 분명 부모님에게 부담이 될 금액이다. 차라리 엄마에게 미리 말을 해서 부담을 덜어 주는 게 좋다는 생각이 들었다.

"엄마, 할 말이 있어요."

"무슨 일 있니?"

"무슨 일이 있는 건 아니고 다름이 아니라 혹시 이번에 형 중학교 졸업했잖아요. 교복 집에 둘 거면 제가 입어도 될까요? 어차피 형이 다니던 중학교라서 괜찮을 거 같아서요."

"에이, 그래도 3년 입어야 할 텐데 엄마가 아들 중학교 가는데 그 돈도 못 쓸까 봐? 괜찮은데…."

"그럼 제가 정 필요하면 그때 필요한 것만 사 주시는 건 어때요? 그게 마음이 편할 거 같아요. 굳이 다 살 필요도 없을 거 같고…."

"요즘 애들과 다른 거 같아서 기특하기도 하지만 한편으로는 너무 아끼려고만 하는 거 같아서 미안하구나. 그래서 엄마가 사실 아들 이름으로 통장을 만들었거든? 엄마가 사 주고 싶은 것들을 아들이 괜찮다고 안 샀을 때 사실 조금씩 모아 뒀는데 아들이 쓰고 싶을 땐 언제든 써도 좋으니 이거 아들이 한번 관리해 봐."

통장에는 100만 원이 들어 있었다.

"엄마, 저에겐 너무 큰돈이에요."

"난 아들이 잘할 수 있을 거라고 믿어. 돈이 없을 때 안 쓰는 것보다 돈이 있는데도 안 쓰고 어떻게 할지 생각하는 것도 도움이 많이 될 거야. 엄마가 응원할게."

중학생에게서는 매우 큰돈이 생겨 당황스러웠지만 우선 지금 쓸 일이 없으니 우선 가만히 놔둬야겠다는 생각이 들었다. 부자가 되기 위해선 안 쓰는 것이 답이라고 생각한다.

어느새 교복을 입고 첫 등교 날의 해가 동쪽에서 떠오르기 시작했다.

"병현아. 교복 새로 산 거 아니었어? 새것이 아닌 거 같은데?"
"아, 친형이 이번에 고등학교에 가면서 중학생 때 입었던 교복을 물려줬어. 그래서 따로 안 사서 돈을 안 쓸 수가 있었어."
"에이. 그래도 3년은 입어야 할 텐데 그리고 너 새로운 친구들이 집 가난하다고 놀리면 어쩌려고. 너희 집 잘살잖아. 사 달라 하지."
"괜찮아. 일단 입어 보고 정 못 입겠으면 그때 필요한 교복만 사면 되겠지."

사실 상현이가 말한 대로 같이 중학교에 다닐 친구들이 무시하면 어쩌지 하는 생각을 했지만 그건 쓸데없는 걱정이었다. 그 이유는 친구들은 나에 대해 별 관심이 없는 거 같았다. 그러고 보니 나도 다른 사람들이 뭘 입는지 뭘 먹는지 크게 관심이 없는 거 같다. 남에게 보여 주기 위해 살 이유가 없다고 생각한다. 서로 별 관심 없기 때문이다. 그리고 새로 만난 친구들과 이야기를 해 보니 생각보다 새로 교복을 산 친구들도 많았지만 물려받은 친구도 생각보다 많았다. 안 사길 역시 잘했다.
어느 날 상현이가 동네에 있는 오락실을 오랜만에 가자고 했다. 사실 오락실을 초등학생 때 갔던 적이 있었는데 동네 무서운 형들한테 돈을 빼앗긴 경험이 있다. 빼앗긴 돈의 액수보다 형들의 협박이 무서웠다. 그 뒤로 우리는 눈치를 보며 문밖에서 형들이 있는지 확인하고 없을 때만 후다닥 한 판만 하고 도망가고 그랬다. 그런 곳을 또 가자고 하다니. 상현도 대단한 친구다. 하지만 끝없는 설득 때문에 우선 한번 같이 가자고는 했다. 상현이는 대신 초등학생들과 구별이 가능한 교복을 입고 가자고 했고 웃으며 나는 알겠다 했다. 정말 오랜만에 간 오락실에는 다행히도 우리가 나이가 제일 많았던 것 같다. 앞으로는 좀 자주 와야겠다는 생각이 들었다. 편안한 마음으로 게임을 하니 초등학생 때와는 다르게 행복했다.

　학교 끝나고 딱히 할 일이 없던 날 게임을 못하는 상현이가 게임 내기를 도전하는 것이었다. 이놈 또 지려고 아주 발악하는 거 같다. 사실 둘 게임 실력은 도긴개긴이었다. 대신 이번엔 아이스크림 내기를 하자고 한다. 나로서는 안 할 이유가 없었다. 공짜로 아이스크림을 먹을 수 있는 기회니. 오락실을 가기 전 설레는 마음으로 가방에 든 100원짜리 여러 개를 모아 주머니에 넣으며 동전을 만지작만지작했다.

　설레는 마음으로 오락실에 갔는데 이게 무슨 일인가. 오락실에 동네 꼬마들은 다 모아 놨나. 정말 많은 사람이 오락실에 가득 차 있었다. 그때 문득 그런 생각이 들었다.

'여기 오락실 사장님은 한 달에 얼마를 벌까? 나도 이 가게처럼 꾸준히 돈 벌고 싶다. 돈은 뭐 게임기가 알아서 버니까 관리하기도 편할 거 같은데 뭐 좋은 방법이 없을까?'

　그렇게 긴 줄을 기다리며 골똘히 괜찮은 방법을 생각하고 있었다. 하지만 오락실 사장님이 부러울 뿐 마땅히 좋은 생각이 떠오르지 않았다. 그러다 보니 어느새 우리 차례가 되었다. 상현이와 격투 게임이 시작되었지만 머릿속에서는 무슨 방법이 없을까 계속 생각 또 생각뿐이었다. 그렇게 동점인 상황에서 마지막 게임이 진행되고 그때 머릿속에 좋은 아이디어가 생각났다. 순간 엄청난 두뇌 회전을 하게 되었고 순간 게임기에서 손이 움직이지 않았다. 그때를 노려 상현이가 나의 캐릭터를 공격해 승리했다.

"병현아. 오늘은 내가 이겼다! 뭔 생각을 그렇게 해, 인마. 시시하게. 우리 이제 게임 그만하고 집에 가자. 오늘은 내가 이겼으니 네가 아이스크림 사라."

"아. 상현아. 뭐 좀 생각하느냐고. 미안. 집에 가자. 더 늦으면 엄마한테 혼나겠다. 오늘은 내가 졌으니 아이스크림 살게."

아이스크림을 먹으면서 게임에 대해 이야기를 하다 보니 어느새 집에 도착하였다. 그리고 곧 시험이기 때문에 우리는 2주 동안 함께 오락실을 가지 않았다. 하지만 난 오락실을 혼자 찾아갔다. 그때 오락실에서 생각난 것을 실행하기 위해 오락실 사장님을 만나야만 했다. 오락실 사무실에서 티브이를 보고 계시는 사장님이 보인다. 가서 말을 해 봐야겠다.

"안녕하세요. 사장님."
"무슨 일이니? 혹시 동전이 막혀서 왔니? 아니면 뭐 잃어버렸다거나."
"아, 그런 건 아니고요. 다름이 아니라 뭐 하나 여쭤보고 싶은 게 있어서요. 혹시 제가 게임기를 구해 오면 이 가게에 두어도 될까요?"
"그게 무슨 소리니?"
"여기 게임기들도 많고 인기도 많은 오락실인데 전투기 게임기는 없는 거 같아서요. 제가 게임기 비용은 낼게요. 대신 저에게 자리를 주시면 제가 자릿세를 매달 드리도록 할게요."
"허허, 이놈 봐라. 요즘 학생들이랑 다른 생각을 가지고 있네. 흠… 원래 여기가 내 오락실이긴 한데 어린 친구의 꿈을 짓밟을 순 없으니까… 좋아. 그렇게 하렴. 대신 두 가지 조건이 있다. 하나는 언제 무슨 일이 생길지 모르니 게임기를 갖다 놓을 때 나에게 핸드폰 번호를 알려 주는 것과 다른 하나는 매출의 50%를 나에게 주었으면 한다. 자릿세가 비싸다 생각이 들 수도 있지만 나도 매달 오락실 임대료를 내는 입장이니. 학생도 그렇게 손해 보는 장사는 아닐 거다."
"좋아요. 그럼 게임기 알아보고 그때 핸드폰 번호도 알려 드리겠습니다. 감사합니다. 사장님."

사장님이 흐뭇한 미소를 보이며 대화는 끝이 났다. 이제 내가 할 일은 전투기 게임기를 구하는 것과 핸드폰을 사는 것이었다. 핸드폰을 산 뒤에 게임기를 사는 것이 더 수월할 거라는 생각에 집에 돌아와 엄마에게 먼저 핸드폰을 사 달라는 이야기를 꺼냈다.

"엄마, 저 혹시 핸드폰 하나만 사 주실 수 있을까요? 이전까지는 필요 없었지만 꼭 필요할 거 같아서요."
"중학생 될 때까지 한 번도 그런 말 하지 않더니 드디어 사 달라고 하는구나. 엄만 언제나 괜찮다. 바로 가서 하나 사자. 착한 우리 아들."
"엄마 근데 저…."
"응? 뭐 더 할 말 있니?"
"혹시 무료로 주는 핸드폰이랑 가장 저렴한 요금제로 해도 될까요? 사실 제가 전화 거는 용도보다는 받는 용도가 더 클 거 같아서요. 혹시나 쓰다가 불편할 거 같으면 말씀드릴 테니 지금은 가장 싼 요금제로 하고 싶어요."
"하하. 지금 상황에서도 엄마 생각해 주고 고마워요. 우리 아들. 그럼 그렇게 할 테니까 혹시라도 불편하면 언제든 말해 주세요."
"네, 엄마."

대화가 끝난 뒤 엄마와 함께 핸드폰 가게로 발걸음을 향했고 개통하면 무료로 제공해 주는 핸드폰을 사게 되었다. 이제 할 일은 오락실에 설치할 게임기를 사는 것이었다. 인터넷에 중고 게임기를 검색했더니 엄청나게 많은 게임기가 쏟아져 나왔다. 중고를 검색한 이유는 아무리 새 제품을 산다고 하더라도 누군가 한 명이 동전을 넣어 게임을 하는 순간 중고가 되는 것도 있고 무엇보다 새 제품보다 중고 제품이 가격이 훨씬 저렴했다. 내가 찾던 게임기는 새 제품 같은 경우 100만 원이 넘었지만 중고 제품은 50만 원에 거래가 되고 있었다. 이걸로 해야겠다. 중학생에게 50만 원은 정말 큰돈이다. 그렇지만 엄마가 저번에 준 통장을 사용한다면 큰 무리는 없을 거 같다. 그렇게 중고 게임기를 구매 후 오락실에 트럭으로 배달될 때 오락실 사장님에게 찾아가 사장님이 말씀하신 조건을 지키기 위해 나의 휴대전화 번호와 계좌번호를 남겨 드렸고 게임기가 설치되고 잘 작동되는지 확인한 후 집에 돌아와 쉴 수가 있었다. 핸드폰도 구매하고 게임기도 사고 하다 보니 어느새 시험 날이 다가왔.

시험이 끝나는 마지막 날 상현이가 오늘 시험이 끝나면 오락실에 가자고 이야기했다. 좋다고 이야기하였다. 물론 상현이랑 게임하는 것도 재밌지만 그것보다 내 전투기 게임기가 잘 있나 사람들에게 인기는 많나 그게 더 궁금했다. 긴장되는 마음으로 오락실에 도착해 문을 열었는데 엄청난 꼬마들이 전투기 게임을 하려고 줄을 서 있었다. 너무 기쁜 나머지 핸드폰을 꺼내서 오락실 사장님께 문자를 보내고 있었.

[사장님 보셨죠! 제 안목이 틀리지 않았다고요!]

그렇게 문자를 보내고 있을 때 상현이가 내 핸드폰을 보고 있었다.

"오, 병현. 드디어 핸드폰 산 거야? 뭐야. 필요 없어서 안 산다더니. 중학생이 되어서 샀네."

"아, 써야 할 일이 있을 수도 있을 거 같아서 하나 샀어. 어때?"

"뭐, 좋긴 한데 최신 휴대전화는 아니네. 그래도 축하해. 핸드폰 있으면 편하다니깐. 난 시험 잘 보겠다고 약속하고 엄마한테 바꿔 달라고 해서 주말에 바꾸고 왔지."

"전 것도 좋은 건데 또 바꾼 거야? 하여튼 상현의 트렌드는 알아줘야 한다니깐. 인마, 돈 아껴서 효도 좀 해. 돈도 안 버는 놈이."

지금 내 핸드폰이 비록 상현이의 핸드폰보다 성능도 안 좋고 나온 지 오래되었지만 내 핸드폰이 말할 것도 없이 더 뛰어나다. 돈을 벌기 위한 첫 번째 준비물이니까. 비교조차 할 수 없다. 스스로 돈을 번다는 기쁨을 이때 처음 깨달았다.

신경 쓰지 않아도 돈을 벌어다 주는 전투기 게임기의 첫 달 매출은 생각했던 것보다 많은 돈이 들어왔다. 20만 원의 수익을 냈다. 사장님의 조건대로 절반인 10만 원을 받았다. 그렇게 시간이 지나서 7개월 만에 게임기를 산다고 투자한 50만 원을 모두 회수할 수 있었다. 그렇게 몇 개월이 지나다 보니 꽤 많은 돈이 통장에 들어왔다. 인생을 바꿀 수 있는 그런 큰 금액은 아니었지만 매달 돈이 들어온다는 것에 행복했다. 들어오는 돈도 물론 좋았지만 그거보다 경험의 가치가 더 높았다.

늘 행복할 것만 같았지만 슬픈 소식이 몇 개월 지나지 않아 찾아왔다. 평생 들어올 거 같던 게임기 돈도 받을 수가 없게 되었다. 모바일 게임의 발전으로 인해 전국에 있는 모든 오락실의 경기가 안 좋아졌기 때문에 사장님께서 하는 수 없이 폐업을 결정하셨다고 했다. 미안하다는 연락이 왔다. 돈이 더 이상 들어오지 않는다는 것에 아쉬움이 컸다. 하지만 내 인생에서 짧은 시간에 많은 것을 배울 수 있었고 이번 경험이 내 인생에 큰 도움이 될 거라는 생각을 했다. 전에 상현이랑 격투 게임 때 겨서 사 준 아이스크림은 이 세상에서 그 어떤 아이스크림보다 나에게 있어서 값진 아이스크림이 되어 버렸다. 오락실에 있던 내 전투게임기는 중고로 30만 원에 팔 수 있었다. 생각했던 거보다 많은 현금이 통장에 들어왔다.

상현이와 자주 가던, 그리고 추억이 많았던 오락실이 문을 닫았고 게임기를 팔다 보니 길에 붕어빵을 파시는 분들이 생기곤 했다. 슬슬 겨울이 오나 보다. 날이 추워지면 추워질수록 전국에서 북극 패딩이 유행이었다. 무슨 유행이 1년에 한 번씩 바뀌는지 그리고 유행은 꼭 따라가야 한다면서 소비를 하는 사람들을 보면 이해가 되지 않았다. 물론 그 중 나의 가장 친한 친구 상현도 있었다. 이번에는 과연 패딩을 살 것인가. 궁금해졌다. 마침 교실에서 친구들이 패딩을 주제로 수업하기 전 이야기를 하고 있었다.

"그래도 가성비면 C등급 아니냐? 그래도 C등급도 패딩인데 따뜻하겠지. 안 그래?"

"그것도 그렇긴 해. 애매하게 B등급 살 바엔 그냥 안 사는 게 나을 거 같기도 하고. 좀 더 돈을 더 주고 A등급을 사든지 아니면 돈을 조금 아끼고 C등급을 사든지. 아무리 봐도 B등급은 가격이 애매해."

"이 친구들이 뭘 모르네. 패딩이 뭐 한 번만 입고 버리는 것도 아니고 이왕 사는 거 무조건 비싼 거 사. 그래야 무시 안 당한다."

상현이는 이번에도 소비할 생각만 하고 있었다. 괜히 아주머니가 걱정되기도 하였다. 좀 줄여야 할 거 같은데. 아니 많이 줄여야 할 거 같은데…. 뭐 그렇다고 나에게 직접적인 피해를 주는 건 아니니까 신경 쓰지 말아야겠다.

그렇게 패딩이 출시되는 날 상현이는 결국 패딩을 입고 등교를 했다. 그것도 A등급보다 비싼 패딩이었다. 친구들은 상현이를 모두 부러워하며 교실은 순식간에 시끌시끌해졌다. 내가 입고 있는 패딩은 초등학교 5학년 때 샀는데 몇 년 되었지만 매우 만족하면서 입고 있다. 무엇보다 따뜻하다. 새로 산 패딩을 입고 어깨가 천장까지 올라간 상현이가 말을 걸었다.

"병현아. 너는 패딩 안 사냐? 이번에 새로 산 패딩인데 정말 따뜻한데 한번 입어 볼래? 입어 보고 맘에 들면 너도 사 달라고 해. 패딩은 무조건 따뜻해야 해."

"난 지금 이것도 맘에 들어. 충분히 따뜻하고 굳이 살 필요는 없는 거 같아."

"다른 친구들도 다 사는데 너도 좀 사지. 몸이 따뜻해야 해. 그리고 비싼 걸 입어야 무시를 안 당하지."

대화를 나누고 교실을 둘러보니 정말 많은 친구가 그 브랜드 패딩을 입고 있었다. 그리고 보니 이 브랜드는 매년 신제품이 나올 때마다 잘 팔리는 거 같다. 이 회사 사장님이 우리 반에 오시면 얼마나 흐뭇해하실까. 나도 이런 브랜드의 사장이 되고 싶다고 생각했다. 이런 브랜드를 하나 차려서 잘되면 금방 부자가 될 수 있을 거라는 생각을 했다. 역시 사업을 해야 하나.

 수업이 끝나고 상현이와 나란히 입에 붕어빵 입 부분을 물고 추운 바람을 뚫고 집에 도착했다. 집에 도착하니 엄마가 저녁을 준비하고 계셨다. 입안에서 단팥 맛이 가시기 전에 밥을 먹어야 할 거 같다. 붕어빵을 먹지 말걸 그랬나 보다.

 "아들, 다녀왔어? 시간 딱 맞춰 왔네. 같이 밥 먹자."
 "네, 엄마. 제가 좋아하는 반찬이 참 많네요! 잘 먹겠습니다."
 "학교에서는 오늘 무슨 일 없었니?"
 "아, 엄마. 혹시 엄마도 그 패딩 아세요? 요새 그 전국적으로 유행하는 브랜드가 있거든요."
 "아 북극 패딩 만드는 브랜드 말하는 거지? 그게 병현이 학교에서도 유행이니?"
 "네네, 아마 우리 반에서 저랑 준수랑 두용이랑 현준이 빼고는 다 있는 거 같더라고요."
 "그래? 아들도 하나 사 줄까? 하나 좋은 거 있으면 좋잖아."
 "에이. 괜찮아요. 엄마가 초등학교 다닐 때 좋은 거 사 주셔서 전 이것도 너무 좋아요."
 "이럴 줄 알았어. 그럼 필요할 때 말해 줘. 그나저나 안 그래도 아까 뉴스에 나오더라고."
 "그래요? 어떤 뉴스였어요?"
 "북극 패딩 만드는 회사가 꾸준히 매출도 상승 중인데 이번 연도에 북극 패딩이 예상했던 거보다 잘 팔려서 역대 최대 매출을 기록했다는 뉴스였어. 그 브랜드 사장님은 돈 엄청나게 벌었을 거 같은데. 우리도 패딩 브랜드 하나 만들어 볼까? 남극 패딩 어때? 하하. 농담이야, 농담. 밥 먹자."

"엄마도 참. 아 근데 저도 그 생각했어요. 교실에 수많은 친구가 북극 패딩을 사는 걸 보고 브랜드 사장은 돈 많이 벌겠다 나도 저렇게 무언가 판매를 하면 부자가 되지 않을까 생각이요. 그리고 이 회사가 가만 보니 매년 신제품을 잘 만들어서 돈도 잘 버는 거 같더라고요."

"흠, 그럼 그 회사를 알아보고 주식을 사는 건 어때?"

"주식이요? 주식은 도박 아닌가요?"

"에이, 주식이 왜 도박이야. 주식은 회사의 지분을 사는 거니까 회사에 대해 잘 알아보고 접근한 후 미래에 가치가 있다는 생각이 들어 주식을 사면 투자지. 방금 병현이가 말한 거처럼 그 회사 매출도 잘 나올 거 같고 그 사장님처럼 되면 좋을 거 같다며. 직접 병현이가 옷 브랜드를 차려서 창업하는 거보다 성공한 사람과 함께하는 게 더 쉽지 않을까? 엄마는 그렇게 생각해."

"근데 드라마나 영화 보면 주식에 투자했다가 망했다. 이런 얘기가 많이 나와서요…."

"그건 회사의 가치가 아닌 단기간에 높은 수익률을 내기 위해 무리한 투자를 한 경우가 많을 거야. 아니면 이번 기회에 북극 패딩 만드는 회사 공부도 좀 해 보고 그때 엄마가 준 용돈이랑 오락실에서 수익 낸 돈에서 일부를 사 보는 건 어때? 1주라도 주식을 사 보는 것이 아예 사지 않은 거와는 정말 다르거든."

"네, 그럼 먹고 한번 알아볼게요! 감사합니다. 엄마. 밥 너무 맛있어요."

식사를 끝내고 엄마가 깎아 준 과일을 들고 방으로 들어와 컴퓨터를

켰다. 그리고 회사의 홈페이지와 북극 패딩 관련된 기사를 쭉 읽어 보았는데 매년 성장하고 있어 미래에 더 좋게 될 거 같았다. 엄마 말대로 내일 아침에 주식을 경험 삼아 1주라도 사 봐야겠다는 생각이 들었다. 자기 전 엄마에게 주식계좌 만드는 것을 도와 달라고 했다. 성인이 아닌 이제 중학생이었기 때문에 엄마의 도움이 필요했다.

다음 날 아침 상현이와 같이 등교했고 친구들은 아직도 북극 패딩에 대해 이야기를 하고 있었다. 이제 이 회사에 주주가 될 거기 때문에 친구들이 더더욱 이야기를 해 줬으면 좋겠다. 마치 이 회사의 주인이라도 된 거 같았다. 아, 참. 미성년자이기도 하고 핸드폰으로 주식을 거래할 수가 없었던 시절이었기 때문에 엄마가 대신 주식을 사 주기로 했다. 주식을 사면 연락을 주신다고 했는데 아직 연락이 없으시다. 무슨 일이라도 있으신 거냐고 생각을 할 때쯤 문자 한 통이 왔다. 엄마였다.

[아들. 어제 엄마랑 말한 북극 패딩 만드는 회사 주식을 사려고 봤는데 아직 상장되어 있지 않다고 하네. 아무래도 그 회사 주식은 사는 게 힘들 거 같다. 이 회사 더 잘되면 곧 상장할 테니까 그때 사 보자. 공부 잘하고 선생님 말씀 잘 듣고 이따 보자.]
[네, 엄마. 알아봐 주셔서 감사합니다. 이따 집에서 만나요.]

변수다. 어제 밥을 먹고 알아보았을 때 홈페이지와 북극 패딩 관련된 기사만 봤는데 가장 중요한 것을 놓치고 말았다. 하지만 그래도 많은 생각을 할 수 있었고 많은 정보를 얻을 수 있었다. 주식을 사면 그 회사의 주인이 될 수 있다는 점과 통장에서 잠자고 있는 돈을 굴릴 수 있다는 것을 깨달을 수 있었다. 이 회사가 상장하거나 좋은 회사를 발견하면 그때 매수를 한번 해 봐야겠다.

   중학교 때 상현이와 많은 추억을 쌓다 보니 초등학교 때와는 비교도 할 수 없을 만큼 빠른 시간이 흘러 고등학생이 되어 버렸다. 이번에도 형의 교복을 물려받았다. 오히려 새 옷보다 마음이 편하기도 하고 새 옷이 아니기에 부담도 없었다. 그리고 무엇보다 부모님에게 효도도 돼서 그런지 기분은 좋았다. 그런 와중에 상현이는 또 최고급 교복 브랜드에서 교복을 샀다. 돈도 안 버는 놈이 이번에도 효도는 물 건너간 거 같다.
   고등학교 입학과 동시에 컴퓨터로만 메신저를 주고받고 할 수 있었는데 이제는 핸드폰으로도 자기의 일상을 올리고 공유하는 앱이 출시될 거라는 이야기가 있었다. 뉴스를 통해 봤는데 역시 유행을 따라다니는 상현이의 행동을 보니 전국적으로 유행을 할 거 같다. 그리고 출시가 된 날 학교에 갔더니 아니나 다를까 책상에 앉기도 전에 친구들은 새로 나오는 SNS에 관해 이야기를 나누고 있었다. 난 하지도 않을 거고 앞으로도 할 생각이 없었기에 대화를 끼지 않고 1교시 수업 준비를 하려고 책가방을 열고 있었다.

"병현아. 넌 비타그램 안 하냐? 요즘 이거 다 하는데 너도 해 봐. 내가 친구 걸게."

"아, 뭔지는 아는데 난 별로 하고 싶지 않아. 굳이 해야 하나 싶기도 하고…."

"이런 거 안 하면 무슨 재미로 사냐? 혹시라도 나중에 하고 싶으면 말해. 친구 제일 많은 내가 알려 줄 테니."

"응, 고마워."

벌써 절친 상현이가 걱정이다. 가뜩이나 소비도 큰 친구인데 자신의 일상을 SNS에 올리면 소비가 더 커지지 않을까에 대한 걱정이다. 하긴 근데 이건 상현이의 문제뿐만이 아니다. 누군가와 일상을 공유하고 새로운 사진을 올리기 위해선 소비가 필요한 건 사실이니까 말이다. 만약 본인에게 있어서 꼭 필요한 소비를 하는 것은 괜찮지만 남들에게 보여주기 위해 쓰는 불필요한 소비는 과소비라고 생각한다. 그래서 SNS를 하는 순간 내 인생이 아닌 남들에게 보여 주는 인생을 사는 것이라는 생각이 들어 난 SNS를 하지 않았다. 앞으로도 할 생각이 없다.

하지만 다른 것에 소비하기로 하였다. 이번에 출시된 비타그램 앱의 회사가 상장되어 있는 것을 확인하고선 돈이 많진 않지만 3주만 우선 매수해 보려고 한다. 그 이유는 우선 회사가 네트워크 기반 회사여서 추가적인 공장 증설은 안 해도 될 거 같다고 생각했고 생산을 기반으로 하는 업종과는 다르게 많은 인원을 필요하지 않았기 때문에 인건비로 나가는 돈도 매우 적을 것이라는 생각을 했다. 무엇보다 현재 많은 사람이 가입하고 있다는 것은 앞으로 사용할 사람이 더 늘어날 추세로 보이고 광고효과나 이런 부분에서 충분한 수익을 낼 수 있는 구조라는 생각이 들었다.

위에 생각을 엄마에게 잘 설명해 주었고 흐뭇한 미소를 띤 어머니는 알겠다고 말씀하셨다. 쉬는 시간 꺼진 핸드폰을 잠깐 켰는데 엄마에게 문자가 와 있었다.

[아들! 아침에 잘 매수했다! 첫 주식 축하해.]

이것이 내 인생 첫 주식이 되었다. 주식을 사고 잘 보지는 않았다. 본다고 오르는 것도 아니니 말이다. 몇 주 뒤 오랜만에 주식을 봤더니 상현이 덕이라고 해야 할지 모르겠지만 내 인생 첫 주식은 짧은 시간에 큰 수익을 낼 수 있었다. 생각했던 거보다 빠른 시간에 많이 올랐기에 매도하기로 결정하였다. 패딩 때부터 SNS까지 상현이는 어쩌면 나에게 있어서 투자 쪽으로 많이 도움을 줄 수도 있을 거 같다는 생각이 들었다.

시간이 지나 어느덧 2학년이 되었다. 친구들 하나둘씩 고등학교를 졸업하면 무엇을 할지 미래에 걱정하는 단계에 있었다. 공부를 엄청나게 잘했던 편에 속하진 않지만 그래도 꾸준히 노력은 해 왔다. 다른 친구들처럼 무료 인터넷 강의도 듣긴 했지만 다른 점이 있었다. 대부분의 친구가 태블릿PC를 이용하여 인터넷 강의를 듣는 것이다. 태블릿PC를 가지고 있다고 해서 성적이 오르거나 공부가 더 잘되지 않는다. 핸드폰으로도 충분하다고 생각하는데 태블릿PC로 공부를 하는 친구들을 보면 이해가 되지 않았다. 물론 그중에 상현이도 있었다.

상현이의 소비는 SNS를 시작하면서 점점 더 커져만 갔다. 굳이 하지 않아도 되는 소비가 대부분을 차지하였다. 어느 날 갑자기 같은 반 수빈이가 아르바이트하는 곳으로 야자를 빼고 일을 간다고 했다. 이유를 물어보니 SNS에 사진을 올리려면 돈이 필요하다고 했다. 그런 상현이를 보며 안타까운 마음뿐이었다. 남에게 보여 주는 것 때문에 본인의 귀한 인생 시간을 쓴다는 게….

하지만 그런 상현이를 보면서 배울 수 있는 게 있었다. 정확히는 수빈이와 상현이가 일하는 가게의 고깃집 사장님에게 배울 점이 있다는 게 맞는 말인 거 같다. 아르바이트나 회사직원은 모두 가게와 회사 규정에 맞는 시급과 월급을 받는다. 수빈이와 상현이가 받는 시급은 고깃집의 매출과 상관없이 같은 시급을 받는다. 회사의 매출도 마찬가지다. 회사의 매출이 안 좋을 때는 안정적인 월급이 좋다고 느낄 수 있으나 회사의 매출이 좋아진다고 하더라도 그 돈은 모두 사장님의 것이 된다.

이런 생각을 하다 보니 어렸을 때부터 꿈이 부자였던 만큼 직장보다는 사업이 더 맞는다는 생각이 들었다. 고등학교 성적이 괜찮은 편에 속했지만 대학에 가야 할지 고민이었다. 대학은 공부하는 곳과 동시에 취업을 목적으로 다니는 곳이라고 생각이 들었기 때문이다. 그리고 대학교에 입학하게 되면 무엇보다 돈과 시간이 많이 든다는 생각이 들었다. 특히 시간이 너무 아깝다는 생각이 들어 이 부분에 있어서 엄마와 한번 이야기를 나누었다.

"엄마, 저 대학교를 꼭 가야 할까요? 요새 생각이 좀 많은 거 같아요."
"무슨 일이야? 아들이 대학교 안 간다고 말하고. 대학교 가고 싶은 거 아니었어?"
"지금 생각해 보니 굳이 가야 하나 싶어요. 사실 전 부자가 되고 싶은데 직장인으로는 힘들 거 같다는 생각도 들고 대학교 졸업은 회사 입사할 때 자기소개서에 한 줄 쓰는 게 전부인 거 같아서요."
"아들이 그렇게 생각한다면 그게 맞는 거지! 아들 인생인데 엄마가 꼭 대학에 가라는 것은 아닌 거 같고. 혹시 그럼 직장 말고 다른 일에 대해 생각해 본 건 있니?"
"아니요…. 그래서 사실 좀 막막해요. 어떤 걸 해야 할지 언제부터 해야 할지 감도 안 오고…. 그렇다고 무턱대고 시작하는 건 좀 아닌 거 같고."
"그럼 외삼촌한테 한번 말해 볼까? 외삼촌이 수출 관련 자영업을 하고 계시잖아. 요새 바쁘다고 주위에 아는 사람 없냐고 소개해 달라는데 병현이도 외삼촌이랑 친하니까 옆에서 일도 배우기는 좋을 거 같은데. 전에 같이 일해 보고 싶다고 말했다며."

"아 맞네! 외삼촌이 있었네요? 그럼 삼촌한테 연락을 해 볼게요. 안부도 물어볼 겸!"

"그래. 그러렴. 엄마는 언제나 병현이 응원해! 뭐든 잘할 수 있을 거라 믿어."

엄마의 끝없는 칭찬과 격려 속에 대화가 끝이 나고 오랜만에 외삼촌과 연락을 주고받았다. 외삼촌도 내가 어렸을 때부터 같이 일해 보고 싶었다고 한다. 꼼꼼한 성격과 늘 가지고 있는 호기심이 사업에 적합할 거라는 생각이 들었다고 하셨다. 같이 일하는 것과 사업에 대해 배우는 것에 흔쾌히 허락을 해 주셨다. 대신 두 가지의 조건이 있었다. 첫째는 고등학교 졸업과 동시에 군대에 가는 것이었다. 왜냐하면 일을 잘 배우다가 갑자기 영장이 나와 입대를 해 버리게 되면 배우는 것이 오히려 시간 낭비가 될 수도 있다는 것과 회사에도 안 좋은 영향이 있을 수 있을 것 같다는 삼촌의 생각이었다. 그리고 다른 한 가지는 일에 필요한 각종 자격증을 따는 것이었다. 수출 관련된 일은 다른 사업에 비해 쉬운 사업이 아니다 보니 전문성이 필요하다고 하셨다. 그래서 군대를 근무하는 동안 틈틈이 자격증 공부를 하면 좋을 거 같다고 말하셨다. 그건 외삼촌 생각과 같았다. 외삼촌의 두 가지 조건을 다 듣고선 약속을 꼭 지키겠다고 말했다. 그러자 삼촌도 얼른 시간이 지나 같이 일하고 싶다는 말을 남기셨고 엄마에게 외삼촌과 나눈 대화를 공유하고 고등학교를 졸업 후 대학 대신 군대에 입대하기로 했다.

시간이 더 빠르게 흘러 어느덧 고등학교 졸업식이 되었다. 외삼촌과의 약속을 지키기 위해 졸업식 다음 달인 3월에 입대하게 되었다. 상현이는 대학에 간다고 한다. 어렸을 때부터 20살이 되기까지 떨어져 있던 적이 없고 눈만 뜨면 늘 함께했던 친구와 떨어지려 하니 속상한 마음이 가슴 한편에 자리 잡았다. 그래도 눈물은 흘리지 않았다. 영원한 헤어짐도 아니고 군대에서 연락하기도 하면 되니까 말이다. 그래도 자꾸 마음 한편에 생전 처음 느껴 보는 감정이 맴돌았다.

성인이 되고 처음 맞는 3월. 삼촌과의 약속을 지키기 위해, 아니 부자가 되기 위해 입대를 하게 되었다. 친구들은 군대 가기 싫다고 했는데 그와 반대로 나는 빨리 가고 싶었다. 꿈을 위해 가는 한 걸음 전진이라고 생각했다. 그리고 어차피 가야 하는 거 하루라도 빨리 가는 게 좋다고 생각했다.

몇 주간의 훈련소 생활이 총알처럼 빠르게 지나가 끝이 났고 자대를 배치받은 후 열심히 군 생활을 했다. 군대에 빨리 입대하다 보니 나이로는 가장 막내였다. 물론 군대 계급도 막내였다. 선임들의 부조리가 힘들게 느껴졌지만 나이로도 막내니 그냥 형들이 혼내는 거라고 생각하자며 마음을 굳게 먹었다. 하지만 일병과 이병의 시간이 잘 가지 않았고 의미 없는 달력에 X 표시를 하며 군 전역보다는 상병이 되기만을 기다리고 있었다. 그 이유는 이등병에게 전역이란 보이지 않는 미래도 맞고 일병과 이병보다 상·병장 때 비교적 공부할 시간이 많이 있을 수 있겠다는 생각 때문이었다. 그리고 대학을 안 간만큼 더 노력해야겠다고 다짐했다. 다른 친구들은 대학교에서 전문적인 공부를 하기 때문에 밀릴 수밖에 없다고 생각했다. 혹시라도 잘못돼서 취업을 해야 하는 일이 발생한다면 나에게 남은 건 자격증밖에 없다. 그래서 자격증을 꼭 따야만 했다.

상병이 되고 개인 시간이 많이 생겨 본격적으로 자격증 공부를 할 수 있었다. 다른 선임들처럼 후임들을 괴롭히지 않았고 개인 시간이 있을 때마다 사지방 옆 독서가 가능한 작은 공간에서 취침 연등을 신청하고 평일 주말 할 것 없이 매일 외삼촌이 말씀하신 자격증 공부를 열심히 했다. 그래서 상병과 병장 때 사용했던 휴가들은 친구들을 만나 노는 휴가도 있었지만 대부분 휴가는 자격증 시험 일정에 맞춰 나가곤 했다.

그 결과 다행히도 외삼촌이 말한 자격증들을 군대 전역하기 전에 모두 딸 수 있었다. 망망대해에 떠 있는 미역처럼 아무런 목표가 없었다면 이렇게까지 열심히 하지 않았을 텐데 부자가 되기 위한 한 걸음이라 생각하고 꽉 깨물고 열심히 했던 게 큰 도움이 되었다. 물론 다른 상·병장처럼 PX 가서 맛있는 거 입에 넣고 체력단련실에서 운동도 꾸준히 하며 이런저런 이야기 하며 시간도 보내고 싶었지만 잠시의 행복 때문에 앞으로 행복할 미래를 망치고 싶진 않았다. 그렇게 길면 길고 짧으면 짧았다 할 수 있는 21개월의 군 생활에 마침표를 찍을 수 있었다.

전역의 기쁨도 있었지만 바로 일을 해야겠다는 생각이 들어 전역 후 외삼촌에게 건강히 전역했다고 말씀을 드렸고 언제든지 출근할 준비가 되어 있다는 말을 남겼다. 그렇게 전역 후 며칠 지나지 않아 외삼촌이 운영하는 회사로 출근하기로 했다.

출근해서 일을 배워 보니 생각했던 것보다 재밌었다. 비록 자격증을 따기 위해 공부했던 이론과는 다른 어려운 부분도 많았지만 헤쳐 나가는 과정이 정말 재미있었던 거 같다. 그리고 외삼촌도 적성에 잘 맞는 거 같다고 소질이 있다며 칭찬을 아끼지 않으셨다.

월급은 월 수출 거래 건수로 결정되었다. 생각했던 거보다 내 이름으로 거래 성사가 잘되어 22살 젊은 나이에 꽤 높은 월급을 받을 수 있었다. 외삼촌에게 일도 배우고 돈도 많이 벌고 이런 좋은 환경은 찾아봐도 없을 거다. 늘 감사한 마음으로 열심히 다녀야겠다고 생각했다.

회사 규모가 꽤 큰 편에 속해 직원들을 위한 기숙사도 있었다. 비록 혼자 자취방을 구해 살 수 있었지만 최대한 돈을 모으기 위해 직원들과 함께 사는 기숙사를 택했다. 기숙사에 살아 보니 돈만 아낄 수 있다 생각했는데 시간도 많이 아낄 수 있었다. 시간이 있을 때마다 행복한 미래를 생각하며 투자에 관련된 책을 많이 읽곤 했다. 책은 언제나 나에게 친구가 되었다. 성공하신 분들의 일생을 단 몇백 그램, 종이 몇 장에 다 담아낼 수 있다니 이게 정말 큰 인류의 발명 아닌가 싶은 정도였다.

평소와 비슷하게 퇴근 후 독서하고 있었는데 이번에 읽은 책은 노후 대비에 관련된 책이었다. 책을 읽어 보니 현재 대한민국 국민의 노후와 젊은 사람들의 노후 준비가 하나도 되지 않아 매우 심각한 상황이라는 것을 알 수 있었다. 책을 넘기며 읽다 보니 점점 희망이 사라지는 거 같았다. 피할 수 없는 미래라는 생각이 들어 평소보다 집중해서 책을 읽을 수가 있었다. 그러다 다음 장에서 충격적인 소제목을 봤다.

'현재 대한민국 노부부가 한 달에 쓰는 평균 생활비 250만 원'

눈을 의심했다. 다행히 지금 월급은 이거보다 많지만 대한민국 사회 초년생 기준으로 보면 세금을 제외하고 250만 원보다 못 버는 사람들도 많을 텐데 그 돈을 다 모은다고 해도 노후 대비가 안 된다니. 혹시나 잘못된 정보가 아닌가 싶어 핸드폰으로 노후 대비에 대해 검색을 해 보았는데 정말 맞았다. 한 달에 필요한 노부부 생활비 250만 원. 비록 어린 나이였지만 신선한 충격으로 다가왔다. 그럼 죽을 때까지 노후 대비에 필요한 돈이 얼마나 필요할까 하는 궁금증이 생겨 50살에 퇴사를 하고 80살까지 산다는 가정하에 필요한 돈을 계산해 보았다.

 '잠깐. 대한민국 평균 실제 퇴직 나이가 50살이라는데 지금 평균연령이 80살이니까… 아니지. 내가 나이가 들면 평균 수명은 더 늘어날 텐데…. 평균 수명이 늘어나면 퇴직하는 나이도 늦어지려나? 복잡한데 그냥 30년이라 가정하고 계산해 보자. 매달 2,500,000 곱하기… 12개월 곱하기 30년이니까 30….'

 계산을 다 했는데 0이 너무 많아 핸드폰에 다 담기지 않았다. 핸드폰을 가로로 눕혔더니 0이 8개가 되었다.

 '9… 9억? 현금을 9억 가지고 있어야 한다고? 뭔가 잘못된 거 같은데…. 이거 출판사에서 오타를 낸 거 아니야? 근데 만약 진짜면…? 잠깐만. 근데 물가 상승률도 꾸준히 있을 거고… 아무리 못해도 두 배는 오를 텐데…. 그럼 최소 20억 정도가 필요하다는 얘기고…. 나중에 결혼해서 애 낳고 하면 돈도 많이 들고 할 텐데…. 이게 가능하긴 한 걸까? 그럼 내 최종목표를 우선 20억으로 잡아야 하나.'

 누가 망치로 머리를 강하게 친 거 같은 강한 충격을 받았다. 차라리 몰랐으면 했나 싶기도 하지만 다시 생각해 보니 아직 희망이 있다는 생각이 들었다. 지금 20대 초반이기도 하고 열심히만 하면 그렇게 불가능할 거 같지 않다는 생각이 들었다. 하지만 방심할 수는 없다. 더 열심히 저축해야겠다고 생각했다. 평소에도 불필요한 소비를 하지 않지만 허리띠를 더 세게 졸라매야겠다.

우선 1억이 지금 단기적인 목표금액이다. 1억은 돈의 단위가 만 원에서 억으로 바뀌는 그런 상징적인 의미의 숫자이기도 하며 1억은 모아야 주식이든 투자든 본격적으로 투자를 할 수 있겠다는 생각이 들었다.

짧은 시간에 아직 대학을 다니거나 취업을 준비하는 또래보다 아니 일하고 있는 또래들 포함한 사람들보다 많은 돈을 모을 수가 있었다. 하지만 미래 노후 대비에 있어서는 터무니없이 적은 돈에 불과했다. 최종 목표 금액 20억을 모으기 위해선 남들과 비교해 안심하지 말고 더 열심히 살아야 된다. 행복한 미래를 위해서. 평범한 노후를 위해서.

평소와 같이 외삼촌 일을 배우며 열심히 하고 있었는데 갑자기 사원인 세혁 씨가 큰일 났다며 후다닥 밖에서 들어왔다. 이거 보셨냐며 회사 대표인 외삼촌에게 핸드폰을 보여 줬다. 핸드폰을 보자마자 외삼촌의 안색이 급격하게 안 좋아지기 시작했다. 무슨 일인지 궁금은 했으나 삼촌과 회사 분위기를 보았을 때 좋은 상황은 아닌 것만 같아 물어보지는 않았고 눈치만 보고 있었다. 직원들이 웅성웅성하는 모습을 보니 굳이 지금 당장 물어보지 않아도 금방 알 수 있을 거 같은 느낌이 들었다.

외삼촌은 모든 직원을 사무실로 모아 긴급회의를 진행하였다. 회의를 한 이유는 한 나라에서 유행하던 전염병이 전 세계로 엄청난 속도로 퍼져 나가고 있다는 기사 때문이었다. 이걸 단기적인 문제로 봐야 할지 장기적인 문제로 봐야 할지 고민이 많으시다고 했다. 아무래도 수출에 관련된 일을 하고 계셨기에 매출과 직접적인 영향을 미쳐서 그런 거 같았다.

회사에서도 사람들의 의견은 두 가지로 나뉘었다. 하나는 지금까지 인류는 이러한 질병을 수도 없이 많이 겪었으므로 약도 금방 나올 거고 몇 개월이면 끝날 거 같다는 의견과 다른 하나는 전이 속도로 보았을 때 전 세계적으로 유행이 되어 오래 갈 거 같다는 의견이었다. 하지만 여기서 결정할 수 있는 문제는 아니었다. 우선 지켜보는 게 맞다는 생각이 들어 우선 일을 하자며 이번 회의를 마친다고 하셨다. 이번 회의 때 직접적으로 우리가 할 수 있는 건 없었다. 어떻게 될지 기다리는 것뿐만 할 수 있었.

전 세계를 강타한 질병은 하루아침에 끝나지 않았고 오랜 시간 장기화되었다. 그러다 보니 수출 건수도 점점 줄어들고 어느 달에는 회사 전체에서 거래를 하나도 못 하는 달도 발생하였다. 뉴스에서는 앞으로 더 장기화가 될 거라는 우울한 이야기들로 가득했다. 그로 인해 회사엔 엄청난 적자가 생기기 시작했으며 외삼촌의 피해도 점점 커지기 시작했다. 흔들리지 않을 거 같던 외삼촌의 회사에 금이 가기 시작하더니 시간이 지나자 마치 지진이 난 거처럼 흔들리기 시작했다.

하지만 이건 외삼촌 회사뿐만의 걱정이 아니었다. 규모가 작은 회사들은 이미 문을 닫은 곳도 많았다. 과거보다 요즘 더 많은 담배를 피던 외삼촌은 깊은 생각에 잠긴 표정으로 내 자리로 오셔서 할 얘기가 있으니 잠깐 내 방으로 3분 뒤에 오라는 말을 남겼다. 무슨 말을 하실지 대충 예상은 하고 있었다. 좋은 얘기는 분명 아닐 거라는 생각을 했다. 그렇게 3년 같은 3분이 지나고 떨던 왼 다리를 멈추고서는 무거운 발걸음으로 외삼촌 방으로 향했다. 외삼촌은, 아니 사장님은 근심걱정 가득한 표정으로 책상을 치우고 계셨다.

"사장님 들어가도 될까요? 3분이 지나서 왔습니다."
"어 그래, 뭐 둘이 있으니까 편하게 외삼촌이라 해도 돼."

"네. 외삼촌. 무슨 일이시죠?"

"아 병현이도 알겠지만 지금 전 세계적인 질병 때문에 난리고 회사도 난리고 나도 미치겠다. 사는 게 쉽지가 않아. 어떻게든 이런 상황을 버텨 내고 싶은데 쉽지가 않단 말이지. 금방 끝날 거 같으면서도 계속 오래 되기도 하고."

"네네, 삼촌도 맘고생 심하신 거 알아요."

"아 그래? 하하. 하긴 요새 나도 웃음이 많이 사라지긴 했다. 그래서 좀 안타까운 이야기를 전해야 될 거 같다. 출근은 이번 달까지만 해 줄 수 있겠니? 사실 퇴직 관련해서는 처음 면담하는 것이기도 하고 추후에 다른 직원들도 인원감축을 불가피하게 해야 될 거 같아. 근데 병현이는 나랑 조카 사이인데 다른 사람부터 자른다면 다른 직원들이 안 좋게 생각할까 봐 이런 결정을 내리게 됐어. 미안하게 되었어."

"아니에요. 외삼촌. 나라 상황도 그렇고 회사 상황도 그렇다고 하면 거기에 맞게 행동해야죠! 몇 년 동안 정말 많이 배울 수 있어서 좋았습니다. 그동안 감사했습니다."

"그렇게 생각해 줘서 고맙구나. 내가 대신 퇴직금은 섭섭하지 않게 챙겨 줄게. 약속하마."

"감사합니다."

"그럼 나가 보고. 병현아, 세혁 씨 좀 불러 줄래?"

"네. 나가 보겠습니다."

외삼촌이 세혁 씨를 부른 뒤 나에게 해 주었던 이야기를 똑같이 해 줄 거 같다는 직감이 들었다. 세혁 씨에게 사장님이 찾으신다는 말을 남기며 사무실 자리로 돌아갈 때 많은 생각이 들었다.

'사업하면 무조건 부자가 될 수 있다고 생각했는데 그건 또 아니구나. 어렸을 땐 사업한다는 사람들 보면 돈 많이 벌어서 부럽다는 생각이 들었는데 직접 배워 보니까 그렇지 않네. 신경 쓸 것도 많고 쉬운 게 절대 아니었어. 또 예상치 못한 상황이 발생하면 쉽게 무너질 수도 있고. 안정적인 직장을 다니는 게 맘은 좀 편하려나. 쉽지 않네.'

세혁 씨 자리에서 내 자리까지 그렇게 멀지 않은데 엄청 많은 생각을 했던 거 같다. 자리에 앉자 더더욱 터질 거 같은 복잡한 생각이 들기 시작했다.

'내가 대표가 되어 사업을 하면 이런 상황을 잘 견딜 수 있을까? 잘되다가도 이런 일 겪으면 잘 못 버틸 거 같은데…. 하, 어쩌지. 그냥 회사 다니면서 저축 열심히 할까. 그래도 회사 다니면 회사 매출이 어떻든 월급은 정해진 날 나올 테니까…. 미치겠네…. 그래, 우선 그러면 알아보기라도 하자. 어차피 이번 달까지만 출근하기로 했으니까…. 그 뒤로 어떤 일이라도 해야지.'

회사 컴퓨터로 취업 사이트에 들어가자니 보는 사람들도 많을 거 같고 핸드폰 화면의 밝기를 최대한 어둡게 하고 누가 보지는 않나 미어캣처럼 고개를 쭉 들고 휴대전화와 파티션을 번갈아 보면서 취업사이트에 올라온 공고를 보고 있었다. 쭉 보던 도중 낯이 익은 회사가 있었다. 집 근처에 있는 제약회사다. 공고 제목에는 신 공장 건설로 인한 대규모 생산직 채용이라는 글이 쓰여 있었다. 집 근처에 있는 회사여서 그런지 동네에서 자주 버스를 본 적이 있었다. 상현이와 학교 다닐 때 만나던 곳에서 제약회사 사원증을 목에 걸고 반쯤 풀린 눈으로 회사 버스를 타고 다니시는 분들을 본 적이 있다.

만약 이 회사에 다니게 된다면 본집에서 출퇴근할 수 있으니 좋을 거 같다는 생각이 들었다. 하지만 아직까진 어디까지나 김칫국이었다. 대학교를 나오지 않았기에 다른 지원자들보다 분명 불리할 거라는 생각이 들었다. 그리고 무엇보다 지원서를 아직 제출하지 않았다는 것이다. 오늘 퇴근하고 본격적으로 회사가 원하는 방향으로 지원서를 써 내려가야겠다고 생각이 들었다.

다른 지원자들에 비해 가방끈은 짧았지만 군대도 빨리 다녀오고 각종 자격증도 보유하고 있고 무엇보다 수출에 관련된 사업을 해서 그런지 회사에서 좋게 봐 주셨다. 회사에서는 인원이 급하게 필요했는지 채용 과정이 속전속결로 진행되었고 다행히도 외삼촌 회사에서 퇴사하기 전 취업을 할 수 있었다. 취업 소식에 외삼촌은 진심으로 축하해 주셨고 사실 권고사직을 통보했던 날 아주 속상했다고 했다. 괜히 조카에게 같이 일도 해 보고 사업하라고 부추기고 밀어낸 건 아닌지 생각이 많으셨다고 한다. 취업 소식을 듣고 외삼촌 표정에서 짐을 좀 덜어 놓은 것만 같아 다행이라고 생각했다. 언제나 외삼촌을 응원한다.

외삼촌 회사를 마지막으로 출근하던 날, 외삼촌은 그동안 고마웠고 고생 많았다며 지금 전 세계 상황이 안 좋다 보니 이해해 달라는 말뿐이었다. 그리고 전에 말씀하셨던 대로 원래 받아야 하는 퇴직금보다 많은 돈을 주셨고 열심히 저축하고 모은 돈과 퇴직금을 합하니 어린 나이에 7,000만 원이라는 큰돈을 모을 수 있었다. 단기 목표인 1억까지는 근무하게 될 제약회사를 잘 다닌다면 아무리 늦어도 2년 안에 이룰 수 있을 거라는 생각이 들었다. 얼른 열심히 모아 하루빨리 1억을 만들고 싶다.

오랜 타지 생활을 하다 본집으로 돌아갔더니 상현이와 같이 놀던 동네도 우리 집도 크게 변한 게 없었다. 단지 변한 게 있었다면 아빠와 엄마 얼굴에 주름이 좀 더 늘어났다는 것이 전부였다. 그제야 시간이 흘렀다는 것을 깨달았다. 모든 상황을 알고 계셨던 엄마는 아무 말 없이 날 안아 주셨고 고생 많았다는 이야기뿐이었다. 나도 엄마에게 고맙다며 엄마의 오른 어깨를 토닥토닥 두드려 드렸다.

기숙사에 쓰던 짐들과 시간이 될 때마다 읽었던 책을 정리하고 본집에 적응을 다시 하려다 보니 입사 날이 다가왔다. 근무하게 될 회사에서 신입생 입문 교육 때 사장님과의 만남이 예정되어 있으니 입사하는 신입사원은 깔끔한 정장을 입고 첫 출근을 해 달라는 연락을 받았다. 이번에도 어김없이 형의 정장을 빌렸다. 한 번 입기 위해 정장을 사는 것은 하루라도 1억을 모으고 싶었던 나에게 있어 사치라는 생각이 들었다. 입사 전날 행복한 마음으로 옷을 다리며 또 다른 출발을 위해 설레는 마음으로 잠이 들었던 거 같다.

첫 출근을 알리는 해가 밝아 오고 상쾌한 마음으로 출근 준비를 했다. 그리고 나서는 처음 셔틀버스를 타는 건데 혹시나 버스가 빨리 와서 지나가면 어쩌나 하는 생각에 셔틀버스 시간보다 10분 정도 빠른 시간에 버스를 타는 장소에 나갔다. 버스 타는 장소에 가니 어렸을 때 추억이 새록새록 나는 거 같았다. 늘 상현이와 맨날 만나던 장소에 혼자 덩그러니 서 있으니 어색했다. 이놈은 요새 뭐 하고 지내는지 궁금했다. 그렇게 상현이를 회상하며 하늘을 보고 있었을 때 귀에 익은 목소리가 들려왔다.

"병현아! 너 여기서 뭐 해!"
"오, 상현아. 정말 오랜만이다. 나 오늘부터 회사 다녀!"

"혹시 제약회사?"

"어? 너도?"

상현이와 오랜만에 우연히 만났는데 만난 장소가 어린 시절 학교 다닐 때 만나던 곳이라니 정말 신기했다. 그리고 앞으로 상현이와 또 붙어 다닐 수 있다는 생각에 기뻤다. 그동안 우린 하지 못한 이야기들을 나누며 짧았던 첫 출근길을 같이 하게 되었다. 회사에 도착해 입문 교육을 받는데 상현과 병현이라고 적힌 명찰이 나란히 책상 위에 올라가 있었다. 그리고 그 위에는 둘 다 생산이라는 글자가 쓰여 있었다. 초등학교, 중학교, 고등학교는 물론 같은 부서에서 일을 하다니 전생에 우린 어쩌면 부부였을지도 모른다. 상현이랑 같이 일한다는 것이 너무 행복했다.

상현이와 3개월의 수습 기간이 끝나고 꽤 괜찮은 월급을 받았다. 이대로라면 2년 안에 목표금액인 1억을 모을 수 있을 거 같다. 그리고 생산량이 늘어나면서 상현이와 함께 특근을 자주 했다. 몸은 피곤했지만 기본급여보다 더 많은 월급을 받을 수 있어서 특근하지 않는 날보다 더 행복했다.

월급이 늘어남에 있어서 수입에 초점을 두지 않고 소비에 초점을 두었다. 그래야 돈 모으기가 더 쉽다 생각했기 때문이다. 만약 기본급여보다 더 많이 받는 월급에 초점을 두면 왠지 모를 과소비로 이어질 것만 같았다. 그래서 평소에 쓰던 금액을 고정한 뒤 나머지는 모두 저축했다. 특근할 때마다 1억 모으기 달성하는 날이 하루하루 줄어드는 거 같아 기분이 좋았다. 몸은 피곤할 수 있어도 통장과 마음만큼은 든든했다.

그리고 특근해서 좋은 점은 돈을 번다는 것만 있지는 않았다. 반대로 돈 쓸 시간이 없다는 것이었다. 집에 가면 늦은 시간이 되어 바로 잠을 자고 일어나자마자 출근하고 평일에는 바쁘게 살다 보니 돈 쓸 시간도 없었다. 오히려 좋았다. 일석이조였다.

급여가 올라감에 따라 소비가 커지는 것은 단짝 상현이가 대표적인 예였다. 수습 기간이 끝나고 특근이 늘어나자마자 회사 근처에 자취방도 구하고 씀씀이도 커졌다. 지금의 상현이는 학교 다닐 때 상현이보다 소비가 더 커진 것은 확실했다. 특근이 끝나도 본집까지 가는 셔틀버스가 떡하니 있는데 굳이 자취를, 그것도 월세로 매달 많은 돈을 고정으로 지출하는 상현이가 이해되지 않았다. 고개를 절레절레하고 있을 때 갑자기 상현이가 말을 걸었다. 혹시 내 마음이라도 읽은 건 아닐까 조마조마했다.

"병현아, 이거 봐 봐. 나 적금 들었는데 너는 혹시 얼마나 적금 들었어?"
"적금? 나 적금은 따로 안 하고 그냥 통장에 넣어 두는데."
"너 바보냐? 이렇게 하면 이자도 나오는데 너 혹시 돈 다 써서 적금 못 드는 건 아니지?"
"뭐? 네가 나를 걱정한다고? 어이가 없어, 정말. 난 내가 알아서 잘하니까 너나 신경 쓰셔."

세상 살다 보니 상현이가 걱정해 주는 날도 오고 해가 서쪽에서 뜰 것만 같았다. 상현이와의 대화처럼 사실 적금을 따로 들지는 않았다. 상현이 말대로 적금을 들면 이자도 나오고 돈을 모으기에는 좋다는 생각이 들지만 나오는 이자는 보통 물가 상승률보다 못한 수준의 이자이기도 하고 소비 절제력만 있다고 하면 굳이 적금을 들지 않아도 된다고 생각한다.

사실 적금을 들지 않은 결정적인 이유는 투자 때문이다. 목돈이 목표 금액 1억 원이 된다고 하면 부동산이나 주식 투자를 꼭 할 것이다. 근로 소득으로는 내가 원하는 부자, 아니 노후 대비도 되지 않은 가난한 삶을 피하지 못할 것이라는 생각이 들었기 때문이다. 그래서 기회가 왔을 때 투자해야 하는데 적금에 돈이 묶여서 매수를 못 한다거나 중도에 깨게 되면 이자도 얼마 받지도 못하고 별 의미가 없을 거 같다는 생각이 들었다. 그런 상현이는 내 맘도 모르고 적금을 들지 않은 날 한심하고 안타깝게 바라보고 있었다.

매일 출근해 특근 시간이 늘어나다 보니 투자 공부에 쓰는 시간이 부족하다 느껴 직장과 투자 공부 두 마리 토끼를 다 잡는 방법을 생각하던 중 출근 전 시간을 이용해야겠다고 느꼈다. 9시까지 출근인데 아무리 늦어도 7시까지 회사에 도착해 공부해야겠다고 마음먹었다. 그리고 매일 아침 7시에 사무실에 앉아 독서와 투자에 필요한 공부를 평일 매일같이 꾸준히 해 왔다. 일찍 일어나서 맡는 새벽 공기 냄새가 그렇게 좋을 수가 없다.

부서 회식이 있거나 동기들이랑 회사 근처에서 술을 먹으면 상현이가 사는 자취방에서 잠을 자곤 했다. 상현이 자취방에 갈 때마다 놀라운 게 하나 있었는데 그건 바로 집 문 앞에 항상 일회용 포장 용기가 가득 쌓여 있는 것이었다. 상현이에게 물어보니 특근을 자주 하면서 돈 쓸 시간도 없고 해서 소소하지만 확실한 행복으로 지친 하루를 위로해 주는 배달 음식과 술을 자주 먹는다고 이야기했다. 배달이나 포장 관련 주식을 사야 하나 싶을 정도로 많이 시켜 먹었다. 일회용 포장 용기의 양을 눈으로만 봐도 상현이가 들었다던 50만 원 적금보다 많은 금액일 거 같다. 걱정이 되긴 하였지만 따로 이야기하지 않았다. 본인 인생은 본인이 알아서 하는 게 맞다고 생각한다. 그러고 보니 상현이와 어렸을 땐 아무 걱정 없이 놀기만 했던 거 같은데 사회생활도 하고 경제를 점점 알아 가다 보니 사는 게 그렇게 쉽지는 않은 거 같다는 생각이 들었다. 아무것도 몰랐던 그때가 좋았던 거 같기도 하고. 순수했던 그때로 돌아가고 싶다. 하지만 현실을 피하려고 한다고 바뀌는 것도 없고 열심히 살아야겠다는 생각이 들었다.

열심히 일, 집, 일, 집을 반복하고 있었다. 점심시간이라든지 저녁 시간이라든지 틈틈이 독서도 하고 목표 달성을 이루게 되면 투자의 방향에 대해 어떻게 할지 행복한 공부를 하고 있었다. 그러다 점심을 먹고 나갔다 온다던 상현이가 말을 걸었다.

"병현아. 넌 커피 안 먹냐? 요새 유행하는 건데 다른 친구들처럼 커피 마시는 건 어때?"
"상현아. 그거 과소비야. 봐 봐. 우리 사무실에서 보면 커피가 저렇게 많은데 그걸 매일 돈 주고 사 먹냐?"

내가 가리킨 곳엔 수많은 원두커피와 커피믹스 등 먹을 게 잔뜩 쌓여 있었다.

"야. 저거랑 이거랑 같냐? 원두도 다르고 맛도 다르지. 저런 걸 누가 먹냐."

말이 끝나기 무섭게 김 팀장님과 장 부장님 커피를 타고 계셨다.

"너 팀장님이랑 부장님한테 다 말한다?"

"아냐, 아냐. 미안해. 농담, 농담. 암튼 너도 커피 사 먹어. 그래야 성공한 거 같잖아."

"내가 말 안 했었나? 나 카페인 때문에 커피 못 마셔."

"디카페인 마시면 되지. 아니면 딴 거라도 마셔. 아이스티 같은 거."

"싫어."

우리 사무실만 해도 저렇게 많은 커피가 있는데 굳이 나가서 사 먹고 오는 상현이가 이해되지 않았다. 돈도 돈이지만 귀한 시간도 낭비하는 거 같고 차라리 커피 마시고 올 시간에 잠이라도 자는 게 더 도움이 되지 않을까 싶다. 근데 이건 상현이 문제만이 아니었다. 가만 보면 동기 태연이도 금빛이도 커피를 자주 사 먹는 거 같다. 저 커피 사 먹을 돈 모아서 투자한다거나 아니면 저축한다고 해도 꽤 괜찮은 돈이 모일 거 같겠다는 생각이 들었다. 상현이 말에 의하면 커피 원두마다 맛이 다르다고는 하는데 내 생각엔 별다방 컵에 우리 사무실에 있는 원두커피를 넣어 주어도 역시 이 맛이라며 맛있다고 먹을 거 같다. 나중에 기회가 되면 한번 실험을 해 봐야겠다.

회사를 열심히 다니다 보니 2년이 다 되어 갔다. 회사 업무의 적응과 부서 사람들과 친해지려고 노력하다 보니 시간이 어떻게 흘러가는지 모를 만큼 정말 빠르게 지나갔다. 그러면서 저축을 열심히 하다 보니 자연스레 2년 안에 통장 잔고 1억을 모으자는 꿈이 생각했던 것보다 이른 시일에 달성할 수 있었다.

월급이 들어온 오늘, 꿈에 그리던 1억 모으기 목표를 이룰 수 있었다. 특근으로 인해 받은 추가 수당을 쓰지 않고 잘 모은 덕이 분명했다. 수

입이 아닌 지출에 초점을 두었던 것이 좋았던 판단이었다. 1억이 통장에 찍힌 날 통장 잔고만 봐도 웃음이 나왔다.

'안 되겠다. 오늘은 회사에 있는 커피를 마셔 보자. 기분도 좋고, 이런 날 먹으면 뜻깊을 거 같다. 나에게 주는 선물이라 생각하자. 그동안 열심히 살아온 지난날들을 생각하면 오늘은 즐겨도 돼. 왠지 오늘은 안 자도 안 피곤할 거 같아. 너무 좋아.'

평소에 마시지도 않던 커피라 그런지 타는 기술이 서툴렀다. 그래서 그런지 커피가 원래 이런 맛인가 싶었지만 자리에 앉아 마시는 커피는 세상 그 어떤 커피보다 맛있는 커피라고 생각했다. 나도 모르게 웃음이 나왔다.

"병현아, 무슨 일 있어? 왜 갑자기 안 마시던 커피를 마셔? 그나저나 이거 봤어? 윤주 차 산 거 같은데."
"오, 그러니? 이거 요새 사회초년생들이 많이 탄다는 그 차네. 성공했네. 윤주."
"분명 저번에 만났을 때 돈 모은 거 없다고 했는데…."
"차를 요새 누가 현금 주고 사냐? 요샌 대출로 사지."
"대출? 나도 대출 나오려나?"
"나오지 않을까? 차 사고 싶은 거면 한번 알아봐. 괜찮을 거 같은데."

둘의 대화를 들은 동기 태호가 우리 대화를 이어 나갔다.

"상현아, 혹시 경차는 어때? 중고로 500만 원, 600만 원이면 괜찮은 거 살 수 있을 거 같던데. 가격도 저렴하고 효율성도 좋을 거 같은데. 혜택도 많고."

"어, 태호. 너나 타. 무슨 경차야. 폼도 안 나고 그게 장난감이지 차냐?"

"그래도 금전적으로 부담은 덜 되잖아. 너 얼마 모았는데? 5,000만 원은 모았어? 그것도 아니면서."

"그래도 경차는 안 타. 너나 타라고, 인마. 나같이 SNS 친구가 많은 사람들은 그런 차 타면 안 돼. 적어도 중형은 타야지."

상현이와 태호는 대화를 이어 갔지만 상현이는 어차피 사고 싶은 걸 사는 성격인 걸 알기에 더 이상 대화에 끼진 않고 듣기만 했다. 대화에 직접적으로 끼진 않았지만 태호 말에 격하게 공감을 했다. 어차피 시내에서만 주행할 거 굳이 비싼 차를 살 필요가 있을까 싶었다. 그리고 차는 내 생각엔 있으면 좋을 거 같다는 생각에 사는 거보다 정말 어쩔 수 없이 필요한 상황에 사는 게 맞다는 생각이 든다.

차는 돈 먹는 하마 그 자체이다. 투자 책에서도 여러 번 강조하는 것을 봤지만 대부분 사람들이 차를 사면 차 구매비용만 생각하는데 살 때만 해도 들어가는 취·등록세와 보험비, 주유비, 유지비, 유료 주차비 등등 엄청난 돈이 들어간다. 상현이가 과연 자취방 월세와 자동차 할부와 차와 관련된 고정지출을 감당할 수 있을지 걱정이 되기도 했다. 본인이 알아서 잘 생각해 보고 판단할 거라는 생각을 했다. 근데 어렸을 때부터 상현이를 봐 왔던 오랜 친구로서 아무리 봐도 상현이는 차를 살 것만 같다. 국산차나 사면 다행이다.

상현이는 상현이고 난 앞으로 향해 더 나아가야 한다. 우선 1억 모으는 단기 목표는 성공했으니 이제는 투자에 대해 본격적으로 생각해 봐야 할 거 같다. 특근이 없던 오늘 퇴근 후 내 방 책상에 앉아 그동안 투자 관련된 책들을 필기한 노트를 펼치고 곰곰이 생각에 빠졌다. 1억만 모으면 다 끝날 거 같던 목표가 이제 다시 새로운 목표를 향해 가고 있었다. 오히려 저축은 모으기만 하면 됐는데 투자는 선택해야 하니 더 어려웠다. 거실에서 티브이를 보고 계시는 엄마와 한번 이야기를 해 봐야겠다.

"엄마, 혹시 바쁘세요?"
"아니, 아들 무슨 일이야? 공부할 거 있다고 방에 들어가더니 벌써 다 한 거야?"
"아, 그건 아니고요. 엄마. 우선 전에 말씀드렸던 1억 모으기 목표는 달성했는데 그 후가 너무 막막한 거 같아서요. 투자는 시작하고 싶은데 아파트 투자로 시작을 할지 주식으로 시작을 할지 너무 고민이 돼요."
"흠, 고민할 만하지. 적은 액수도 아니고. 근데 만약 돈만 된다고 하면 내 생각엔 부동산 투자가 더 좋지 않을까 싶기도 한데?"
"왜 그렇게 생각하세요?"
"잘 생각해 보렴. 병현이가 비록 지금은 우리랑 함께 살지만 언젠간 나가서 살 거 아니야? 그리고 꼭 다 그런 건 아니지만 아파트는 물가 상승에 따라 가격이 같이 올라가기도 하니까 더 좋지 않을까 싶어. 주식 투자도 물론 좋은 투자이기도 하지만 내 이름으로 된 집이 한 채 있다면 투자할 때 심리가 좀 안정적으로 되지 않을까 싶어."
"알겠습니다, 엄마. 좀만 더 생각해 볼게요. 시간 뺏어서 미안해요. 티브이 마저 보세요!"

엄마랑 대화를 끝내고 방으로 돌아와 다시 생각해 보니 엄마 말이 맞는 거 같다. 주식도 물론 좋지만 아파트 투자는 실물 자산이라는 것이 큰 메리트가 있는 거 같다. 만약 부동산 투자가 잘못되더라도 만약 직주근접이 가능한 곳이라면 직접 들어가서 살면 되겠다는 마음으로 접근을 하면 될 거 같다.

결론은 내가 실거주를 했을 때 만족하며 투자가치로서도 괜찮은 아파트여야 한다. 그렇기에 현재 다니고 있는 회사의 영향이 클 수밖에 없다는 생각이 들었다. 이직을 할 것인지 아니면 오래 다닐 것인지 고민이었지만 지금 같이 일하시는 분들도 좋고 일도 재밌기도 하고 무엇보다 월급이 밀리지 않는다는 점을 고려해 보면 오래 다니는 쪽이 더 가깝다는 생각이 들었다. 그리고 현재 살고 있는 동네는 공장 단지가 매우 크게 활성화되어 있어서 많은 회사들이 있었다. 그러다 보니 우리 동네는 많은 사람들이 좋은 일자리를 위해 자꾸 유입되는 방향으로 흘러가고 있었다. 유동 인구가 점점 늘어나는 것을 보니 수요가 점점 늘어날 것으로 예상되었다.

우선 첫 아파트 매수에 있어서 직주근접이 중요할 거 같아 도보로 회사 출퇴근이 가능한 아파트를 추려 보기로 했다. 그러자 동네에 많은 아파트들 중에 10개 정도 되는 아파트 단지만 남았다. 그다음 할 일은 신축과 구축을 비교하는 것이었다. 가격 대비 구축이 신축보다 매우 저렴했으나 단점은 수요는 신축이 더 많다는 점이었다. 그래서 큰 평수의 구축보다는 작은 평수의 신축을 선택하는 게 맞다는 생각이 들어 5년 이내에 지어진 아파트 위주로 다시 알아보았다. 그랬더니 아파트가 총 3단지로 줄어들었다. 아파트는 아까도 이야기했듯이 실물 자산이기 때문에 내 눈으로 직접 보고 고를 수가 있다는 장점이 있다. 투자를 하기 위해 이 아파트들을 꼭 가 봐야 했다.

　투자할 수 있는 돈도 준비되어 있겠다 공부를 하면 할수록 부동산이 너무 재밌게 느껴졌다. 어렸을 땐 꿈만 가득했는데 이젠 정말로 이룰 수 있을 거 같은 강한 느낌이 들어 어느 때보다 행복했다. 너무 재밌다. 안 되겠다. 주말에 시간을 내서 가야겠다. 그리고 보니 이번 주 일요일에 태호도 집에서 쉰다는데 태호한테 연락을 해 봐야겠다.

"태호야, 혹시 일요일에 바빠? 안 바쁘면 나랑 산책 갈래?"
"너무 좋지. 어차피 너나 나나 여자친구가 없으니까…. 한 오후 4시쯤 볼까?"
"여자친구가 없지만 우리에겐 서로가 있잖아. 힘내자. 왜 눈에서 눈물이 나지?"
"상현이도 물어볼까? 같이 산책하면 좋을 거 같은데."
"아, 상현이 이번 주에 야구 경기 간다고 안 된대. 둘이 가자."
"그래, 내일 보자. 잘 자. 자기야."

　태호와의 약속을 잡고 내일 출근을 위해 침대에 누웠다. 눈을 감으니 아파트에서 사는 내 모습이 상상이 되었다. 놀이터에서 뛰어노는 아이들, 아이의 양손을 꼭 잡고 아파트 단지를 산책하는 부부들 등등. 이런 행복한 상상을 하니 생각만 해도 기분이 너무 좋다. 얼른 주말이 왔으면 좋겠다. 부동산 투자라는 것이 이렇게 설레는 걸까? 아니다. 생각해 보니 '투자를 할 수 있는 돈이 마련되어 즐겁다.'가 올바른 표현 같다. 만약 돈이 없는 상황에서 상상만 하는 것은 어쩌면 망상에 가까울 수도 있겠다.

일이 바빠서 그런지 평일이 발이라도 달린 듯 엄청 빠르게 지나갔다. 그리고 토요일에는 하루 종일 회사 근처 부동산에 대해 분석을 하고 공부를 했다. 다음 날 집에서 점심을 먹고 태호를 만나 산책을 했다.

"태호야, 혹시 미안한데 오늘 산책은 내가 가자는 곳으로 가도 될까? 내가 저녁 살게."

"오, 좋지. 그냥 난 걷는 게 목표여서 상관없어. 어디 가고 싶은 곳 있어?"

"아, 사실 이번에 아파트를 하나 사 볼까 하는데 직접 가 보고 싶어서. 회사 근처라 그렇게 멀지는 않을 거 같긴 한데. 시간이 좀 걸릴 거 같아서. 괜찮아?"

"아파트? 멋있는데? 나도 아파트 하나 있으면 좋겠다는 생각은 늘 하는데 같이 돌아다니면서 배워 봐야겠다. 재밌을 거 같은데 나도 좀 알려 주라."

"그래, 그래. 그럼 우선 이 아파트부터 가 보자."

오늘 보려고 했던 아파트 중 첫 번째 아파트에 도착했다. 아파트를 인터넷에 검색해 본 것과 셔틀버스를 타고 지나가면서 봤던 것보다 실제로 보니 아파트 단지 내부가 되게 잘 조성되어 있었다. 아파트 단지도 관리가 생각보다 잘돼 있어 쾌적한 환경을 조성했고 회사와도 매우 가까운 위치에 있어 도보 10분 거리에 위치해 출퇴근에는 매우 만족하면서 다닐 수 있을 거라는 생각이 들었다. 아파트 단지 앞에 집도 초등학교도 있고 학군도 꽤 괜찮았다.

"학교도 근처에 있고 안에도 깨끗하고 생각했던 거보다 좋은데?"

"그러게. 맨날 지나갈 때만 휙휙 보다 보니 몰랐는데 생각보다 괜찮네. 직접 와서 보니까 나도 아파트 하나 사고 싶다."

같이 온 태호도 이 아파트 좋은 거 같다며 돈만 많았으면 사고 싶다고 했다. 내 생각도 태호와 같았다. 그런데 이상한 점이 있었다. 이렇게 좋은 조건의 아파트가 오늘 볼 집 중에 같은 평수 대비 가장 저렴하고 거래량이 너무 없었다.

역시 장점만 있는 아파트는 없다. 우선 아파트 브랜드가 큰 영향을 미치는 거 같았다. 다른 아파트 단지에 비해 유명하지 않은 아파트 브랜드다 보니 사람들에게 선호도가 떨어졌다. 그리고 주차 문제도 심각했다. 주차할 수 있는 공간이 세대 수와 비슷하게 형성되어 있었다. 요즘은 한 집에 차가 보통 2대가 있다 보니 주차 공간이 매우 적은 편에 속했다. 아파트 단지 내부의 쾌적함을 위해 지상에는 주차장이 별도로 없었고 지하에만 있었는데 지하 주차장은 이중주차가 난무할 정도로 주차 공간이 협소했다. 그리고 지하 주차에 지쳤는지 단지 앞 도로에 불법주차를 한 차들이 줄을 잇고 있었다.

아파트는 마음에 들지만 다른 아파트 대비 저렴하고 거래량이 적은 것이 조금 걱정이 되었다. 만약 무조건 이 집에서 실거주하겠다 하면 매수를 고민해 보겠지만 투자 목적도 있고 하니 조금 꺼려지는 거 같았다. 우선 이번에 첫 번째로 본 아파트는 보류가 맞다는 생각을 가지고 태호와 함께 두 번째 아파트로 길을 향했다.

두 번째로 보러 온 아파트는 우리 동네에서 대장인 아파트였다. 대규모 단지에 높은 고층 그리고 호수를 끼고 있는 아파트였다. 도보로 5분

거리에 큰 마트도 있고 아파트 단지 안에 도서관도 있었다. 그게 끝이 아니었다. 대장 아파트답게 주상복합으로 상가도 되게 잘되어 있어서 이 아파트에 산다면 삶의 만족도는 엄청 좋을 거 같다는 생각이 들었다.

"병현아. 아까 본 아파트도 좋은 거 같은데 여긴 완전 차원이 다르게 좋은데? 진짜 돈 많으면 이 집에 살아야겠다."
"내 생각도 그래. 와. 완전 궁전 같네. 돈 열심히 벌어 보자."

태호는 첫 번째로 본 아파트도 좋지만 여기가 더 좋다고 이야기했다. 내 생각도 태호와 같았다. 역시 돈이 최고다.
하지만 첫 번째 아파트처럼 이 아파트에도 단점이 존재했다. 우선 주차 공간이었다. 지상에도 주차 공간이 있으나 아파트 단지 전체 면적이 그렇게 넓지 않다 보니 지하 주차장 면적도 그렇게 크지는 않았다. 너무 늦은 시간만 아니면 주차는 가능할 거 같기는 하지만 밤이 살짝만 넘게 되어도 지하 주차장을 여러 번 돌아야 할 거 같은 느낌이 강하게 들었다. 특근하는 날에는 주차가 힘들 거 같다는 생각이 들었다.
두 번째 문제는 학군이었다. 첫 번째 아파트처럼 근처에 초등학교, 중학교가 있으면 좋았으련만 이 아파트에서 가장 가까운 초등학교는 거리가 꽤 멀었다. 내가 나중에 결혼할지, 못 할지 혹은 자식이 있을지, 없을지는 모르지만 맞벌이 부부가 많다 보니 학군도 중요시되는 거 같다. 그런 장단점이 모여 거래량이 되는 거라고 생각했다.
하지만 거래량도 꾸준히 있고 가격방어도 잘 되고 역시 대장 아파트였다. 비록 단점이 있다고 하더라도 장점이 더 큰 아파트라고 생각이 든다. 그러니 지금까지 동네에서 대장 아파트를 유지하는 거 아닐까. 돈만 많으면 이 아파트에 살고 싶다. 이 집에 산다면 성공한 사람이라도 된 것만 같을 거 같았다. 하지만 가장 큰 문제는 아직 이 집을 살 돈이 없다는 것이었다. 대장 아파트답게 동네에서 가장 비쌌으며 이번에 온 큰 하락장에도 그렇게 크게 떨어지지도 않았다. 당장이라도 이 집을 사고 싶었지만 지금 가진 돈으로는 무리가 될 거 같다.

생각보다 이른 시간부터 많이 걸어서 그런지 배가 고파 오기 시작했다. 태호에게 중국집 어떠냐며 말했더니 좋다고 했다. 우리는 사이좋게 세트 A를 시켜 짜장 2개와 탕수육으로 허기진 배를 달랬다. 분명 평소에 자주 먹던 짜장면이었는데 오늘따라 유난히 더 맛있게 느껴졌다. 뜻깊은 하루를 보내서 그런 거 같다. 태호도 그런 거 같다. 턱에 짜장 소스를 다 묻히고 난리도 아니었다.

식사를 끝내고 계산 후 밖으로 나와 보니 어느덧 해가 기운 밤이 되었다. 태호에게 소화도 시킬 겸 마지막 아파트에 가 보자고 이야기했다. 그렇게 오늘 볼 마지막 아파트를 향해 걸어가고 있었다. 그런데 저 멀리서 잘 걷지도 못하는, 술에 취한 사람이 터벅터벅 이쪽으로 고개를 푹 숙인 상태로 오고 있었다. 어떤 행동을 할지 모르기 때문에 경계하며 최대한 그 사람을 피해 가려고 애썼다. 근데 낯이 익은 얼굴이다. 다름이 아닌 상현이었다.

"상현아. 어디 가?"
"어, 안녕. 둘이 여기서 뭐 해? 주말인데 좀 다른 사람도 만나고 하지. 회사에서도 만나고 주말에도 만나고 안 지겹냐? 따라 와. 커피 사 줄게."

그렇게 상현이에게 끌려 태호와 함께 가던 길을 잠시 멈추고 카페에 갔다.

"나는 해장 좀 하게 아메리카노 먹을 건데 둘은 뭐 먹을래?"
"음. 난 괜찮은데…."
"사 줄 테니까 얼른 골라! 나 술 깨야 해."
"그럼 우리는 아이스티 두 개."

상현이 이놈 내일 출근은 할 수 있을지 걱정이 된다. 힘들어서 술을 먹은 건지 아니면 행복해서 술을 먹은 건지 정확히는 알 수 없었지만 계속 웃음을 유지하는 거 보니 행복한 일이 있는 거 같다.
상현이와 내일 보자는 인사를 하며 아이스티를 들고 우린 마지막 아파트를 보러 가기 위해 열심히 걸어갔다. 마지막으로 볼 아파트는 단지가 매우 컸다. 무려 2,500세대가 있는 아파트였는데 대단지여서 그런지 밤에도 멀리서도 잘 보이곤 했다. 이 아파트는 실제 거주하시는 분들도 그리고 주위에서도 매우 괜찮다는 평이 많았었다. 아파트 내부 단지도 너무 좋았고 여러 가족이 아이와 손을 잡고 걷는 모습을 보니 아주 어렸을 때 도시에서 살았을 때 기억이 새록새록 나는 거 같았다. 단독주택이 많은 곳에선 볼 수 없는 따뜻함이었다.
장점이 정말 많은 아파트였다. 우선 앞선 두 아파트에 비해 주차 공간이 매우 넓었다. 지상 주차장은 물론 지하 주차장도 늦은 시간 많이 비어 있었다. 무엇보다 전기차 충전소도 매우 많아서 나중에도 큰 문제는 없을 거 같다는 생각이 들었다. 주차 칸도 넓고 주차 시 알려 주는 불도 들어오고 이제까지 봤던 아파트 중에서 주차장이 제일 잘되어 있었다. 주상복합으로 상가도 매우 잘되어 있어서 편리하겠다는 생각이 들었다. 단지에 큰 마트와 편의점, 병원과 약국, 학원, 음식점 등등 웬만한 건 다 있는 듯했다. 그리고 초등학교와 중학교가 아파트 정문에서 횡단보도를 건너지 않고 성인 걸음으로 20보 정도 앞에 학교 정문이 있었다. 이런 점으로 보면 젊은 부부들에게 인기가 많을 거 같다는 생각이 들었다. 세대 수도 많아서 그런지 관리비도 오늘 본 두 아파트 단지에 비해 매우 저렴했다.

단점이라곤 두 아파트에 비해 회사에서 거리가 조금 더 멀다는 것뿐이었다. 하지만 이 아파트도 도보로 가능한 거리였기에 다른 아파트보다 20분 더 일찍 나오면 된다는 생각이었다. 평수도 25평형대가 있었기에 혼자 사는 사람 혹은 신혼부부에게 인기가 많을 거 같다는 생각이 들었다. 4인 가족이 살기 적합한 33평형도 고려해 보려고 했으나 금액적으로 부담이 되기도 했다. 그리고 이 아파트의 수요는 33평형대보다 25평형대가 더 많았다. 그 이유는 동네에 있는 25평형 중 가장 신축이었기 때문이다. 집의 크기와 수요, 그리고 나중의 혹시 모를 실거주를 생각했을 때 이 집이 나에게 가장 적합하다는 생각이 들었다.

"이 아파트야! 태호. 당장 부동산으로 가자!"
"병현아. 사고 싶은 건 알겠는데 지금 시간이 늦었어. 일요일 늦은 밤엔 부동산 안 해."
"알아. 그래도 시세는 알 수 있으니 가격 좀 보러 가야겠어."
"그거 인터넷으로 다 볼 수 있잖아."
"아는데 실제로 보고 싶단 말이야! 같이 가 줘! 내가 짜장면 사 줬잖아!"
"어… 그래."

태호와 함께 문 닫은 부동산에서 가격이 적힌 종이를 보고 있었다. 거기엔 큰 숫자로 3억이라는 숫자가 쓰여 있었다.

"3… 3억? 병현아, 너 3억 있어? 아까 말한 거 3억이라는데 이거 못 사는 거 아니야? 대출받으려고?"

"아니! 그동안 갈고닦은 투자 방법을 쓸 때가 됐구나. 혹시 태호는 갭 투자 알아?"

"갭 투자? 아니 잘 모르는데?"

"부동산에서 갭 투자는 매매가와 전세가의 차이, 갭만으로 투자가 가능하다는 뜻으로 전세가 껴 있는 매물을 산다는 거야. 내일 부동산에 전화해 봐서 알아봐야 하겠지만 예를 들어 여기 보면 내가 사고 싶은 아파트가 3억이랬지? 근데 이 광고 문구를 보면 전세가 2억 5천이야. 그럼 그러면 지금 당장 필요한 돈은 5천만 원인 거지."

"그런 방법이 있어? 그럼 만약에 전세 세입자가 살다 나가면?"

"그래서 아까부터 내가 거래량에 집착한 거야. 전세 수요가 많아야지만 다른 세입자를 또 바로 구해서 그 돈을 전 세입자에게 돌려줄 수 있으니."

"만약 못 구하면?"

"그때는 주택담보대출을 받을 수 있는 한도 내에서 내가 해결해야지. 그래서 미친 듯이 저축해야 해. 어떤 상황이 발생할지 모르니까. 난 회사에서 퇴사할 수 없는 몸이 되겠지."

"오. 나도 나중에 기회 되면 해 봐야겠다. 오늘 병현이 덕분에 많은 걸 배운다. 고마워."

"뜻깊은 하루를 같이 보내 줘서 고마워! 생각했던 거보다 늦어졌다. 미안. 집으로 가자. 내일도 파이팅 해야지."

태호와 산책을 끝내고 집으로 돌아와 마지막으로 보고 온 대단지 아파트에 관련된 정보를 늦은 새벽까지 찾아보았다. 공부하면 할수록 정말 매력이 있는 아파트라고 생각했다. 낮부터 밤까지 엄청난 산책을 하고 늦은 새벽까지 잠을 자지도 않았는데 불구하고 이상하게 졸리지 않았다. 오히려 힘이 넘쳐 났다. 역시 사람은 새로운 무언가를 할 때 큰 힘을 얻는 거 같다. 직장인이지만 내일만큼은 어느 때보다 월요일의 아침 해가 뜨길 바랐다.

어느 날과 같이 7시에 출근을 해서 사고 싶은 아파트 현재 나와 있는 매물을 최신순으로 보고 있었다. 그런데 어제 태호랑 눈여겨본 평수는 보통 3억 정도에 매매가 이뤄졌는데 2억 8,000만 원에 올라온 급매물이 있는 것이다. 층수도 21층으로 꽤 괜찮은 편에 속했다. 이 매물이다. 내가 찾던 그 매물. 이제 전세 세입자만 구하면 된다. 이 매물을 다른 사람이 보기 전에 내가 계약해야 할 거 같다는 강한 느낌이 들었다. 그래서 부동산 사장님께 실례인 걸 알면서도 서둘러야 한다는 생각에 부동산이 문을 여는 아침 10시 전인 7시쯤에 게시글에 올라와 있는 전화번호를 눌러 부동산 사장님께 전화했다.

"혹시 중앙 부동산일까요!"
"아, 안녕하세요. 부동산은 맞는데요. 이른 아침부터 무슨 일이죠?"
"죄송합니다! 인터넷에서 보다가 다른 사람들도 빨리 연락할 거 같아서 미리 연락드렸습니다. 죄송합니다."
"하하. 목소리가 젊으신 거 같은데 아주 좋네요. 근데 지금 금리도 아주 높고 아파트 가격도 많이 떨어지는 추세인데 괜찮으실까요? 웬만하면 그냥 하라고 하겠는데 아들뻘이다 보니 걱정되기도 하네."
"아, 전 부동산은 발바닥 맞추는 건 불가능에 가깝다고 생각해서요.

제가 생각했을 때 지금도 많이 빠졌으니 무릎쯤 되지 않을까 싶어요. 그리고 투자 목적도 있지만 사실 실거주 목적도 있어서요. 금리는 제 생각에도 높긴 하지만 갭 투자로 잠시 쉬었다 가려고 하고 있어요. 저 대신 세입자분이 은행 이자도 내 줄 거고, 요샌 금리가 높아서 아파트 거래가 많이 줄었다는데 그럼 지금 아파트 가격은 많이 떨어진 거고 금리가 다시 떨어지면 아파트 가격이 다시 올라가지 않을까 싶어서 지금 구매하고 싶어요."

"젊은 사람이… 대단한데요? 공부 많이 하신 거 같네요. 멋있어요. 그럼 어떤 매물 보고 연락하신 거예요?"

"최근에 올리신 2억 8,000만 원 아파트 매물 보고 연락드렸습니다."

"이게 사장님이 계약해야 하는 물건인가? 사장님이 보신 집에 전세가 껴 있네요. 지금 들어가 있는 금액은… 2억 4,500만 원이네요. 아파트 매매 가격이 2억 8,000만 원이니까 갭은 3,500만 원이네요."

"생각했던 거보다 너무 좋은데요? 혹시 사장님이 인터넷에 올린 집 사진이 실제랑 같나요?"

"네, 제가 직접 가서 촬영한 사진입니다."

"그럼 계약금 넣을게요."

"집 안 보고 결정하셔도 돼요?"

"부동산 사장님 믿고 하는 거죠, 뭐. 하하. 제 생각엔 곧 있으면 많은 사람이 이 집 사려고 연락할 거 같아서요. 이것저것 따지고 계약하면 그 사이에 분명 누가 계약을 할 거 같아서요. 우선 계약금 넣고 집은 지금 살고 계시는 전세 세입자분이랑 시간 맞춰서 그때 한번 방문해 볼게요."

"흠. 좋습니다. 제가 집주인분께 연락 남기고 계좌번호 보내 드릴게요. 거기에 우선 계약금 일부만 이체해 주시면 될 거 같아요."

"감사합니다. 이른 아침부터 실례가 많았습니다. 현재 집주인분과 시간 맞춰서 계약하는 날 부동산에서 뵙도록 하겠습니다."

"에이, 그래도 덕분에 이른 아침부터 계약했는데 저야 고맙죠. 부동산에 출근한 후 연락 한번 드리겠습니다. 감사합니다!"

부동산 사장님과의 전화를 끊자 이제야 실감이 났다. 태어나서 내 이름으로 된 아파트를 계약하다니. 믿을 수가 없다. 꿈만 같았다. 생각했던 거보다 어렵지 않았다. 뭔가 날아갈 거 같은 기분이 들었다. 그러는 사이 출근 시간이 다가오고 태호도 반가운 인사를 하며 사무실 입구에서 오고 있었다.

"태호, 태호. 우리 어젯밤에 마지막으로 본 아파트 있잖아. 방금 부동산에 전화해서 계약했다! 꿈인가?"

"어, 벌써? 생각보다 더 빨리했네? 그런데 부동산 아직 안 열지 않아? 어제 보니까 10시에 연다고 돼 있던 거 같던데."

"이거 봐 봐. 어제 그 아파트인데 지금 급매로 2억 8천에 하나가 나와서 급하게 연락드려서 바로 계약했어. 층수도 괜찮은 거 같아!"

"오, 그렇네. 21층이면 좋지. 일찍 일어나는 새가 집도 잘 사는구나. 다른 매물이랑 비교해 봐도 저렴하게 잘한 거 같은데? 사진으로 봐도 괜찮고."

"그렇지? 엄청나게 떨렸는데 티 안 나게 잘 이야기한 거 같아. 어제 같이 고생해 줘서 고마워. 짜장면 말고 소고기를 사 줬어야 했나?"

"에이, 괜찮아. 내가 축하해 줘야 할 일 같은데? 같이 고생한 보람이 있네. 이제 병현이 퇴사 못 하겠네."

"더 열심히 살아야지. 이제 곧 회사 분들 오시겠다. 아침에 미팅 있다고 했지? 준비하러 가자."

　이야기를 마친 후 시간을 보니 9시가 다 돼 가고 있었다. 회사 분들이 하나둘 오고 있었고 상현이만 얼굴이 보이지 않았다. 걱정하다 보니 술에 찌든 모습으로 술 냄새를 풍기며 걸어오고 있었다. 어제 먹던 술이 아직도 몸에서 나가지 않은 거 같다.
　미팅이 끝나고 쉬는 시간 상현이에게도 아파트 매매한 걸 이야기해 줄 겸 말을 걸려고 하던 찰나 인터넷으로 중고차 사이트에 들어가는 모습을 봤다. 이놈 결국에 진짜 사려나 보다. 걱정되기는 하는데 알아서 잘할 거라는 생각이 들었다.

"상현, 바빠?"
"어제 술이 깨질 않는다. 미칠 거 같아."
"그러게 적당히 마시지. 야구를 하러 가는 거야, 술을 마시기 위해 야구를 하는 거야."
"나도 모르겠어. 근데 무슨 일 있어?"
"무슨 일이 있어야만 말하는 사이는 아니잖아. 근데 무슨 일 있어."
"뭔데. 여자라도 소개해 주게?"
"나보다 인싸면서. 다른 건 아니고 우리 회사 근처에 대단지 아파트 알지? 나 거기 계약했어."
"전세 아님 월세? 요새 금리도 높다는데 잘 알아보고 한 거지?"
"둘 다 아니야. 매매로 샀어."
"매매? 돈이 어디 있어서? 사기당한 거 아니야?"
"다 방법이 있지. 나중에 알려 줄 테니 상현이도 돈 열심히 모아 봐."

"에이, 됐어. 요즘 뉴스 보니까 집값 맨날 떨어진다 어쩐다 그러던데 난 미래보다 지금을 중요시할래. 언제 죽을 줄도 모르고."
"그래. 그게 상현이다운 대답이지. 술 얼른 깨고 점심 나가서 먹을까? 상태 보니까 해장국 한 그릇 먹어야 될 거 같은데. 내가 사 줄게. 가자."

상현이와 배부른 식사를 하고 오후에 일을 열심히 하다 보니 생각했던 일정보다 빨리 끝났다. 사무실에서 쉬고 있었을 때 부동산 사장님께서 전화가 왔다.

"여보세요. 사장님, 지금 전화할 수 있으세요? 아까 아침에 전화한 중앙 부동산이에요."
"안녕하세요! 어떻게 됐나요?"
"집주인분께서 이번 주는 힘들 거 같고 다음 주 화요일에 시간이 될 거 같다고 하시는데 괜찮으실까요?"
"아, 네네. 저도 회사 일정 조율해서 시간 맞추겠습니다. 혹시 필요한 서류는 따로 없을까요?"
"하하. 성격도 급하셔라. 필요한 서류는 제가 문자로 보내 드릴 거고요. 화요일 날 잘 준비해서 와 주시면 돼요. 계약금 일부도 입금 확인되었다네요. 아, 참. 그리고 사장님 말씀대로 10시 되니까 다 자기한테 팔라고 연락이 엄청나게 왔었어요. 사장님 판단이 좋았어."
"에이, 아닙니다. 제가 더 감사합니다!"
"그럼 다음 주 화요일에 만나요. 아, 참. 그리고 계약하실 때 법무사님 한번 알아보시고 같이 오시는 게 좋아요. 세금 내야 할 것도 정리해야 하니."

"네, 감사합니다."

이제 계약 날짜도 잡히고 부동산 매매에 실감이 나는 거 같다. 맨날 지나가면서 봤던 아파트가 내 것이 된다니. 믿기지 않았다. 이 기쁜 감정을 엄마에게도 알려 줘야겠다는 생각이 들어 얼른 퇴근 시간이 다가오기만을 기다렸다.

"다녀왔습니다. 엄마, 대박 사건, 대박 사건!"
"뭐야, 아들. 회사에서 무슨 일 있었어?"
"우리 집 근처에 그 대단지 아파트 아시죠? 저 오늘 거기 부동산에 연락해서 계약하기로 했어요!"
"어머. 엄마도 거기 좋은 거 같다고 생각했는데 거기 25평은 한 3억 정도 하나?"
"맞아요! 근데 아침에 일찍 회사 가서 알아보니까 2억 8,000만 원에 나온 급매물이 있는 거예요! 그리고 전세도 2억 4,500만 원이 껴 있어서 제가 들어갈 돈은 3,500만 원이에요!"
"엄청나게 잘 샀네? 엄마가 볼 땐 제일 저렴한 게 3억이었는데 역시 부지런한 우리 아들. 멋있다. 근데 갭은 3,500만 원이 맞는데 들어가는 비용도 확인했어? 부동산 수수료라든지 취득세라든지."
"아, 다 알아봤죠! 넉넉하게 들어가는 비용 다 합치면 4,000만 원 정도 될 거 같아요. 휴, 첫 투자를 하니 좀 많이 떨리네요."
"그러게. 이제까지 살아가면서 병현이에게는 제일 큰돈이었을 텐데 고생했어. 아들. 기분이다. 엄마가 중개수수료는 내 줄게. 집 산 기념 선물이야."

"괜찮아요. 엄마. 제가 다 계산해 놓아서 괜찮아요."
"아니야. 그래도 받아. 이런 좋은 날까지 아들에게 선물 못 하게 하면 엄마 속상해."
"아, 받을게요! 축하해 주셔서 감사합니다. 엄마."

매매에 필요한 돈과 부동산 중개수수료, 취득세, 법무사 비용 등등을 합해 보니 넉넉히 4,000만 원 정도가 들 것 같았다. 이런 날이 올 줄 알고 상현이처럼 적금을 따로 들진 않았다. 만약 투자에 대한 생각 없이 오로지 저축만 할 거라고 했으면 적금을 들었겠지만 늘 투자를 생각하고 있었기에 혹시나 적금이 끝나기도 전에 많은 돈이 급하게 필요했다고 하면 적금을 깨야 했을 텐데 그럼 이자도 제대로 못 받았을 것이다. 그리고 저축이 주는 안도감 때문에 투자도 더 미뤘을 거 같다는 생각이 들었다. 그렇다고 적금이 절대 나쁘다는 것은 아니다. 다만 적금은 나에게 맞지 않는 투자 방법이었을 뿐이다.

다음 날은 회사 일이 적을 것으로 예상이 되어 팀장님께 말씀을 드리고 오후 반차를 썼다. 생각보다 필요한 서류가 꽤 있었기에 발급받으러 이곳저곳 열심히 다녔다. 충분히 지칠 만도 한데 하나하나 서류를 발급받을 때마다 내 집 마련의 꿈이 점점 현실이 돼 가고 있는 거 같아 기분이 좋았다. 그리고 이곳저곳 알아봐서 법무사님도 계약 날 시간에 맞춰서 부동산으로 오시기로 했다. 행복한 기분이 지속돼서 그런 건지 그 어느 때보다 회사 일도 즐겁고 시간도 매우 빠르게 흘러만 갔다. 평소에 잘 가지도 않던 평일의 시계가 모두 다 지나갔다.

주말엔 별다른 약속이 없었기에 토요일에 한 번, 일요일에 한 번 계약하기로 한 아파트에 혼자 산책할 겸 가 보기로 했다. 분명 태호랑 왔을 때는 놓친 게 분명히 있을 수도 있겠다는 생각에 좀 더 꼼꼼히 구경해야 겠다고 느꼈다. 역시 그때 보이지 않던 게 보이기 시작했다. 우선 조경도 이쁘게 잘돼 있었고 입주자들을 위한 공간이 잘되어 있었다. 헬스장도 있는데 시간이 지나 실거주하게 되면 자주 이용할 거 같았다. 그리고 작은 도서관도 있었다. 저기서는 투자 공부를 하면 되겠다. 토요일에는 일요일이 되기 직전의 시간에 갔음에도 불구하고 지하 주차장에는 주차 공간이 많이 남아 있었다. 일요일 낮에 갔을 땐 주말이라 그런지 수많은 아이가 놀고 있었다. 활기찬 모습을 보니 기분이 좋았다. 이제 며칠만 지나면 저 집도 내 집이구나 생각하며 뿌듯해하고 있었다. 그렇게 가벼운 발걸음으로 집으로 다시 돌아왔다. 그러다 보니 어느새 출근이 다가왔다. 이번 주 평일 아침은 그 어느 때보다 기대가 된다. 내 인생에서 잊지 못할 일주일이 될 것만 같았다.

월요일 아침 평소와 마찬가지로 7시까지 회사에 갔다. 아파트도 샀겠다 공부를 그만해도 되겠다 생각하겠지만 그것은 큰 착각이다. 아직 갈 길도 멀었고 배움엔 끝이 없었기에 앞으로 더 부지런히 살아야겠다는 생각이 들었다. 책을 열심히 읽고 있었는데 8시쯤 되었을 때 갑자기 사무실 불이 켜지는 것이다. '평소에 이때 오는 사람은 없는데 누구지?'라는 생각에 뒤를 돌아봤는데 맨날 9시에 딱 맞춰 오던 상현이가 출근을 한 것이었다.

"아씨, 깜짝이야. 인마. 출근했으면 불을 켜고 있어야지. 놀랬잖아."
"뭐야. 무슨 일이야. 맨날 시간 맞춰서 오던 놈이 8시에 회사를 다 오고. 해가 서쪽에서 떴나."
"너야말로 여기서 뭐 하는 건데. 9시까지 출근이면 9시쯤 오는 게 정상이지."

"나 맨날 일찍 와서 이 시간에는 항상 회사에 있었어. 늦게 와서 몰랐나 보구나."

근데 정말 상현이는 오늘따라 왜 이리 빨리 왔을까. 저번 주에 일을 다 못 끝냈나. 아니면 혹시 SNS에 올릴 거 살 돈이 없어서 도둑질하러 왔나? 에이, 설마. 나는 순수한 마음으로 상현이에게 물어봤다.

"근데 오늘은 왜 진짜 빨리 온 거야? 혹시 김 팀장님이 부탁하신 거 저번 주에 못 했어?"
"에이, 그건 다 진작에 끝냈지. 병현아. 이거 봐 봐. 짠!"
"뭐야. 결국 차 산 거야? 그것도 삼각별을?"
"그것도 스포츠카야. 하하. 중고차 매장 가니까 국산차 새것 살 돈으로도 이런 좋은 차 살 수 있더라. 태호 놈은 언제 와? 얼른 이 차 키 보여 줘야 하는데 뚜벅이 자식이 어딜 경차 타령을 해."
"차로 사람 판단하는 거 아니다! 그리고 경차가 어때서 그래! 나도 첫 차 사면 경차 살지 생각 중인데."
"어허, 이 친구도 큰일 날 소리하네. 이런 차를 타야 성공하지. 무조건 외제차다. 차는. 병현아. 안 되겠다. 태호랑 친하게 지내지 마! 물들어."
"네가 제일 친하면서 그런 말을 하냐. 근데 전에 나랑 이야기할 땐 적금 든 게 전부여서 1,000만 원 조금 넘게 모았다고 하지 않았어? 그때 말했던 거 거짓말이었어? 역시 잘 모으고 있었나 보네."
"너한테만 말하는 건데 비밀이다. 이거 다 할부로 샀어. 나 이제 숨만 쉬어도 돈 나가. 그것도 한 달에 차에만 80만 원씩."

"뭐? 우리 월급이 300이 안 되는데 무리하는 거 아니야? 너 기름값 포함한 금액이 80만 원이라는 거지?"

"그건 생각 안 했는데…? 아껴 타면 되지. 아 몰라, 몰라. 병현아. 오늘 칼퇴근하지? 특별히 내가 오늘 집에 데려다줄게. 참고로 내 차 처음으로 타는 사람이 너다. 영광인 줄 알아."

"고마워. 근데 너 부모님이 이 차 산 거 아시냐? 모르시면 나 그냥 집 말고 집 앞 큰길에서 내려 줘. 너희 부모님이 너 이 차 산 거 모르시다가 나 내리는 거 보이면 나까지 두들겨 맞을 거 같아서 그래."

"알겠어. 당연히 부모님한텐 비밀이지. 진짜 큰일 나. 근데 회사 부서 사람들은 언제 오시려나? 출근 시간이 다 되어 가는데 다들 언제 오시는 거야."

대화를 하던 도중 회사 사람들이 하나둘 도착했고 주차장에 삼각별 차 누구 거냐며 관심을 가졌다. 상현이는 소심하게 제 차라고 이야기하였고 부서 사람들은 상현이를 부러워했다. 결혼만 안 했어도 삼각별 샀을 거라는 윤희 대리님, 한 번만 태워 달라는 유선 후배, 을왕리 가서 조개구이 먹고 오자는 상욱 주임님까지 이런 거 보면 외제차가 좋긴 한가 보다. 상현이의 차 구경도 하고 일도 열심히 하다 보니 해가 어느덧 기울었다. 아침 약속대로 상현이의 차를 태호와 함께 우리 집까지 얻어 타고 가고 있었다. 상현이가 운전대를 잡고 차를 몰고 있을 때 조수석에 앉아 화려한 내부 조명을 보며 감탄하고 있었다. 이쁘긴 하다. 상현이는 신기한 거 보여 준다며 버튼을 누르더니 스포츠카의 뚜껑을 열어 버리는 신세계를 보여 주었다. 그러는 사이 아무 말 없던 태호를 보니 저 멀리 있는 대장 아파트를 뚫어져라 쳐다보고 있었다. 그때 같이 가서 구경

했을 때 마음에 들었던 모양이다. 기회가 되면 나도 지금 사는 대단지 아파트 말고 저 대장 아파트로 이사를 하고 싶다. 그때 태호를 향해 상현이가 말을 걸었다.

"태호야. 어때? 차 죽이지? 경차는 무슨 경차야. 이게 낭만이고 이게 차지. 밟는 대로 나가는 게 차라고. 경차로는 이 속도 내려면 하루 종일 걸리겠다."
"뭐라고? 상현아. 차 뚜껑 열고 빠르게 가서 바람 소리 때문에 잘 안 들려. 살짝 추운 거 같은데 뚜껑 좀 닫아 주면 안 될까?"
"이게 감성인데 좀 참지. 기다려 봐. 닫아 줄게."

내부를 보던 도중 상현이의 삼각별 스포츠카 계기판에 20만이라는 숫자가 km 앞에 쓰여 있었다.

"상현이 근데 이거 20만 킬로 탄 거 중고로 산 거면 좀 오래 탄 거 아닌가?"
"그런 건가? 차 파시는 분이 외국에서 만든 차라 20만 킬로면 그렇게 많이 탄 건 아니라고 했는데 20만 킬로면 국산차들만 힘든 거 아냐?"
"20만이면… 좀 많이 탄 거 같은데…."
"태호야. 그건 국산차 얘기겠지. 차 엔진 소리 안 들리냐? 이 싱싱하고 우렁찬 소리가? 경차만 외치던 놈이 뭘 알아."

이런저런 대화를 하다 보니 우리 집 근처에 도착했고 상현이 부모님을 마주치면 함께 두들겨 맞을까 봐 집 앞 큰길에서 내려 달라고 했던 내

부탁으로 상현이는 집 앞 큰길에서 날 내려 주었다. 이런저런 생각을 하면서 집으로 걸어갈 수 있었다. 문득 상현이가 아침에 말한 것이 떠올랐다. 4,000만 원 주고 차를 샀다고 했는데 그러고 보니 이번에 내가 아파트 매매를 하면서 들어간 돈이랑 얼추 비슷했다. 아니, 자동차 취·등록세와 보험을 포함하면 상현이가 돈이 더 들어갔을 것이다. 액수로는 비슷한 4,000만 원이지만 시간이 지나면 엄청난 차이를 보이는, 다른 두 4,000만 원이라고 생각한다. 설레는 밤바람을 맞으니 좋았다. 내일 있을 내 인생 첫 부동산 투자를 기대하며 집으로 향하고 있었다.

부동산 계약이 있는 당일이어서 그런지 평상시에 일어나는 시간보다 일찍 눈이 떠졌다. 긴장을 좀 한 거 같다. 당일이 되니 생각보다 떨리기 시작했다. 필요한 서류가 빠진 건 없는지 인감도장은 잘 챙겼는지 그리고 계약금을 이체해 줄 통장이 일일 계좌 한도는 또 괜찮은지 확인을 모두 마치고 회사로 발걸음을 향했다.

계약 시간이 오후 2시라 좀 애매하기 때문에 오후에 반차를 썼다. 계약 시간을 바꾸고 싶었지만 지금 집주인분께서 타지에서 사업을 하고 계시는데 그때만 시간이 된다고 하셨다. 회사에서 점심을 먹고 소화도 시킬 겸 아파트가 있는 곳까지 걸어갔다. 날씨도 맑고 바람도 솔솔 부는 게 기분이 날아갈 것만 같았다. 나의 첫 부동산 계약을 날씨도 반겨 주는 듯하다. 부동산에 도착하니 어느덧 시계는 오후 1시 50분을 가리켰다. 일찍 왔다고 생각했는데 부동산 사장님과 집주인처럼 보이는 분께서 먼저 기다리고 계셨다. 약속 시간에 늦진 않았지만 뭔가 죄송스러웠다.

"안녕하세요. 아파트 매매 때문에 왔는데요. 오늘 계약서 쓰기로 한 사람입니다."

"일찍 오셨네요. 앉으세요. 여기가 집주인분이에요. 뭐 마실 거 드릴까요?"

"괜찮습니다! 안녕하세요. 집주인님. 이번에 매매하기로 한 병현이라고 합니다. 반갑습니다."

"생각했던 거보다 젊은 사람이 오셨네요? 어떻게 벌써 그 나이에 아파트를 다 사실 생각하셨어요? 제가 병현 씨 나이 때는 맨날 술만 먹었던 거 같은데 역시 MZ는 달라. 하하."

"내 집 하나는 있으면 좋을 거 같아서요. 혹시 집주인분께서는 왜 이 집을 파시는 걸까요? 실례가 되는 질문이었다면 대답 안 해 주셔도 돼요!"

"아, 다름이 아니라 지금 가지고 있는 집이 여러 개가 있어서 세금 정리할 겸 매매를 좀 하고 있었어요. 만약 그것만 아니면 이 집 계속 가져가고 싶은데 어쩔 수 없이 파는 거라 저도 좀 속상하네요. 하하. 이 아파트 정말 잘 산 거니까 걱정 안 하셔도 돼요. 젊은 사람이 첫 집으로 산다는데 그런 분에게 팔아서 의미도 있는 거 같고 참 좋네요."

"맞아요. 병현 씨가 처음 부동산 투자라고 걱정 많으실 텐데 나도 지금 똑같은 평수에 사 놓은 것도 있고 여기 사장님도 같은 평수로 2채나 더 있으세요."

"아, 그렇군요. 전 또 혹시 뭐 문제라도 있나 싶어서요. 감사합니다."

"입주하신 분들 이야기 들어 보면 살기 정말 좋은 아파트입니다. 나중에 병현 씨도 살아 보시면 만족하실 겁니다! 아, 참. 지금 살고 계신 세입자분은 내년 11월까지 계약이 되어 있으세요."

"혹시 그럼 그때 돼서는 어떻게 하는 게 좋을까요?"

"뭐 방법은 여러 가지가 있겠지만 다른 전세 세입자를 구하셔도 되고 병현 씨가 나머지 잔금을 내신 후에 입주하셔도 되고요. 주택담보대출을 받아서 월세 낸다고 생각하고 사셔도 괜찮은 방법이겠죠? 월세는 나가는 돈인데 대출을 위한 돈은 저축과도 같으니까."

"그렇군요. 아, 전에 준비하라고 하셨던 서류들은 여기 있습니다."

준비된 서류를 꺼내고 계약이 일사천리로 진행되었고 베테랑답게 부동산 사장님이 잘 설명해 주셨다. 덕분에 떨리던 마음이 괜찮아지기 시작했다. 이제 모든 계약이 끝이 났고 본격적으로 돈을 보내기로 했다. 3,500만 원에서 전에 드렸던 계약금을 제외한 후 나머지 금액을 집주인분께, 부동산 거래에 대한 수수료를 부동산 사장님께, 각종 세금 관련과 법무사 비용은 법무사님께 돈을 모두 보내고 나니 전에 계산했던 4,000만 원이 조금 안 되었다. 남은 돈은 다른 투자를 위해 저축을 해야겠다는 생각이 들었다.

"자, 모든 계약은 모두 끝났고 축하드려요. 30살 전에 내 집 마련이라니. 나중에 분명 부자 될 거예요. 살아가면서 오늘을 잊지 못할 거예요."
"감사합니다. 근데 저…."
"혹시 무슨 하실 말씀이라도 있으세요?"
"지금 살고 계신 전세 세입자분만 괜찮으시다면 온 김에 혹시 집 좀 볼 수 있을까요? 순서가 잘못된 거 같긴 하지만 한번 직접 보고 싶어서요."
"맞네. 그때 급하게 하신다고 안에 안 보고 하셨지. 잠시만요. 한번 연락해 볼게요."
"저는 사업 일 때문에 먼저 가 보겠습니다. 감사합니다."
"조심히 들어가세요. 사장님. 다음에 또 연락하세요. 아, 여보세요? 중앙 부동산입니다. 다름이 아니라 전에 말씀드렸듯이 집주인분이 바뀌어서요. 혹시 시간 괜찮으시면 지금 방문 괜찮을까요? 집에 누가 계시나요? 아아 네. 알겠습니다."

"평일 오후라 힘드실 거 같다고 하셨죠…?"

"아, 원래 평일에는 출근하시기는 하는데 오늘은 일이 있으셔서 지금 집에 계신다고 하시네요? 운이 좋으셔, 가만 보면. 지금 한번 같이 가 볼까요?"

부동산 사장님과 함께 부동산에서 나와 방금 계약한 집으로 걸어갔다. 긴장이 다 풀렸다고 생각했는데 다시 떨리기 시작했다. 계약을 기다릴 때와의 긴장감과는 비교하기 어려울 만큼 압박감이 오히려 더 컸다. 계약은 했는데 인터넷에 올라온 사진이랑 다르면 어쩌지 걱정도 컸고 제발 별문제가 없어야 할 텐데 걱정이 이만저만이 아니었다.

집 앞에 도착 후 노크를 하니 더 떨리기 시작하였다. 부동산 사장님께서는 벨을 누르셨고 지금 살고 있는 전세 세입자가 문을 열어 주셨다.

"실례하겠습니다."

"반갑습니다. 생각보다 되게 젊으신 분이 오셨네요. 하하. 난 저 나이 때 놀기 바빴는데. 들어오세요. 차 한 잔 드릴까요?"

"감사합니다."

다행히 사진과는 크게 다른 점은 없었다. 가구에 가려져 바닥과 천장을 완벽하게 다 보지는 못했지만 실거주할 때쯤이면 지은 지도 10년쯤 되기도 하고 해서 입주할 때 전체적으로 리모델링을 할 예정이기 때문에 별문제가 되지는 않을 거 같았다. 거실 베란다 창문으로 바라본 바깥은 생각했던 거보다 너무 이뻤다. 어렸을 때부터 지금까지 단독주택에서 살았기에 그때는 볼 수 없는 그런 시원함이 이 집에는 있었다.

집을 다 보고 전세 세입자분께 잘 보았다는 말과 앞으로 잘 부탁드린다는 말을 남기고 집에서 나왔다. 1층으로 내려와 부동산 사장님과 인사 후 헤어졌다. 그렇게 인생 첫 부동산 계약을 끝낼 수 있었다. 집에 가서 딱히 할 것도 없고 반차 써서 시간도 많겠다 아파트 단지를 한 번 더 둘러보기로 했다. 확실히 집주인이 되니 마음가짐과 보는 내내 감정이 계약 전과는 달랐다. 더 열심히 살아야 할 이유가 생겼다.

집으로 돌아와 부모님께 부동산 계약을 잘 끝내고 왔다고 말씀을 드렸는데 엄마가 케이크를 사 왔다며 소박하게라도 첫 투자 축하 파티를 하자고 말씀하셨다. 첫 부동산 계약을 진심으로 축하해 주시고 다 잘될 거라며 응원을 아끼시지 않으셨다. 부모님의 사랑은 예전과 큰 변화가 없었다. 오늘 하루에만 열심히 살아야 할 이유가 하나 더 생겼다.

아파트 투자를 하고 통장에는 약 6,000만 원의 현금이 남아 있었다. 부동산 투자를 하나 더 할까도 생각해 봤지만 하나를 투자해 놓은 상황이라 나중에 어떤 상황이 발생할지 모르니 하나를 더 하는 건 지금 상황에서는 무리라고 생각했다. 만약 잘되면 지금보다 더 큰돈은 벌 수 있겠지만 실패를 하게 된다면 지금 가지고 있는 집도 크게 휘청일 수 있다는 생각이 들었다. 그래서 앞으로 어떤 상황이 벌어질지 모르니 부동산 투자보다 현금 회수가 괜찮은 주식 투자를 해 보자는 생각이 들었다.

주식 투자를 본격적으로 해 보려고 하니 어떻게 접근을 해야 할지 막막했다. 부동산 같은 경우 눈에 보이기도 하고 보통은 사람들이 다 좋다고 하면 대부분 거기에 맞는 값어치를 하는데 주식은 그렇지 않았다. 아무리 좋은 주식이라고 해도 변수에 따라 오르지 못하고 떨어지는 경우도 많았기 때문이다. 그래서 우선 주식 투자를 하기 전에 충분한 공부를 해야겠다고 생각했다.

  투자 공부와 회사 일을 열심히 하다 보니 집을 계약한 지 벌써 몇 달이 지났다. 기회가 오면 언제든지 투자를 할 수 있도록 월급을 잘 저축하고 있었다. 평소와 같이 일을 하다 계속 현장에만 있어서 답답함을 느끼고는 바깥바람을 쐬러 잠시 산책을 하러 나갔다. 상현의 화려한 삼각별 스포츠카가 가장 먼저 눈에 들어왔다. 할부로 샀다더니 잘 타고 다니는 거 보면 다행히도 대출금과 이자는 밀리지 않는 거 같다. 덕분에 소비가 줄어든 거 같던데 좋다고 해야 하나 좀 애매한 상황 같았다. 그런 생각을 할 때쯤 주차장에는 안 보이던 차들이 굉장히 많이 보였다. 비싼 차들도 보이고 사회초년생이 타기에 적당한 차들도 보이고 새로 출시돼서 광고에 나오는 차들도 많이 보였다.

'다들 돈이 많구나. 나만 차가 없네. 그래도 뭐 집은 있으니까.'

  이런 생각을 하며 사무실로 돌아가 업무를 다시 하기 시작했다. 그러다 보니 퇴근 시간이 다가왔다. 오늘 분명 뭔가 있었던 거 같은데 기억이 날 듯 말 듯 한데 끝내 기억을 하지 못했다. 옆자리 상현이가 내 어깨를 툭툭 치며 말을 걸었다.

"병현아. 오늘 우리 회사 동기들이랑 술 먹는 거 안 잊었지? 퇴근하고 우리 집 같이 들렀다 갈래? 술 먹으면 차 놓고 가야 할 거 같아서."
"아! 그게 오늘이었나? 잊고 있었네. 같이 가자."
"동기들 좋아하면서 그걸 까먹냐? 그럼 퇴근 후에 바로 가자. 우리 집에서 잘 거지?"

"어어. 그러자."

"그럼 하던 일 멈추고 얼른 짐 싸. 내일 해, 내일. 늦겠다, 약속."

그러고 보니 오늘 회사 동기들이랑 술을 먹기로 한 날이었다. 가장 중요한 걸 깜빡하다니. 하던 일을 멈추고 상현이와 함께 6시가 되자마자 팀장님께 인사를 드리고 상현이 차를 타고 이동을 했다. 약속 장소에는 대부분의 친구들이 있었다. 다른 동기들도 하나씩 도착하고 우리는 함께 술을 먹으며 회사 이야기와 근황 이야기를 주고받았다.

"맞다. 인태 너 차 산 거 같던데 맞지? 회사 주차장에서 주차하는 거 봤어."

"아, 봤어? 이번에 적금 든 거 돈도 모이고 해서 그냥 일시불로 샀지! 하영이도 사지 않았어?"

"맞아. 하하 난 돈 아끼려고 그냥 경차로 샀어! 시내에서만 주로 타다 보니 경차도 좋더라고. 영미도 차 산 거 같던데?"

"하영이는 어떻게 알아? 우리 일하는 건물이 달라서 모를 줄 알았는데."

"너 좋은 차 탄다고 소문이 자자해. 성희가 알려 줬어. 나도 한 번 태워 주면 안 돼?"

"좋지. 윤혁이도 차 샀더라. 그거 비싼 차 아니야? 우리 중에 가장 좋아 보이던데."

"다 할부지. 뭐. 차 사고 싶은데 돈이 없어서 그냥 할부로 샀어. 어차피 한 번뿐인 인생 하고 싶은 거 하면서 살아야지. 근데 그거 알아? 상현이 차가 여기서 제일 좋아. 나도 삼각별 한번 타 보고 싶다."

"에이, 아니야. 뭐. 그냥 타는 거지. 그러고 보니 여기서 병현이만 차 없네. 너도 좀 사. 인마. 돈 안 모아?"
"괜찮아! 나는 차보다 투자하고 싶어서 지금 만족해. 굳이 필요하지도 않고."
"차 사면 삶의 질이 바뀐다. 명심해."

대화하다 보니 아까 회사 주차장에서 본 새로운 차들은 대부분 동기들 차였을 거라는 생각이 들었다. 돈을 많이 모은 건지 아니면 할부로 산 건지 모르겠지만 나 빼고 대부분이 차를 샀다. 그리고 대화 마지막 상현이가 한 말도 틀렸다고 생각하지 않는다. 차를 사면 삶의 질이 바뀐다는 말. 그 말에 공감을 한다. 가고 싶은 곳도 언제든지 갈 수 있고 대중교통이 어려운 곳에도 쉽게 갈 수 있고 시간을 아낄 수 있다는 장점은 분명했다.

하지만 그런 즐거움 때문에 차를 사고 싶진 않다. 다른 동기들이 차를 살 때 난 비슷한 돈으로 아파트를 샀다. 차를 사면 삶의 질이 바뀔 수 있지만 아파트 투자를 하면 삶이 바뀐다는 것을 동기들은 아직 모르는 거 같다.

동기들은 그 뒤로 차 얘기만 하더니 어느덧 한 시간 넘게 하고 있었다. 동기들에게 술도 달아오르고 머리도 아프고 해서 잠깐 바람 좀 쐬러 나갔다 온다고 이야기를 했다. 그러자 옆 테이블에 있던 인영이도 계속 안에만 있었더니 답답하다며 같이 가자고 의자를 빼고 있었다. 우선 같이 나오긴 나왔는데 시끌시끌했던 술집 안과는 다르게 갑자기 둘만 남아 정적이 흐르니 어색함이 맴돌았다. 먼저 말을 걸어야겠다.

"인영아. 많이 취한 거 같은데 숙취해소제 하나 사 줄까? 앞에 편의점 있는데."

"좋지. 근데 병현이는 차 안 사? 나도 얼마 전에 차 사니까 아주 좋던데. 없을 때랑 비교해 보면 되게 편하더라고."

"아, 차 있으면 좋지. 근데 난 굳이 아직 필요한 거 같지도 않고 괜찮아. 근데 인영이는 돈 모은 걸로 산 거야? 많이 모았나 보네."

"어? 아니야! 모은 돈으로는 내가 사고 싶은 차를 살 수가 없어서 대출을 좀 받아서 샀어. 신차 살까 싶은데 중고도 괜찮을 거 같아서 상태 좋은 중고로 샀고. 이자는 좀 나가긴 하는데 괜찮은 거 같아. 어차피 저축해서 차 사나, 대출로 차 사서 갚나 그게 그거 아니겠어?"

"그건 그렇지. 나도 나중에 필요할 때 사야지. 그때 인영이가 알려 줘. 나 잘 모른단 말이야."

"그래, 그래. 이 누나가 알려 주지. 얼른 들어가자. 동기들 기다리겠다. 아, 맞다. 숙취해소제 잘 먹었어."

인영이와 대화를 하고 다시 돌아가니 술자리가 끝나가는 분위기였다. 자리에 앉기도 전에 자리가 마무리되었다. 앉았던 자리에 있는 겉옷을 챙기고 상현이와 함께 동기들과 대화를 계속 생각하며 상현이 자취방으로 향하고 있었다. 술도 많이 먹었겠다 내일은 상현이와 같이 출근하고 투자 공부는 집에 가서 저녁에 해야겠다는 생각이 들었다.

상현이네서 잠을 자고 다음 날 출근하려 했더니 어제 과음을 했나 머리가 깨질 거 같았다. 오랜만에 동기들을 만나서 신났던 건지 주량을 한참 넘기면서까지 죽어라 부었던 거 같다. 그렇게 마셨던 것이 다음 날 엄청난 후회로 돌아왔다. 술이 덜 깬 상황에서 일을 하다 보니 하루가 어떻게 흘러갔는지 모르겠다. 시간을 보니 퇴근 시간을 가리켰고 특근할 양이 아니어서 다음 날 이어서 하기로 하고 부서 사람들은 다 같이 퇴근하기로 했다. 과음을 같이 한 상현이도 퇴근하기 직전까지 표정이 좋아 보이지 않았다. 퇴근 시간이 되자마자 나는 자리에서 일어나 누구보다 빨리 팀장님께 먼저 퇴근해 보겠다는 말을 남기고 상현이와 같이 사무실 문을 열고 밖으로 나왔다. 상현이가 태워 준다고 했지만 보니 이놈도 얼른 잠을 좀 자야 할 거 같았다. 괜찮다며 내일 보자는 말을 남기고 셔틀버스 의자와 한 몸이 되어 출발 시간을 기다리고 있었다. 퇴근해서 긴장도 풀리고 그랬는지 버스에서 잠이 들어 버렸고 자동차 빵 소리에 놀라 눈을 떠 보니 도로 한복판이었다. 순간적으로 여기가 어딘가 싶어 창문 밖을 보니 다행히 집 앞 정류장 전이였다. 그래도 잠을 좀 자서 그런지 술이 좀 깬 거 같다. 집에 엄마가 동기들이랑 전날 술을 먹은 걸 알고 계셨는지 해장국을 사 놨다고 하셨다. 유난히 집에 빨리 가고 싶은 날이었다. 그런 생각을 하다 보니 상현이와 늘 만나던 장소에서 내리고 후다닥 집으로 발걸음을 향했다.

"엄마. 다녀왔습니다."
"아들, 어제 동기들이랑 잘 만났어? 상현이네 집에서 잔 거지?"
"그럼요! 오랜만에 만나서 그런지 시간 가는 줄 몰랐어요. 너무 재밌어서 저도 모르게 과음했나 봐요. 해장국이 시급해요. 엄마."
"하하. 알겠어. 안 그래도 따뜻하게 끓여 놨어. 바로 먹자. 근데 어제 동기들이랑 무슨 얘기를 했니? 요즘 MZ세대들은 어떤 이야기를 하나 또 궁금하네."
"아, 뭐 회사 동기들이니까 회사 얘기도 좀 하다가 이런저런 이야기를 했던 거 같아요. 남녀 사이에 빠질 수 없는 연애 얘기도 했던 거 같아요. 아 참! 가장 기억에 남는 대화는 자동차였던 거 같아요!"

"자동차가 왜?"

"아아, 동기들 대부분이 입사하고 몇 년 흘러서 그런지 차를 샀더라고요. 마치 짜기라도 한 거처럼요. 어제 같이 모인 동기 중에서는 저 빼고 다 있었어요."

"아들은 안 사고 싶어?"

"저요? 아직은 괜찮아요! 꼭 있어야 하면 사는 건데 굳이 살 필요는 아직 없는 거 같아요. 나중에 필요하면 그때 사려고요."

"역시 아들 소비는 똑똑하다니까. 그러고 보니 병현이 중학생 때가 생각나는 거 같네. 어렸을 때라 기억할진 모르겠는데 혹시 북극 패딩 이야기했던 거 기억나?"

"아, 저 중학생 때 친구들 하나씩 가지고 있었던 거요? 기억나죠! 근데 그건 갑자기 왜요? 엄마 패딩 하나 갖고 싶으세요?"

"하하, 그게 아니라 지금 동기들 차 산 거가 그때랑 비슷한 상황 같지 않아? 차 종류에는 여러 가지가 있을 수 있으나 수요는 꾸준히 늘어나는 것도 있고. 안 그래도 오늘 뉴스에 나오더라고. 사회초년생들의 자동차 수요가 급증을 했는데 이게 매년 꾸준히 늘어나는 추세래. 분명 자동차 회사 매출도 좋아질 거고. 엄마 생각엔 한번 공부해 보는 것도 좋을 거 같아."

"아, 그럴 수 있겠네요! 그럼 먹고 한번 공부해 봐야겠어요! 밥 먹기 전까지 너무 힘들었는데 해장국을 먹으니 좀 괜찮아진 거 같아요. 감사히 잘 먹었습니다. 엄마. 그럼 저는 어제 술을 너무 많이 먹어서 아침에 못한 밀린 공부 좀 하러 방에 들어가 볼게요!"

"아들, 잠깐. 엄마가 사과 깎아 줄게. 먹으면서 해."

 엄마의 사랑이 듬뿍 담긴 껍질 벗겨진 사과 조각을 들고 설레는 마음으로 방에 들어갔다. 투자하기 전 필기 노트를 펼치고 엄마와 방금 식사할 때 했던 대화를 잘 생각해 보았다. 곰곰이 생각을 해 보니 엄마 말대로 학창 시절 북극 패딩 열풍이 불었을 때와 비슷했던 거 같다. 자동차 판매 뉴스와 자동차 회사의 매출을 보았을 때 미래에도 꾸준히 우상향할 거 같다는 생각이 들었다. 주식도 상장되어 있었고 우리나라에서만 인기가 많은 자동차 회사인 줄 알았는데 공부하다 보니 전 세계에서도 차지하는 비중이 생각보다 컸다. 이 자동차 회사 주식을 사야겠다.
 잠깐만, 그러고 보니 어제 대화 내용을 다시 생각해 보니 신차와 중고차 비중이 비슷했다. 구매자의 성향에 따라 신차와 중고차를 희망하는 게 다를 텐데 중고차에 대한 공부도 해 봐야겠다. 중고차를 전문으로 판매하는 회사도 매출과 영업이익이 매우 안정적으로 우상향하고 있었다. 생각해 보면 경기가 좋아도 등급이 높은 중고차를 사는 사람이 많았고 경기가 좋지 않을 땐 가격이 비교적 저렴한 중고차를 찾는 사람이 많을 거 같다. 처음에 사기로 한 자동차 회사의 절반을 중고차 판매 회사 주식을 사야겠다.
 그런 생각을 하면서 동시에 차를 사면 자연스레 어떤 소비가 늘어날까에 대한 생각을 했다. 곰곰이 생각해 보려고 혹시나 친구들과 대화하면서 놓친 부분이 없나 계속 생각하고 또 생각했다. 그때 머릿속으로 뭔가가 떠올랐다.

"아, 맞다. 대출!"

그러고 보니 상현이가 차를 샀을 때도 대출을 받아서 샀고 어제 바람 쐴 때 같이 이야기했던 인영이도 대출을 받아서 샀다 했고 아마 전에 상현이가 말한 윤주도 돈을 안 모았다고 말했던 걸 보면 대출로 차를 샀을 확률이 높을 거 같다는 생각이 들었다. 투자를 하기 위해 한 번에 목돈으로 차를 구매하지 않고 대출로 사시는 분들도 있을 수 있고 아니면 모은 돈이 적어서 대출을 사용해 차를 구매하는 사람도 많겠구나 하는 생각을 하게 되었다. 보통 자동차 대출을 받으면 할부금이 나가는데 거기에서 발생되는 이자는 대출을 해 준 회사에 괜찮은 매출을 안겨 주지 않을까라는 생각이 들었다. 그래서 주로 사람들이 많이 쓰는 자동차 대출회사를 알아보았고 상장이 되어 있길래 공부를 해 봤더니 매출과 영업이익을 보니 꾸준히 늘어나는 추세였다. 좀 더 정보를 얻고자 인터넷 검색을 해 봤더니 자동차도 자동차지만 요새 과소비로 인해 젊은 사람들이 소득에 비해 많은 돈을 쓰기 때문에 신용카드 할부로 많이 결제한다는 기사의 제목을 보았다. 머릿속에 가장 먼저 떠오르는 사람이 상현이였다. 상현이 같은 사람들이 요새 SNS를 통해 남들에게 보여 주는 삶을 살기 위해 카드에 불이 나도록 소비를 하던데 그 회사의 주주가 된다면 그들이 카드를 긁을 때마다 뿌듯할 거 같다는 생각이 들었다. 결국 내일 자동차 회사 주식 두 곳과 대출 관련된 주식도 같이 사야겠다.

그러고 보니 자동차를 사게 되면 대부분은 보험을 드는 거 같았다. 자동차의 수요가 매년 늘어 기존에 자동차를 보유한 사람의 수가 조금이라도 증가한다면 보험회사에 안정적인 매출을 가져다줄 거라는 생각을 했다. 내일이 되면 우리나라 최고의 보험회사의 주식도 좀 사 봐야겠다.

어제는 분명 단순히 동기들과 모여서 술을 먹는 자리였다고 생각하지만 지금 보니 인생에서 뜻깊은 시간이었다. 동기들과 오랜만에 모여 이야기를 한 것도 물론 재밌었지만 한층 더 스스로 성장할 수 있었던 시간이 되었던 거 같다. 내일 사려고 하는 네 종목의 주식 상승과 하락을 떠나 어제의 술자리는 평생 잊지 못할 술자리가 될 것만 같아 얻은 성과가 크다고 느꼈는지 눕자마자 잠이 들 수 있었다.

다음 날 계획했던 대로 주식을 샀다. 남은 현금 6,000만 원을 전체 다 사진 않았다. 아파트 투자를 하는 중이기 때문에 혹시라도 계약을 다시 할 때 전셋값이 빠지기라도 한다면 현금이 더 필요할 수도 있겠다는 생각에 일부만 사 놓았다. 그리고 만약 주가가 크게 빠지기라도 한다면 그때 한 번 더 추가매수를 해야겠다는 생각이 들었다. 그래서 주식을 사고 남은 돈은 저축 통장에 두고 월급이 들어오면 예전같이 높은 저축률을 보이며 돈을 열심히 모으고 있었다.

그렇게 몇 개월의 시간이 흐르고 출근해서 일을 하다 오랜만에 주식 잔고를 열었더니 꽤 괜찮은 수익률을 보이고 있었다. 역시 상현이의 소비가 유행을 따라가는 만큼 투자에도 큰 도움이 되었다. 그래서 상현이에게 고맙다고 해야 하나 참 애매한 상황이었지만 주식 투자를 같이 했으면 하는 바람에 주식을 보여 주려고 상현이 자리를 보았는데 상현이 얼굴만 보았는데도 술 냄새가 나는 것 같았다. 이놈의 오랜 친구로서 무슨 일이 있는 게 분명하다.

"상현, 너 무슨 일 있지? 안색이 안 좋아 보여."
"죽고 싶다."
"왜 무슨 일인데? SNS에 올릴 사진이 없는 거야?"
"차라리 그런 거였으면 좋겠다. 병현, 나 차를 잘못 산 거 같아. 엔진 쪽에 고장이 나서 수리를 해야 한대."

"삼각별이면 수리비 비싸지 않나…?"

"어 맞아. 생각했던 거보다 비싸더라고. 근데 차 산다고 자취할 거라고 맛있는 거 먹겠다고 다 쓰다 보니 모은 돈이 없더라고. 월급이 적은 건 알았는데 모은 돈이 이렇게 없을 수가 있을까 싶다."

"흠. 그럼 어쩌게? 지금 할 수 있는 게 없잖아. 아니면 이건 어때?"

몇 개월 만에 차가 고장 나다니 상현도 참 안타깝다. 안 그래도 처음 차 탔을 때 킬로 수가 좀 많다고 생각했는데 일이 정말 터질지는 몰랐다. 말이 씨가 된 건가. 상현이 눈치를 보다 보니 주식이 올랐다는 말을 차마 하지는 못했다. 불난 집에 불을 지피는 상황 같기도 하고. 혹시나 아주 혹시나 상현이가 그럴 일은 없겠지만 돈을 빌려 달라고 할 수도 있다는 생각에 그냥 돈 없는 척을 해야겠다. 친한 친구일수록 돈이 더 예민하게 반응하니 말이다. 그런 생각을 하고 있을 때쯤 상현이가 눈을 비비며 이야기했다.

"병현아, 아직 셔틀버스 우리 그때 만나던 장소 아직 가냐?"
"그럼, 가지. 같이 타자."

일이 좀 바빠서 상현이와 특근을 하고 셔틀버스를 탔다. 오랜만에 셔틀버스를 같이 타니 낯설다. 셔틀버스를 평생 안 탈 것만 같았던 상현이였지만 상황이 심각하긴 한 거 같다. 집 가는 내내 상현이 표정이 좋아 보이지 않았다. 잘 해결돼야 할 텐데 내심 걱정이다. 셔틀버스를 타고 집에 가다 보니 저 멀리 계약한 우리 집이 보인다. 그때 투자했던 4,000만 원이 오늘따라 더 값지게 느껴진다.

버스에서 내려 상현이의 터벅터벅 걷는 발소리를 들으며 같이 집 방향으로 걸어갔다. 헤어지기 직전 힘내라는 말을 하려다 괜히 놀리는 거처럼 들릴까 봐 내일 보자는 이야기를 남기고 집으로 발걸음을 향했다. 특근하고 와서 그런지 잠이 쏟아졌다. 얼른 씻고 아침 일찍 회사에 가서 공부해야겠다.

다음 날 아침이 되고 어김없이 회사에 일찍 출근했다. 비록 상현이에게 주식을 보여 주지 못한 것이 아쉬웠지만 나중에 기회가 되면 같이 투자하자고 이야기하고 싶다. 주식 앱을 켜서 쭉 보다 보니 꽤 괜찮은 수익률도 수익률이었지만 그러고 보니 배당금도 꽤 괜찮게 들어왔다. 올해 들어온 배당금을 토대로 주가를 계산해 보니 세금을 제외하고 6% 정도가 되었다. 근로소득을 제외하고 돈이 돈을 벌어다 주는 괜찮은 구조라는 생각이 들었다. 그리고 무엇보다 일을 하지 않아도 돈이 매년 꾸준히 들어오는 현금흐름에 지금 당장 주식의 수익률보다 더 뜻깊다고 생각했다. 그런 생각을 할 때쯤 갑자기 과거에 있었던 일이 머리를 스치고 지나갔다.

"아, 이거. 중학생 때 오락실!"

중학교 때 전투기 게임기를 가져다 두고 매달 사장님께 돈을 받았던 기억이 떠올랐다. 수익도 수익이지만 일을 하지 않아도 들어오는 현금흐름이 발생했다. 왜 그땐 알지 못했을까. 배당도 마찬가지로 그런 현금흐름을 가져다준다는 사실을 깨달았다.

'만약 퇴사 전에 내가 현금흐름을 잘 만들어 놓기만 한다면 내 노후 대비 목표 금액인 20억을 모을 필요가 있을까. 만약 모은다고 해도 현금흐름이 없다면 원금 20억은 점점 줄어들 텐데 현금흐름이 있다면 원금도 줄어들지 않을 테고 현금흐름이 적더라도 만약 어느 정도 있기라도 해 준다면 원금이 주는 속도도 많이 늦춰 줄 수 있을 거 같은데…. 목표를 수정해야겠다.'

공책 맨 앞에 적어 놓았던 20억이라는 목표를 지우고 미래에 필요할 거 같은 현금흐름이 한 달에 얼마인지 계산해 보았다.

'앞으로 물가 상승률도 고려하고 하면 내가 은퇴할 시점인 60대에는 은퇴 후 노후 대비가 한 달에 적어도 500만 원 이상은 들 거 같은데 그러면 우선 목표를 한 달에 일을 하지 않아도 들어오는 돈을 500만 원이라는 목표를 세우고 만약 달성하게 된다면 500만 원에서 600만 원, 700만 원으로 점점 목표를 올려야겠다.'

공책 맨 앞 20억을 지운 목표에는 그렇게 '한 달 현금흐름 500만 원'이라는 글자를 써 나갔다. 조만간 현금흐름을 어떻게 구성할지 생각을 해 봐야겠다. 출근 시간 전 뜻깊은 시간을 보내다 보니 부서 분들이 출근하고 계셨다. 오늘도 역시 상현이가 가장 늦게 도착했다. 표정이 좋지 않길래 물어보니 차를 고치자마자 다시 파는 조건에 아주머니께 돈을 빌렸다고 한다. 우선 급한 불을 끄긴 꺼서 다행이라고 생각한다. 오히려 차라리 이번 기회에 상현이가 정신을 좀 차렸으면 좋겠다.

공부에 탄력이 받아서 그런지 집에 가서 지친 몸을 이끌고 현금흐름에 관한 공부와 계획을 짰다. 현금흐름에 관한 공부를 하다 보니 직장인이 그나마 쉽게 접할 수 있는 방법이 크게 두 가지였다. 배당주 투자와 부동산을 통한 월세 수입 창출이었다.

배당주 투자는 업종의 1등 기업 중에 배당을 잘 주고 전망이 먼 미래에도 청신호를 띠고 있다고 하면 주식의 단기 수익률을 떠나서 주식 수를 최대한 늘려 배당을 받는 것도 괜찮은 방법이라는 생각이 들었다. 주가가 올라가면 시세차익도 낼 수 있고 만약 주가가 내려간다고 하면 매수를 통해 배당금을 더 받을 수 있고 나름 괜찮은 전략인 거 같았다. 그리고 투자에도 분산이 있듯이 주식에서도 분산이 중요하다고 생각했다. 그중에서도 지역의 분산인데 굳이 대한민국 주식만 살 필요는 없다고 생각한다. 미국에도 좋은 배당주가 많기에 한국의 배당회사와 미국의 배당회사를 나눠서 매수하기로 했다.

하지만 어떤 투자든 마찬가지겠지만 무조건 잘된다는 보장이 없다. 그렇기 때문에 혹시 모를 상황을 대비해 다른 현금흐름 투자도 같이 해야 한다고 생각했다. 그래서 생각한 것이 부동산 월세였다. 많은 사람이 보통 부동산 월세라고 하면 다가구주택을 통해 월세를 꾸준히 받는다고 생각할 수도 있지만 내 생각은 달랐다.

우선 다가구주택을 만약 대출을 끼지 않고 산다고 하면 모두 월세로 돌려 큰 현금흐름을 만들 수가 있다. 하지만 다가구주택 같은 경우 아파트에 비해 비용도 많이 들어가기 때문에 보통 대출을 받아 구매한다. 지금처럼 금리가 높은 상황이 유지가 된다고 하면 이자를 내기 바빠 월세 수익은커녕 오히려 대출 이자를 갚다가 적자를 낼 수도 있다. 그리고 아파트와 달리 세입자들이 한 명이 아니라 여러 명으로 구성되어 있어 만약 많은 세입자가 월세라도 밀리게 된다면 그것도 엄청난 스트레스가 되어 돌아올 것이다. 꾸준히 월세가 들어오는 중이라 하더라도 만약 구매한 다가구주택 주위에 새로운 다가구주택이 들어온다고 하면 수요가 거기에 쏠릴 것이고 그렇게 된다면 다른 주택보다 차별화를 두기 위해 가격을 비교적 많이 떨어뜨리든지 혹은 큰돈을 들여 리모델링을 새거처럼 해야 하는데 비용적인 면 때문에 그것도 매번 그러기는 쉽지는 않을 것이다. 무엇보다 가장 큰 문제는 다가구주택에 모든 방이 꽉 차 있을 거라는 보장도 없다. 결국 상품성이 떨어지면 수요는 말할 것도 없고 월세 수익률이 낮다고 한다면 나중에 다가구주택을 팔려고 할 때도 큰 어려움이 있을 수도 있다. 그래서 수익은 높을 수 있으나 신경 쓸 게 많은 다가구주택을 통한 현금흐름 투자 방법은 나에게는 맞지 않은 투자 방법이라고 생각했다.

  대신 아파트 월세는 이야기가 달랐다. 다가구주택에 비교해 봤을 때 우선 매매 비용이 적게 들었다. 그리고 세입자도 보통 한 명 혹은 한 가족이기 때문에 월세가 밀릴 일도 거의 없기도 하다. 무엇보다 빌라에 비해 아파트는 시세차익이라는 큰 이점도 있었다.

  그래서 내가 내린 결론은 일을 그만두기 전 한국 배당주와 미국 배당주를 월급으로 꾸준히 매수하고 거기서 나온 배당금으로 배당주를 다시 매수를 하여 눈덩이, 아니 돈덩이를 점점 키워 노후에 써야 할 현금을 확보하는 것이었고 근로소득이 끊기기 전에 내 이름으로 된 아파트를 총 2채로 만들어 하나는 실거주하고 하나는 월세 수익을 받는 것이 목표였다. 이왕이면 다음 아파트는 저번에 사지 못했던 동네 대장 아파트였으면 좋겠다. 우선 대장 아파트를 매매한 후 대장 아파트에 거주하고 지금 가지고 있는 대단지 아파트에 월세를 줄지 반대로 지금 가지고 있는 대단지 아파트에 거주하고 대장 아파트에 월세를 줄지 상상만 해도 행복한 고민이다. 그러기 위해선 주택담보대출과 현금이 필요했다.

월급을 최대한 이용해 많은 배당주를 사서 배당금을 늘리는 것도 좋은 방법이라고 생각하지만 집을 한 채 더 사야 하는 목표가 있었기에 언제나 현금의 비중도 중요했다. 그래서 적절한 현금을 꾸준히 저축하며 배당주 투자를 열심히 해야겠다.

목표를 세우고 열심히 실행하다 보니 어느덧 20대가 끝나고 30대가 반겨 주었다. 30살에 진급을 하고 월급이 많이 올랐다. 그래서 우선 아파트 매매에 좀 더 초점을 둬야겠다는 생각에 배당주는 월급이 오르기 전과 비슷한 금액을 매수를 하고 저축에 좀 더 비중을 실었다. 상현이도 개인 목표가 생겼는지 내가 과거에 알던 상현이보다 열심히 살아가고 있는 거 같았다. 얼마 전 중고차로 인해 발생한 엄마 긴급 대출 서비스를 모두 갚았다고 한다. 축하할 일이다. 돈을 주다가 말 줄 알았는데 끝까지 주는 모습도 책임감 있어 보이고 돈을 많이 써서 그렇지 성격은 참 착한 거 같다.

진급한 지도 어느덧 2년이 지났다. 2년이라는 시간 동안 참 많은 일들이 있었다. 전에 세웠던 계획대로 배당주 투자도 열심히 하고 저축도 열심히 하고 있는데 끝없는 물가와 금리의 인상으로 많은 사람들이 대출받기를 꺼려했고 그 결과 아파트 매매 거래 수가 마치 한 여름의 아스팔트 위 지렁이처럼 메말라만 갔다. 그 여파로 인해 전국에 있는 모든 아파트 가격이 크게 떨어져 아파트를 여러 채 투자하신 분들에게는 비상 상황이 되어 버렸다. 눈여겨보고 있던 우리 동네 대장 아파트도 이 상황을 피해 갈 수는 없었다. 생각했던 거보다 훨씬 저렴하게 거래가 되고 있었.

몇 년 전에 산 대단지 아파트는 그래도 다행인 게 워낙 저점에서 급매물로 잘 사서 그런지 아직도 산 가격보다 더 빠지진 않았다. 갈아타기 해 볼까도 생각했지만 2주택이 목표였기 때문에 지금 대장 아파트를 사는 것도 괜찮은 방법이라고 생각했다. 그래서 전에 매매한 대단지 아파트는 내버려두고 현재 수익 중인 배당주를 대부분 정리하기로 결심했다.

몇 년간 꾸준히 주식을 매수한 금액과 배당금 그리고 통장에 열심히 저축한 돈을 합쳐 보니 생각보다 많은 돈이 모였다. 다 모아 보니 대단지 아파트에 남은 잔금을 모두 계산할 수 있는 금액이 되었기에 남은 잔금을 모두 해결하고 완전히 '내돈내산' 아파트로 만들어 버리고는 전세계약이 끝나는 대로 월세로 새로운 세입자를 구하기 위해 부동산에 내놓았다. 부동산에서 노력해 주신 결과 얼마 지나지 않아 월세 세입자를 구할 수 있었다. 그렇게 아파트를 통한 첫 번째 현금흐름이 발생했다.

아아, 대장 아파트는 어떻게 됐냐고? 처음 아파트를 샀을 때처럼 갭 투자를 통해 우선 내 집으로 구매를 했다. 맘 같아선 지금 당장 주택담보대출을 받고 싶었으나 우선은 기존 아파트 나머지 잔금을 치르느라고 많은 돈을 썼기에 대장 아파트의 대출을 제외한 금액까지는 지금 당장 내기엔 큰 무리가 있었다. 돈을 열심히 모아 대장 아파트도 남의 돈이 아닌 완벽한 내 집으로 만들고 싶은 꿈이 생겼다. 지금은 본집에 살며 대단지 아파트에서 나오는 현금흐름은 배당주 매수를 꾸준히 하였고 월급에서 고정지출을 제외한 모든 돈은 아파트를 위해 모두 저축했다.

오랜만에 부서 회식을 한다고 하기에 열심히 일한 후 상현이, 태호랑 같이 회식 장소로 가고 있었다. 셋이 한 번에 같은 테이블에서 먹기 쉽지 않는데 운이 좋았는지 이번 회식 때는 처음부터 같이 먹을 수 있었다. 회식 시간이 꽤 지나니 술도 많이 먹었고 다른 사람들도 많이 취한 거 같았다. 술을 더 먹고 있었을 때쯤 장 부장님이 우리 테이블 빈자리로 본인의 술잔을 들고 오고 계셨다. 이 순간만큼은 정신을 꽉 잡고 술을 깨야겠다는 생각이 들었다.

"상현아, 고생이 많다. 한 잔 받아."
"예, 부장님. 저도 한 잔 따라 드리겠습니다."
"자, 병현이랑 태호도."
"감사합니다."
"아 맞다. 혹시 여기 있는 사람들은 돈 얼마나 모았어? 요즘 뉴스 보니까 젊은 친구들 잘 안 모은다고 하던데. 갑자기 궁금해지네."
"천만 원 단위로 모았습니다."

상현이가 부장님 질문에 먼저 대답했다.

"허허 그렇구먼. 그럼 상현 주임은 적금 들어 놨나?"
"아닙니다. 적금은 아니고 그냥 저축만 하고 있습니다."
"병현 주임은 저축만 하고 있나?"
"저는 현금 조금만 보유하고 각종 투자를 좀 하고 있습니다."
"그렇지! 상현 주임. 병현 주임처럼 해야 해. 저축해 봤자 이자가 많이 나오는 것도 아니고. 현금은 천만 원만 있으면 돼. 나도 요즘 주식을 하는데 혹시 초전도체라고 아나? 이게 미래를 바꿀 혁신인데 대한민국에서 아마 세계 최초로 나올 수도 있을 거 같다는 이야기가 있거든? 아, 이런 거까지 알려 주면 안 되는데…. 셋만 가까이 와 봐. 내가 좋아하는 사람들이니까 너희한테만 알려 줄게. 이 회사가 이번에…."

장 부장님과의 대화가 길어져 갈 때쯤 상현이의 눈빛은 확신으로 가득 찼다. 집중하는 모습을 보니 장 부장님이 말씀하신 회사의 종목을 내일이라도 당장 살 거 같아 보였다. 만약 산다고 하면 말려야겠다. 회식 자리가 끝나고 어김없이 상현이네 집에서 잠을 자기로 했다. 전에 봤던 집 앞 일회용품이 많이 사라졌다. 배달 음식을 전보다 덜 시켜 먹는 거 같아 보였다. 내일도 일이 많았기에 술을 더 먹지는 않고 상현이와 잘 준비를 빨리 끝내고 천장을 바라보며 눈을 감고 있었다.

"병현아. 졸릴 텐데 뭐 하나만 물어봐도 돼?"
"그럼, 뭔데?"
"혹시 주식 계좌 만드는 거 한번 도와줄 수 있을까?"
"너 혹시 아까 부장님이 말씀하신 종목 사려고?"
"왜? 듣다 보니 틀린 말도 아니고 해서 조금만 넣어 보려고 하는데 병현이는 어떻게 생각해?"
"어휴, 난 위험할 거 같은데. 그런 이슈가 있는 건 쉽게 오를 수 있는 만큼 그만큼 더 크게 떨어질 수도 있고."
"근데 병현이는 오래 투자해 왔잖아. 주로 어떤 거에 투자해?"
"난 배당에 투자하고 있어. 꾸준한 현금흐름도 만들고 싶고 해서."
"배당? 그거 수익률은 높아?"
"음. 가지고 있는 종목들 놓고 보면 평균 1년에 6% 정도 되는 거 같은데 꽤 쏠쏠해. 어떻게 하는지 알려 줄까?"
"야 씨, 1년에 6% 벌려고 주식을 하냐? 난 그냥 부장님이 말해 준 종목을 사야겠어. 계좌 만드는 것 좀 도와주고 자."
"알겠어. 근데 상현아. 해도 아주 소액으로 해. 알겠지? 나중에 후회

할 수도 있어."

"내가 알아서 할 테니까 돈은 이 계좌로 보내면 되는 거지?"

잠이 쏟아지는 순간에 반쯤 풀린 눈으로 상현의 주식계좌를 만들어 주었다. 상현이 성격상 하지 말라고 하면 더 할 거 같으니 그냥 소액만 하길 바라야 할 거 같다. 출근이 다가오고 사무실에 앉아 술이 얼른 깨기만을 기다리고 있었을 때쯤 시계가 일과시간 시작을 알리는 9시를 가리키고 있었다. 다행인지 모르겠지만 아침 미팅 때문에 상현이는 주식을 보지 못했다. 하지만 미팅이 끝나고 9시를 훌쩍 넘은 시간에 상현이는 주식 앱을 뚫어져라 보고 있었다. 눈빛을 보니 장 부장님이 말씀하신 종목을 무조건 살 거 같다는 생각이 들었다.

다음 날 아침이 밝아 7시에 회사를 도착해 공부를 하고 회사 사람들의 출근을 반기다 보니 9시가 되었다. 아침 미팅을 진행하자고 해서 회의실에 다 같이 들어갔는데 상현이가 초조하게 손톱을 물어뜯고 있는 것이었다. 그 모습을 보니 분명 어제 결국 샀다는 것을 눈치챌 수 있었다. 미팅이 끝남과 동시에 화장실로 상현이가 뛰어갔다. 직장인이 급등하는 종목을 매수하고 흔히들 나오는 모습이다. 그래도 이왕이면 올랐으면 한다. 그래야 상현이 성격상 맛있는 거라도 사 주니 말이다. 상현이는 화장실로 가고 난 자리에 앉아 미팅했던 내용을 정리하고 있었다. 그렇게 집중을 하고 있던 도중 상현이가 마치 깜빡이를 켜지 않고 차선을 변경하는 자동차처럼 내 자리에 침범하여 어깨를 치며 쭉 밀고 들어왔다.

"병현아, 이거 봐 봐. 대박이지? 수익률 벌써 20%다. 지금이라도 사. 인마."

"오 축하해. 상현아. 운이 좋네. 부장님 맛있는 거 한번 사 드려야 되는 거 아니야?"
"그럼, 그럼. 1년에 6% 번다더니 나랑 그냥 같이 사지. 아쉬워서 그래."
"아냐. 난 정말 괜찮아. 근데 상현아… 혹시라도 아주 혹시라도 더 살 생각은 안 하고 곧 파는 것도 좋지 않을까 싶어. 걱정되어서 그래."
"걱정하지 마! 알아서 잘 팔 거니까!"

대화를 나눠 보니 아마 이놈, 짧은 시간에 주식에 맛을 들린 거 같다. 엄마와 중학생 때 북극 패딩 이야기를 하면서 나눴던 주식 이야기가 떠올랐다. 상현이가 하는 것은 주식 투자가 아닌 투기였다. 결국 피를 보게 되어 있다. 상현이의 주식 결말이 대충 예상은 됐다. 점심을 먹고 사무실에서 쉬고 있는데 저 멀리 다급한 상현이와 장 부장님의 대화가 들리기 시작했다.

"부장님, 주식 보셨어요? 마이너스 엄청 크게 됐던데 어쩌죠?"
"상현 주임, 혹시 회식 때 내가 말한 종목 산 거야?"
"네. 부장님 이야기 듣고 괜찮을 거 같다는 생각에 샀는데 지금 마이너스예요."
"그런 건 기사도 찾아보고 앞으로의 가치도 보고 해야지. 기사 나온 거 봤어? 왜 떨어지는지는 알아야지. 초전도체 그거 상용화가 힘들 거 같대. 하긴 그게 말이 안 되긴 했지."
"네? 그럼 어쩌죠? 부장님은 어쩌시게요?"
"뭘 어째? 난 안 샀는걸. 그냥 괜찮을 거 같다고 했지. 무조건 사야 된다고는 안 했어."

"분명 회식 때는 사야 될 것처럼 말씀하셔서….."
"상현 주임, 어떠한 결과가 있든지 본인이 선택하고 본인이 책임지는 거야."

대화 내용을 들어 보니 장 부장님이 회식 때 말한 종목이 크게 하락했다는 것을 예상할 수 있었다. 상현이가 걱정되는 마음에 사실 어제 집에 가서 그 회사에 대해 공부를 해 봤는데 썩 좋아 보이지는 않았다. 얼마나 빠졌기에 저러나 하는 생각에 상현이가 눈치 못 채게 조용히 핸드폰으로 주식 앱을 켜서 장 부장님이 말씀하셨던 종목을 보니 오 마이 갓. 어제와 오늘 천국과 지옥을 동시에 체험하고 있었다. 역시 급등 테마주는 투기에 가깝다는 것을 이번에 또 한 번 느낄 수 있었다. 이제 곧 상현이가 나에게 어떻게 할지 물어볼 타이밍이다. 그렇기에 주식 앱을 정리하는 척을 해야겠다. 양반은 못 된다. 상현이가 말을 걸었다.

"병현아. 혹시 뭐 하나만 물어봐도 돼? 일과 관련된 건 아니고."
"언제든지 되지. 무슨 일인데?"
"부장님이 말한 그 초전도체 있잖아."
"너 그거 아직도 가지고 있어? 아침 뉴스 보니까 그거 위험한 거 같던데?"
"어. 어제라도 팔았어야 됐나? 난 오늘 아침 복구될 줄 알고…. 미치겠어."
"음. 내 생각엔 파는 게 나을 거 같은데. 그 회사 분석은 해 본 거야?"
"주식 살 때 회사도 봐야 해?"
"아이고, 안 그래도 그때 너 샀다길래 걱정되어서 한번 그 회사에 대해 알아봤는데 순 엉터리야. 말이 안 되는 것도 많고. 내 생각엔 파는 게 좋을 거 같아. 근데 판단은 본인이 하는 거야. 알지?"
 "응. 고마워. 좀만 더 고민을 해 볼게. 나 현장에 들어갔다 올게."

 터벅터벅 현장으로 가는 상현이의 뒷모습을 보니 누가 보면 전 재산을 다 잃은 사람처럼 보였다. 난 오히려 이번 상황이 그렇게 나쁘다 생각하지 않는다. 만약 일을 할 수 없는 상황에 큰 욕심에 짧은 시간에 전 재산을 투자했다면 생각만 해도 끔찍하다. 현장에서 나온 상현이의 모습을 보니 쾌변이라도 한 거 같았다. 현장에서 손절매하고 나온 거 같다. 왠지 모르게 상현이의 표정이 슬퍼 보이긴 했지만 다른 한편으로는 편안해 보였다.
 열심히 일하다 보니 3년이라는 시간이 흘렀다. 상현이는 장가를 갔고 난 연애 경험이 있었으나 결혼을 하지 못했다. 혼자도 나쁘지 않은 거 같다. 그리고 상현이와 제수씨가 결혼 후 살기로 한 아파트가 대단지 아파트여서 같은 아파트에 살 수 있게 되었다. 어렸을 때처럼 거주 중인 아파트에 친한 친구가 이사를 오니 그때처럼 반가웠다. 어렸을 때가 새록새록 떠올랐다.
 3년이라는 시간 동안 연봉도 괜찮게 오르고 특근도 열심히 해서 그런지 생각했던 금액보다 많은 돈을 모을 수 있었다. 그래서 몇 년 전에 샀던 대장 아파트를 실거주가 가능한 상황이 되었다. 하지만 대출을 받는다고 해도 실거주는 하지 않을 것이다. 처음에 샀던 대단지 아파트에 실거주하고 대장 아파트에 월세를 줄 계획이다. 그리고 그 월세를 통해 남은 원금과 이자를 낼 생각이고 난 대단지 아파트에 실거주할 생각이다. 대장 아파트가 평수가 더 큰 것도 있고 월세도 많이 받을 수 있어 더 좋을 거 같다고 생각했다. 대출은 내가 60살이 되는 25년으로 받을 계획이었다. 월세와 매달 나가는 돈이 비슷하기도 했고 혹시 모를 퇴직을 고려한다면 그게 적당하다는 생각이 들었다. 만약 대출이 남은 상황에서 일을 그만둔다고 하면 생각만 해도 끔찍하다. 그 후 대장 아파트에서 나오는 월세로 대출에 대한 원금과 이자를 부담하고 월급에서 일정 부분은 다른 현금흐름을 위해 배당금을 꾸준히 매수하였다. 그러다 보니 보이지 않을 거 같던 미래가 점점 행복하게 보이기 시작했다. 그리고 얼마 뒤 대단지 아파트에 입주했다. 내 집으로 된 지 몇 년 만의 실거주여서 그런지 느낌이 이상했다.

꾸준한 현금흐름을 만들다 보니 어느새 30대도 다 지나갔다. 30대는 20대와 다르게 시간이 더 빠르게 흘러만 갔다. 부모님도 어느새 70대를 바라보고 계셨고 다행히도 두 분 모두 건강하셨다. 건강한 것도 정말 천운이라고 생각한다. 앞으로도 부모님이 건강하셨으면 하는 바람이다.

20대 후반 2억 8천만 원을 주고 샀던 대단지 아파트가 최근 매매가격이 6억을 기록하였다. 가격으로만 놓고 보면 오른 거처럼 보이지만 사실 현금 가치가 떨어진 것이다. 20대 후반에 10억 정도 했던 서울 아파트들이 지금은 20억을 훌쩍 넘겼다. 대출을 열심히 내는 대장 아파트도 가격이 많이 올랐다. 하지만 전국적으로 큰 문제는 고령화 사회에 접어든 지 오래된 대한민국이 본인 집 하나 없는 사람이 많다는 통계가 나왔다. 집값이 오르는 것은 주택을 보유한 사람에게는 다행이었지만 돈을 모으지 못해 집을 사지 못한 사람들에게 내 집 마련은 점점 멀어지는 신기루가 되어 버렸다.

부서 회식이 있는 날인데 시간이 많이 흘러 김 팀장님과 장 부장님의 자리를 성현이와 태호, 나 우리 셋이 차지하고 있었다. 젊은 사원들이 회식 때 잘 어울릴 수 있도록 우리가 잘해야 한다는 생각을 항상 하고 있었다. 회식 때는 일 이야기는 절대 금지다. 상현이가 사원분들도 챙길 겸 같이 자리를 옮기자고 이야기했다. 평소에 나를 믿고 좋아해 주는 은지 사원이 보이기에 상현이에게 저 테이블로 가자고 이야기했다.

"우리 회사의 현재이자 미래! 다들 열심히 해 주셔서 고마워요. 다들 한 잔씩 받아."
"감사합니다. 책임님! 열심히 하겠습니다."
"열심히 안 해도 돼. 항상 건강하게만 살면 되지. 혹시 은지 사원은 얼마나 모았어? 이제 우리 회사 다닌 지 3년 차 아닌가?"
"저는 그렇게 많이 모으진 못했어요. 내년 되면 1억 정도 될 거 같아요."
"이야. 내가 은지 나이 때는 말이야. 통장에 돈이 없었어. 맨날 월급 들어오면 쓰기 바빴고. 그래도 열심히 살다 보니 집도 있고 다닐 수 있는 회사도 있고. 어렸을 때 나랑 비교하면 은지는 잘하고 있네. 혹시 투자는 하나?"
"투자는 하지 않고 저축만 하고 있습니다. 투자는 위험한 거 아닌가요?"
"큰일 날 소리. 내가 은지랑 여기 있는 사람들한테만 알려 주는 건데. 코인 알지? 코인. 이번에 상장하는 코인이…."

상현이에게서 30대 때 보았던 장 부장님의 모습이 보이기 시작했다. 술에 취해서 그런지 상현이가 장 부장님의 아들인가 착각할 정도였다. 은지 사원의 눈빛을 보니 그때의 상현이와 매우 흡사했다. 은지 사원이 안 좋은 길을 걷지 않기 위해 내가 도와줘야겠다는 생각이 들었다. 은지 사원에게 여기 있는 사람들 아이스크림 사 줄 테니 잠깐 같이 갔다 오자고 이야기했다.

"은지 사원, 같이 아이스크림 좀 사러 갔다 올까? 할 얘기도 있고."
"좋아요. 책임님."
"요즘 친구들은 어떤 아이스크림을 좋아하려나. 일단 아무거나 담아야겠다."
"근데 책임님. 혹시 하실 말씀이란 게 어떤 걸까요? 혹시 제가 회사에서 실수한 거라도 있을까요?"
"하하, 무슨 은지 사원처럼 일 잘하고 열심히 하는 사람이 어디 있다고. 다름이 아니라 아까 상현이가 이야기한 코인 있잖아. 그거 살 거 같은 표정이길래. 사지 말라고."
"왜요? 상현 책임님 이야기 들어 보니까 꽤 괜찮은 거 같던데."
"우리가 은지 사원 나이 때 장 부장님이라고 계셨거든? 지금이랑 매우 상황이 비슷했어. 상현이는 장 부장님 말을 듣고 주식을 샀고 그때 당시 있었던 돈을 많이 잃곤 했지. 그건 투자도 아니고 투기에 가까운 건데 투자는 본인이 잘 공부하고 해도 잘 안 되는 게 투잔데."
"아 그래요…. 살지 고민했는데 사면 안 되겠네요. 근데 책임님은 어떤 투자를 하세요? 투자 잘하신다고 회사에 소문이 쫙 퍼졌던데 회사 앞 대장 아파트도 있다고 이야기 들었어요!"
"어디까지 아는 거야. 하하. 이 사람들 역시 회사는 비밀이 없다니까. 은지 사원도 나중에 기회 되면 같이 투자에 관해 이야기해 보자. 나도 은지 사원에게 배울 게 많을 거 같아. 그 전에 지금도 잘하고 있지만 조금 더 돈을 열심히 모았으면 해. 그리고 어느 정도 준비가 되면 그때 내가 꾸준히 알려 줄게. 잘할 수 있을 거 같아."

"책임님, 늘 감사합니다."
"선배로서 이런 거라도 챙겨 줘야지. 들어가자. 사람들 기다리겠다."

회식이 있었던 날 이후 은지 사원은 나와의 약속을 지키기 위해 정말 엄청난 저축을 보여 줬고 약속을 지켰으니 투자하는 것을 도와 달라고 이야기하였다. 나는 비록 엄청난 성공을 한 투자자는 절대 아니었지만 그래도 내 집 마련 정도는 도와줄 수 있다는 생각에 어렸을 때 경험을 토대로 많은 것을 알려 줄 수 있었다. 은지 사원의 흡수력과 섬세함 그리고 열정을 보았을 때 다른 젊은 친구들과는 다르다는 것을 느꼈다. 마치 어렸을 때 내 모습을 보는 것만 같아 보기 좋았다. 만약 아들이 있었다면 은지 사원을 소개해 주고 싶은 정도였다. 하지만 그런 일은 일어날 수 없었다. 난 아직도 결혼하지 않았기 때문이다. 날씨는 맑은데 내 마음에는 먹구름이 가득 꼈다. 아니면 조카라도 소개시켜 줘야 하나.

50대가 되니 상현이는 제수씨와 돈을 열심히 저축하자는 마음으로 기간을 짧게 했던 주택담보대출을 모두 상환했다. 어렸을 때 상현이가 정말 걱정이었는데 그래도 똑똑한 제수씨 잘 만나서 다행이다. 상현이가 주택담보대출을 모두 다 갚았던 날 내 일처럼 진심으로 축하해 주었고 단둘이 퇴근 후 오붓하게 술 한잔하자며 술을 사기도 했다. 그때 상현이는 정말 행복해 보였다. 마치 묵은때를 벗긴 사람처럼 개운한 표정을 짓고 있었다. 나도 얼른 60살이 와서 대출을 다 갚은 후 상현이의 저 개운한 표정을 짓고 싶다.

상현이와 술을 한잔하고 각자 집에 따로 가는 길에 엄마가 보고 싶었다. 시간을 보니 그렇게 늦은 시간이 아니어서 전화를 드렸다.

"엄마 잘 지내시죠? 유난히 더 보고 싶네요. 아니, 그냥 항상 보고 싶어요."

"그래, 아들. 잘 지내고 있지? 밥은 먹었고?"

"상현이랑 술 한잔하고 집에 들어가고 있어요. 엄마. 다른 가족들처럼 며느리도 가서 같이 오순도순 행복해야 하는데 죄송해요."

"괜찮다. 엄마도 전에 그렇게 느꼈는데 지금은 네가 만족해하는 거 같아 오히려 좋단다. 인생은 결국 자기 자신이 가장 우선이라는 사실을 잘 알잖니."

"좋은 말씀 감사합니다. 조만간 집에 놀러 갈게요. 시간이 늦었네요. 안녕히 주무세요. 엄마."

엄마와 통화 후 우연히 바라본 하늘은 아름답게만 느껴졌다.

시간에 발이라도 달렸는지 마치 물가 상승이 꾸준히 되듯 인생의 속도도 매우 꾸준히 빠르게 지나갔다. 60대가 되고 아파트 월세와 배당금을 합쳐 보니 꿈에 그리던 현금흐름인 월 500만 원 목표를 이루었다. 곧 있으면 아파트 대출도 모두 끝나고 이젠 회사에 다니면서 더 저축해야겠다. 충분히 일을 그만둬도 되는 상황이었지만 더 일을 하고 싶다. 그 이유는 아무리 준비를 잘해 놓았다고 하더라도 어떤 일이 발생할지도 모르는 거기 때문에 회사에 끝까지 남아 최대한 현금을 모으는 것이 좋은 방법이라는 생각을 했다.

가만 생각해 보니 세상에 무한하지 않고 유한한 것들도 있었지만 어쩌면 우리가 받는 월급은 유한하다는 생각이 들었다. 20대 후반부터 지금까지 월급을 받은 횟수가 대략 350번 정도 되는데 앞으로 받을 것을 포함하더라도 한 평생에서 내가 받을 수 있는 월급은 많아야 400번을 조금 넘길 거 같다.

 그리고 회사를 약 30년 동안 열심히 다녀 돈을 벌었는데 인생에서 남은 30년을 소득 없이 살아가야 한다니. 지금 받는 월급을 반으로 쪼개 저축하더라도 부족할 수밖에 없다. 꾸준히 오르는 물가 상승과 일을 하지 않으면 집에 있는 시간이 늘어나고 거기에 맞게 소비가 더 커지니 지금 받는 월급의 절반 저축은 노후에 도움을 줄 뿐이지 내 노후를 무조건 해결해 주는 그런 명쾌한 해답은 아니었다. 그렇기에 공책에 있는 월 목표 금액을 500만 원에서 600만 원으로 수정을 했다. 나이가 들면 들수록 언제 어디서나 큰돈이 나갈 수도 있기 때문에 일을 할 수 있다면 최대한 하는 것이 좋다는 생각이었다.

 하지만 내 생각과 상현이의 생각은 달랐다. 일을 하고 사무실에서 쉬고 있을 때 상현이가 커피를 마시러 잠깐 나가자고 이야기하였다.

"병현아, 이거 봐 봐. 나 오늘 퇴사하기로 마음먹었어. 커피 한잔하고 인사팀 가려고."

"뭐? 갑자기 무슨 소리야, 그게. 아직 몇 년 남았는데 더 다니지. 어디 아픈 곳이 있는 것도 아니고."

"에이, 그래도 이만하면 됐지. 충분히 오래 다녔고. 나도 이제 좀 쉬고 싶어."

"노후 대비는 다 된 거야? 퇴사 후에 계획은? 우리 앞으로 30년 이상은 더 살아야 할 텐데…."

"그게 뭐가 걱정이냐! 퇴직금도 나오고 시간 지나면 연금도 나올 텐데. 이 정도면 됐겠지."

"상현아. 난 그래도 좀만 더 생각을 해 봤으면 좋겠어. 너랑 떨어지는 것도 아쉽기도 하구."

"야 이놈아, 같은 아파트 사는데 자주 보면 되지. 아 몰라. 이제 마음 먹어서 인사팀 들를래."

"네가 그렇게 생각하면 어쩔 수 없고. 조심해서 다녀와."

아직 정년퇴직까지 몇 년 남았는데 더 다니면 어떨지 하는 생각이 들었다. 상현이와 내 인생에서 대부분의 시간을 같이했는데 이렇게 떨어지려 하니 마음이 아프다. 아내와 아이가 없는 나는 상현이가 유일한 가족 같은 존재였다. 상현이는 결국 퇴사 신청을 하였고 얼마 지나지 않아 팀원들의 환영 속에 퇴사하게 되었다. 그래도 내 단짝 정말 고생 많았다. 제2의 인생을 응원한다. 남은 후반전을.

상현이가 퇴사 후 6개월이라는 시간이 흘렀다. 그동안 대장 아파트 대출이 모두 끝이 났고 어렸을 때부터 꿈이었기에 월세만 받던 대장 아파트로 이사를 하기로 했다. 반대로 처음 투자했던 대단지 아파트에 월세를 주고 배당금을 받으면 생각했던 노후 대비는 완벽하게 돼 가는 거 같다. 연금이 얼마나 나올지는 모르겠는데 나오면 다행인 거고 나와도 아주 조금 나올 거로 예상이 되기 때문에 큰 의미는 두지 않아야겠다. 퇴직금이 나오면 일부는 배당금에 투자하고 일부는 현금으로 가지고 있어야겠다. 하지만 아직 나에게 있어서 퇴직은 몇 년 후 이야기이다.

오늘은 대단지 아파트 월세 세입자와 계약하기로 한 날이다. 세입자가 오전에만 시간이 될 거 같다고 해서 오전 반차를 쓰고 부동산으로 출근하였다.

"반갑습니다. 오랜만이에요. 사장님."

"아이고, 반가워요. 여기 세입자분도 오셨어. 앉아, 앉아. 밖에 상당히 덥죠. 잠시만요. 얼음물 가져다드릴게요."

"감사합니다. 안녕하세요. 집주인인 병현입니다. 앞으로 계약기간 동안 잘 부탁드려요."

"아, 안녕하세요. 이 근처에서 회사에 다니게 된 유정이라고 합니다. 저도 잘 부탁드립니다."

"근데 요새 대출도 괜찮게 나오고 이자도 저렴할 텐데 그냥 대출받아서 아파트 하나 사시는 것도 괜찮지 않을까요?"

"아, 아파트 매매요? 근데 뭐 매번 뉴스에서 떨어질 거다 거품이다 해서요. 기다렸다가 떨어지면 그때 사려고요."

"아, 그러시군요."

어렸을 때 나의 모습이 떠오른다.

"두 분 다 여기다 사인해 주시고. 계약서 쓴 거 서로 확인을 좀 해 주시겠어요?"

부동산 사장님께서 준비해 주신 계약서를 눈으로 쭉 읽어 내려갔다. 20대 때 처음 이 집을 샀을 때 월세보다 지금 월세는 3배나 올랐다. 물가 상승과 화폐 가치의 하락이 이렇게 무서운 거구나 새삼 느낄 수 있었다.

'300만 원이면 내가 입사하고 특근 꽉꽉 했을 때 받은 월급 같은데.

물가 상승이 무섭긴 하구나. 하긴, 이 집이 6억이 되었는데 월세에 비하면 조금 오른 거 같네.'

　월세 계약을 모두 마치고 시계를 보니 생각했던 시간보다 늦어졌다. 이대로 가다간 회사 지각이다. 내 인생에서 시간 약속을 어기는 건 없다. 차를 끌고 가자니 지하 주차장으로 가서 차를 운전해 가는 거보다 부동산 뒤에 아파트 놀이터 뒷문으로 조금 빠르게 뛰어 회사에 가는 게 더 빠르다는 생각이 들었다. 부동산 사장님께 연락을 드린다며 후다닥 서류를 챙겨 아파트 놀이터를 향해 뛰어가고 있었다. 그렇게 놀이터를 지나가다가 오랜 친구 상현이를 만나게 되었고 급하게 약속을 잡았다. 퇴근 후 상현이와 오랜만에 술 마실 생각을 하니 묘한 감정이 지난 과거와 함께 스쳐 지나갔다. 상현이와 빨리 만날 수 있게 열심히 일해서 약속 시간에 늦지 않게 가야겠다.

상현 후반전

병현이와 약속을 잡은 후부터 부지런히 움직여서 그런지 다행히도 병현이가 퇴근하기 전 해야 할 집안일을 모두 끝낼 수 있었다. 나갈 준비를 하고 만나기로 한 포장마차에 갔더니 병현이가 먼저 자리에 앉아 있었다. 분명 내가 생각했던 시간보다 이른 시간이었다.

"뭐야, 생각보다 빨리 왔네?"
"아아, 은지 주임, 아니 은지 사원 기억나? 이번에 우리가 사는 대단지 아파트 매매 알아본다고 해서 가는 방향이라고 같이 가자고 하길래 얻어 타고 왔어."
"그렇구나. 젊은 나이에 대단하네. 지금 은지 나이면 아마 나 중고차 산다고 했을 때 같은데. 에이, 난 또 아까 네가 낮에 걸어가길래 퇴근하고 오는 데 시간 좀 걸릴 줄 알았는데. 회사에서 출발할 때 미리 말해 주지. 그럼 빨리 나왔을 텐데."
"에이, 괜찮아. 나도 방금 왔는걸. 뭐 시킬까? 상현이는 뭐 먹고 싶은 거 있어?"
"음… 어디 보자. 근데 진짜 가격 많이 올랐다. 우리 어렸을 때는 제육볶음 2만 원 정도 하지 않았어? 지금은 6만 원이네."
"그러게, 그때는 6만 원이면 술까지 해서 실컷 먹었는데 이제 안주 하나에 6만 원이고… 소주는 2만 원이네. 어쩌면 제육볶음은 덜 오른 거일 수도 있어. 하하. 말 나온 김에 제육으로 시킬까? 여기 제육 맛있잖아."
 "좋지, 나도 여기가 제일 맛있더라. 이모! 여기 제육 하나랑 소주 하나 주세요."
 "아 맞다. 상현아. 혹시 무슨 일 있어? 아까 보니까 놀이터에서 나라 잃은 표정이던데. 혹시 제수씨 몰래 뭐 투자 잘못한 건 아니지?"
 "차라리 그런 거였음 좋겠다. 병현아. 나 투자할 돈도 없다. 아들도 다 키우고 아파트 대출도 다 끝나고 퇴사하기 전까지 열심히 저축하고 또 저축했거든? 그리고 퇴직금도 나오고 연금도 나오니까 이제 일 안 해도 되고 내 노후는 좀 편할 줄 알았는데 턱없이 부족한 거 있지? 어떻게 해야 할지 막막한 거 같아. 답이 없어."
 "에이, 답이 없긴 왜 없어. 잘 찾아보면 있겠지. 제육볶음이 벌써 나왔네. 얼른 먹자. 맛있겠다."

 병현이와 이런저런 이야기를 하며 술잔을 부딪치니 어느새 각각 두 병씩 소주를 마셨다. 제육볶음만 먹었으면 안주가 부족했을 텐데 이모가 안주가 애매할 거 같다고 판단하셨는지 서비스로 우동과 계란프라이를 주셨다. 덕분에 맛있게 잘 먹을 수 있었다.
 술을 더 마시고 싶었지만 나와 다르게 병현이는 출근해야 하므로 오늘은 여기서 그만 마시기로 했다. 계산하고 나가려는데 병현이가 술을 사려고 지갑을 꺼냈다. 나도 낸다고 이야기하니 아들 맛있는 거 사 주라며 괜찮다고 이야기했다. 속으로 다행이라는 생각이 들었다. 남은 인생에 비해 남은 돈이 아주 부족했기 때문이다. 조금이라도 아껴야 하루라도 더 살 수 있다. 병현이가 술값 14만 원을 결제하는 동안 이상한 감정이 마음속에 돌기 시작했다.

'돈이 없다는 게 참 비참하구나. 회사 다닐 때는 매달 월급도 나오고 막 써도 어차피 다음 달 되면 또 들어오니까 좋았는데. 그리고 그런 삶이 영원할 줄 알았는데 현실은 아니었네.'

"병현아, 잘 먹었다. 다음엔 내가 살게. 늦었는데 얼른 들어가자. 내일 출근해야지."
"그러자. 상현아. 나도 재밌었다. 그 뭐냐, 혹시라도 투자 같은 거 궁금하면 물어봐. 언제든지. 막 엄청나게 잘하는 건 아닌데 그래도 도와줄 수 있을 거 같아."
"그래, 다음에 보자. 조심히 들어가."

병현이와 인사를 한 뒤 병현이는 대장 아파트 방향으로 걸어갔다. 오랜만에 늦은 시간까지 술을 마셔서 그런지 피곤함이 몰려오기 시작했다. 내일 어차피 할 것도 없고 늦은 시간까지 잠을 자야겠다. 어쩌면 그게 백수의 장점일 수도 있다. 늦게 일어날 수 있어서 행복함과 동시에 무기력하게 또 반복될 일상을 생각하니 불행하기도 했다. 그런 생각을 할 때쯤 이미 꿈나라에 도착하고 있었다.

한참 잠을 잘 자고 있었는데 핸드폰 전화벨 소리가 울렸다. 벽시계를 보니 새벽 두 시를 가리키고 있었다. 이 시간에 어떤 정신 나간 놈이 전화를 하나 하고 봤더니 다름 아닌 아빠였다. 이 시간에 전화라. 뭔가 불길한 느낌이 들었다.

"아빠, 이 새벽에 무슨 일이세요?"

"상현아. 너희 엄마가 쓰러지셨다. 여기 동네 대학 병원인데 지금 좀 와야 할 거 같다."

"엄마가요? 그… 금방 갈게요…."

병현이와 먹은 술이 몸에서 아직 다 나가지 않았는데 아빠의 전화를 받고 술이 다 깨 버렸다. 술을 마셨기 때문에 운전은 당연히 안 되고 택시를 타고 가야겠다. 전화를 받은 나 때문에 잠에서 깬 아내는 무슨 일 있냐며 눈을 비비며 일어났다. 걱정할까 봐 별거 아니라며 잠깐 혼자 나갔다 오겠다고 말하고 급하게 옷을 허겁지겁 입은 뒤 병원으로 향했다.

급하게 병원에 도착했더니 엄마가 병원 침대에 누워 계시고 아빠가 날 기다리고 계셨다. 병원 의사 선생님께 여쭤보니 사진을 찍어 본 결과 뇌에 큰 혹이 생겼다고 했다. 엄마가 주무시는 동안 아픈 신음을 내셨다는데 이상하다고 느끼신 아빠가 다행히도 엄마를 모시고 병원에 빨리 오셔서 생명엔 지장이 없다고 하셨다. 하지만 큰 수술을 해야 할 거 같다고 이야기하셨다. 의사 선생님 말씀에 의하면 나이 많으신 분들께서 많이 겪으시는 수술이라고 하셨다. 수술이 잘못되면 어쩌냐는 표정을 짓고 있는 나를 본 의사 선생님은 이 수술을 이제까지 수없이 해 보았기 때문에 걱정 안 하셔도 된다고 말씀을 해 주시며 나를 안심시켜 주셨다. 정말 다행이다.

엄마의 수술 일정을 잡기 위해 의사 선생님의 달력을 보여 주셨는데 전문 의사 선생님답게 일정이 가득 차 있었다. 그래도 환자분이 걱정된다며 최대한 시간을 내주셔서 이른 시일에 수술 날짜를 잡을 수 있었다. 그 사이 각종 주사와 링거를 맞고 계셨던 엄마는 좀 괜찮아지셨는지 의식을 되찾으셨다.

"아이고. 머리야. 여기가 어디지?"

"엄마, 괜찮으세요? 정신은 좀 드세요? 엄마 갑자기 쓰러지셔서 아빠가 급하게 병원으로 왔어요. 천만다행이에요. 왜 아프신데 말씀 안 하셨어요?"

"상현아, 그래서 너까지 온 거구나. 사실 예전부터 좀 아팠는데 병원에 가야 하나 말아야 하나 고민을 좀 했던 거 같아. 가려고 하면 안 아픈 거 같고 안 가려니 아프고. 집에 돈도 다 써 가는데 병원비라도 아껴야지."

"엄마! 그게 무슨 말씀이세요! 아프면 병원에 가야죠. 돈이 없으시다고 아끼겠다고 아픈데 안 가시면 몸이 더 안 좋아지시죠! 제가 병원비 낼 테니까 수술받으시고 몸 회복하세요."

"비쌀 텐데…."

"아, 엄마! 좀! 지금 돈이 중요해요? 엄마 지금 쓰러져서 병원에 오신 거예요. 병원에서도 조금만 더 늦으면 위험하다고 했다고요."

"아들아. 수술이 잘되면 그게 무슨 의미가 있겠니. 어차피 지금 쓸 돈이 없어서 지금 당장 죽겠는데."

"제가 낼 테니까 걱정하지 마시고 수술받으세요. 엄마 누워 계실 때 예약 다 잡아 놨어요. 저 잠을 못 자서 집에 가서 잠도 좀 자고 짐도 챙겨서 올게요. 엄마랑 아빠도 잠 좀 주무세요. 낮에 올게요."

집으로 돌아가기 위해 택시를 탔다. 아픈 엄마에게 큰소리를 낸 게 죄송스러웠다. 하지만 지금 상황에서도 돈 때문에 걱정하는 엄마가 너무 밉게만 느껴졌다.

'돈이 없으면 얼마나 없다고. 어휴. 내가 내 주면 되는데 뭐가 그렇게 걱정일까.'

이런 생각을 가질 때쯤 나를 태운 택시가 아파트 입구에 도착했다. 기사님에게 안전 운전 하시라는 말을 남기고 집으로 돌아와 씻고 침대에 누웠다. 아직 아내는 꿈나라인가 보다. 일어나면 그때 말을 해 줘야겠다. 몸은 매우 피곤해서 언제든지 잠을 잘 수 있을 것만 같았지만 머릿속은 너무 복잡해서 잠이 오질 않았다. 엄마가 너무 걱정되었다. 늘 돈에 쫓기시는 거 같았다. 내가 어렸을 때부터 그러셨다. 이렇게 될 줄 알았으면 병현이처럼 나도 저축도 더 하고 투자도 하고 그래야 했나 싶기도 하다. 그리고 수술도 잘되야 할 텐데 그것도 걱정이다. 의사 선생님이 유명하시긴 한데 혹시라도 잘못되면 어쩌나 하는 생각을 할 때쯤 나도 모르게 잠이 들어 버렸다.

다음 날 아침 아내가 출근하기 전 간신히 일어날 수 있었다. 어젯밤에 어디 나갔는지 궁금했던 아내가 말을 걸었다.

"당신, 어제 새벽에 어딜 갔다 왔어? 혹시 또 그 늦은 시간에 저번의 누구야. 그 왜 있잖아. 못생긴 친구. 그래, 그 시환인가 그 친구. 그 친구가 또 새벽에 술 한잔하재?"

"어제 걱정할까 봐 말 못 했는데 어제 엄마가 새벽에 쓰러지셔서 입원하셨어. 새벽에 말하면 당신도 신경 많이 쓰일 거 같고 그래서 일부러 말 안 했어."

"뭐? 그렇게 중요한 걸 왜 이야기 안 했어? 괜찮으시대?"

"당신은 출근해야지. 나와는 다르게. 다행히도 병원에 빨리 오셔서 생명엔 지장 없으시대. 다음 주에 수술하시는데 재활도 오래 해야 할 거 같다고 하시더라고. 그래서 집에서 쉬느니 내가 엄마랑 같이 좀 있으려고."

"퇴사 빨리 해서 맨날 집에만 있더니. 다행이라고 해야 하나. 그래. 당신 우선 나 출근해야 하니까 퇴근하고 들를게. 어머님 잘 모셔 드리고 밥 잘 챙겨 먹고."

"응, 다녀 와. 난 어제 잠을 조금 자서 그런지 피곤하네. 좀만 더 자야 겠어."

그렇게 아내는 출근하고 난 피곤함이 완전히 가시지 않아 두 시간 정도 잠을 더 자고 일어났다. 이제 좀 살 거 같다. 아빠에게 전화를 걸었더니 다행히도 병원에서 빠른 속도로 회복하는 중이라 별걱정 안 해도 된다고 말씀하셨다. 그래도 재발할 수 있으니 수술은 무조건 해야 한다고 했다. 아빠와의 통화를 마치고 안도의 한숨을 쉬며 병원에서 지낼 때 필요한 짐을 챙기기로 했다. 뭐 어디 갇히는 것도 아니니 우선 필요한 것만 딱 챙기고 가야겠다.

병원에 도착하니 아빠가 병원 입구에서 날 기다리고 있었다. 아빠도 좀 쉬어야 할 거 같아 내가 여기 있을 테니 집에서 좀 쉬고 오라는 말을 드렸다. 그러고 보니 아빠는 새벽부터 뜬눈으로 엄마 곁을 지키고 있었다. 아빠가 아주 피곤해 보이셨다.

"아빠, 집 가서 좀 쉬다 오시는 건 어때요? 제가 있으니까 걱정 안 하셔도 돼요. 아빠도 피곤하실 텐데."

"아들이 같이 있을 수 있어서 좋구나. 그럼 엄마를 부탁하마. 집에서 한숨 자고 이따 올게."

"네. 아빠. 천천히 오셔도 되니까 푹 쉬시다 오세요."

택시를 타러 가시는 아빠의 뒷모습을 보니 많이 지치신 거 같았다. 어제 내가 여기 남아 있고 아빠한테 집에서 쉬라 했어야 됐나 하는 생각이 들었다. 죄송한 마음이 생겼다.

  엄마가 입원하기로 한 병실에 갔더니 많은 환자들이 있었다. 그리고 팔에 링거를 많이 꽂고 계신 엄마가 나를 반겨 주셨다.

"어, 아들 왔어?"
"엄마, 몸은 좀 어떠세요?"
"주사도 맞고 해서 그런지 좀 괜찮다. 밥은?"
"집에서 먹고 왔어요. 아빠는 쉬다 오신대요."
"그래. 괜히 엄마 때문에 아들이 고생이 많구나. 미안해."
"괜찮아요. 엄마. 아프지만 마세요."
"그래, 고맙다."

  엄마와 짧은 대화를 나눈 뒤 같은 자세로 계속 계셔서 팔다리가 불편하시진 않겠냐 하는 생각에 팔을 약하게 주물러 드렸다. 팔이 너무 얇았다. 어렸을 때 효도 좀 할 걸 그랬다. 후회된다. 세월이 너무 빠르게 흘러만 간 거 같다.

  엄마 혼자 계시기에는 무리가 있으실 거 같아 수술하기 전까지 아빠와 번갈아 가면서 엄마 곁을 지켜 드렸다. 며칠 지나자 같은 병동 다른 환자와 보호자들과도 친하게 지낼 수 있었다.

"아이고, 착하기도 하지. 엄마랑 같이 있어 주고. 요즘 그런 사람들 잘 없던데. 효자야. 효자."
"아닙니다. 제가 당연히 해야 할 일인데요. 뭘."

"요즘은 자식들이 안 오고 간병인 많이 쓰는데 힘들면 한번 알아보셔요. 아드님도 이제 출근하셔야지. 내 간병인도 곧 있으면 출근해."

"아, 전 몇 개월 전에 퇴사해서요."

"벌써? 아이고 그 젊은 나이에 퇴사하고 그러면 못써. 남은 인생 어떻게 할라 그래."

지금 내 나이는 60살이다. 어렸을 때만 해도 60살은 할아버지였는데 지금의 60살은 아직도 어린 편에 속한다. 지금의 60살은 어렸을 때로 친다면 한 40살쯤 될 거 같다.

"아니다. 생각해 보니까 그냥 엄마 곁에 있는 게 더 낫겠다. 간병인 너무 돈이 많이 들어. 어휴. 걱정이야. 걱정. 퇴원을 해도 돈이 없어서 걱정이고 큰일이네. 아시는 분도 아파서 병원에 입원했다가 돈 많이 써서 걱정이라던데. 남 얘기가 아니지."

노후 빈곤이라는 것이 정말 큰 문제라는 걸 이때 처음 깨달았던 거 같다. 다 그렇다는 건 아니지만 우리 엄마와 대부분의 어르신이 부정적인 생각을 가지고 계신 거 같다. 그리고 보니 며칠 전 오랜만에 병현이와 술을 마셨던 그날 티브이에서 보았던 월에 들어가는 노부부 평균 생활비를 봤을 때 대부분의 노부부가 그 평균을 못 하는 거 아닐지 하는 생각이 들었다. 지금이라도 일을 시작해야 하나. 아니면 병현이 말처럼 퇴사하지 말았어야 했나. 생각이 많아진다.

수술 당일 엄마의 수술은 잘 끝났지만 선생님 말씀에 의하면 생각했던 거보다 상황이 좋지 않아 한 번에 모든 수술을 다 끝낼 수가 없었다고 이야기하셨다. 경과를 좀 지켜보긴 해야 할 텐데 3번 정도 수술을 더 하셔야 할 거 같다고 말씀하셨다. 금방 끝날 줄 알았던 엄마의 입원은 예상했던 거보다 시간이 늘어났다. 나도 마찬가지로 병원에 있는 시간이 늘어났다. 금방 퇴원할 줄 알았는데 수술도 여러 번 받고 병원에서 오랜 시간 회복도 하시다 보니 1년 반이라는 시간 동안 엄마는 병원에서 계셨다. 아빠와 나도 마찬가지였다. 남은 수술이 모두 잘 끝나고 엄마는 건강을 되찾을 수 있었다. 하지만 예상치 못한 변수가 있었다.

  시간도 시간이지만 무엇보다 병원비가 많이 나왔다. 수술비와 진료비, 입원비, 약값 등등 다 따져 보니 총 1억 5천만 원 정도가 나갔다. 보험 청구를 했지만 크게 보상을 받지는 못했다. 여기에 아빠와 같이 병원에 있으면서 식비에 쓴 돈도 모아 보니 꽤 큰 금액이었다. 아내에게 부모님 사정을 말씀드리고 우리가 모든 비용을 부담하는 게 어떻겠냐고 이야기했다. 아내는 알겠다는 말뿐이었다. 표정이 좋아 보이지 않아 아내에게 괜찮겠냐며 이야기했으나 별 방법이 없는데 어쩌겠냐는 이야기뿐이었다. 돈이 없으니 걱정도 많아지곤 했다. 어렸을 때 돈이 없을 땐 불편하기만 했는데 지금은 돈이 없으니 불행한 거 같다. 아내에게 미안했다.

  퇴원하고 걱정되는 마음도 있었고 긴 병원 생활을 끝내고 오랜만에 집에 돌아온 엄마가 혹시나 적응하시지 못할 수도 있겠다는 생각에 일주일은 부모님 집에서 지내기로 했다. 다행히 잘 적응하시는 거 같다. 이제 오랜만에 내 집으로 돌아가야겠다.

  집으로 돌아와 가장 먼저 한 일은 통장 잔고 확인이었다. 소득도 없이 많은 돈을 썼기 때문에 관리를 잘해야 할 거 같다. 모든 통장을 연결해서 보니 우리 집에 남은 돈이라곤 원래 3억이었으나 지금은 1억 조금 넘는 돈이 전부가 되었다. 이 돈으로 죽을 때까지는커녕 아무리 아끼고 아내 월급을 생활비에 보탠다고 해도 5년도 못 버티고 분명 다 없어질 것이다. 뭐라도 해야 하는데 병현이 얼굴도 볼 겸 병현이에게 술 한 잔하자고 전화해야겠다.

"병현아. 바빠? 아 다름이 아니라 우리 엄마 병문안도 자주 와 주고 고마워서 그러는데 오늘 퇴근하고 소주 한잔할까?"
"어머님 퇴원하셨어? 다행이네. 좋지. 오늘도 그 대단지 아파트 앞 포장마차 가자. 오늘 정시 퇴근할 수 있는 거 같아."
"그래. 이따 보자."

병현이와 약속을 잡고 집에 있는 소파에 앉아 아파트 1층까지 닿을 기세로 한숨만 크게 쉬었다. 거실 창문으로 보이는 바깥세상은 분명 구름 한 점 없이 맑은데 내 눈엔 막막한 어둠으로 보였다.
잡생각이 많다 보니 시간이 빨리 흘렀다. 아니다. 잡생각이 아니라 그냥 뭐 먹고 사나 하는 걱정이었다. 그렇게 고민에 고민을 하던 도중 좋은 생각이 떠올랐다. 지금 상황에선 이게 가장 좋은 방법일 거 같다.
포장마차로 갔는데 병현이가 아직 오지 않았다. 어떤 거 시킬 거냐는 사장님 말씀에 친구가 오면 시킨다는 말을 남기고 병현이를 기다리고 있었다. 그러고 있을 때쯤 병현이가 문을 열고 인사를 하며 들어왔다.

"상현아, 오랜만이야! 잘 지냈지? 여기 앞에서 차가 너무 막혀서 미안, 미안. 빨리 왔어야 했는데."
"아냐. 아냐. 그럴 수도 있지. 나도 방금 왔는걸. 이번에도 제육?"

"제육 좋지. 이 집은 제육이 진짜 맛있어. 어딜 가도 이 맛을 못 따라오는 거 같아."

"미리 시켜 놓을 걸 그랬나. 사장님 여기 제육 하나 소주 하나요!"

제육볶음을 시키고 메뉴판을 보니 저번에 병현이랑 왔을 때 분명 6만 원이었는데 2년 만에 오니 6만 3,000원이 되어 있었다. 물가는 언제쯤 안 오를까.

"병현아, 요새 일은 어떻냐?"

"뭐 늘 비슷비슷하지. 태호도 열심히 다니고 있고. 상현이가 없어서 재미가 없는 거 빼고는 다 똑같아."

"자식 고맙다. 나 생각해 주는 건 역시 마누라 다음 너다. 뽀뽀나 한 번 할까?"

"으, 징그럽게 왜 그래. 우리도 60살이 넘었다고. 그렇다고 전에는 뽀뽀했다는 게 아니라."

"장난이야. 장난. 정색하기는. 병현아. 나도 일 새로 시작할까? 퇴사할 때쯤만 노후 준비는 끝났다고 생각했는데 엄마 병원비 내 드리고 하니까 이제 남은 돈이 곧 바닥날 거 같기도 하고. 이 제육볶음도 그새 가격이 올랐는데 내 통장에 있는 돈만 왜 줄어들까? 시간을 돌릴 수만 있다면 네가 나 퇴사한다고 말렸을 때 그때 네가 한 말 듣는 건데."

"뭐 이미 지나간 일이니까…. 근데 새로 하고 싶다는 일이 뭐야? 계획이 있는 거야?

"하고 싶은 일은 딱히 없는데 직장은 다니고 싶지 않아. 나도 남들 다 하는 사업을 해 볼까 해."

"사업? 무슨 사업? 좋은 아이디어라도 있어?"

"그런 건 없는데 너도 알다시피 요즘 결혼하는 사람보다 강아지 키우는 사람들이 더 많잖아. 그래서 가게 차려서 강아지 의류 판매하는 것 좀 해 볼까 하는데 어떻게 생각해?"

"너 강아지 잘 모르잖아. 그때 리트리버 보고 진돗개라며. 그리고 요새 너무 많은 거 같은데. 한 건물에 두 개씩 있는 곳도 꽤 많은 거 같던데."

"그런 거 몰라도 돼. 어차피 판매만 하는 건데 뭐 어때. 그리고 장사가 잘되니까 다 그렇게 차리는 거지."

"흠 좀 걱정되는데… 아! 아니면 내가 아시는 분이 그 우리 동네 새로 들어온 실버타운 있잖아. 거기서 청소 사업을 크게 하시는데 거기 한번 말해 볼까?"

"에이, 됐어. 나중에 진짜 힘들면 그때 내가 먼저 말할게."

"그래, 그래. 잘할 수 있을 거라고 믿어. 상현이는 친구가 워낙 많아서. 제수씨랑 잘 이야기하고 그다음 시작해. 너 안 그러다 이혼당해."

"그런가. 우선 술이나 더 마시자. 오랜만에 와서 그런지 더 맛있네."

병현이도 다음 날 쉬는 날이어서 서로 마음 편히 많이 마실 수 있었다. 오랜만에 먹은 술이라 잘 안 들어갈 줄 알았는데 간이 싱싱해지기라도 한 걸까 예전에 먹던 주량보다 잘 들어갔다.

다음 날 깨져 버린 내 통장 잔고처럼 내 머리도 아파 오기 시작했다. 술 냄새를 풍기며 집에서 쉬고 있는 아내에게 말을 걸었다.

"여보, 나 사업 한번 해 볼까? 집에 있어서 심심하기도 하고. 집이 제일 재미가 없는 곳이었네."

"무슨 사업? 그냥 일 다니는 건 어때? 매일매일 출근하는 건 아니더라도."

"아, 그것도 좋긴 한데. 어렸을 때부터 사업을 좀 해 보고 싶었던 것도 있고. 지금이 좋을 거 같아서."

"근데 여보. 여보 마음은 잘 알겠는데 지금 남은 돈 우리 전 재산이잖아. 잘할 자신 있어? 잘할 자신 있다고 하면 한번 해 보는 것도 좋을 거 같기도 한데 좀 걱정이 돼서."

"자신 있지. 괜찮은 사업 아이템이고 엄청 부자는 아니어도 직장인들이 버는 만큼은 꼭 벌어 볼게. 나만 믿어."

그렇게 자신감 넘치던 난 얼마 지나지 않아 강아지 의류 가게를 차렸다. 보증금을 조금이라도 더 아껴야 한다는 생각에 중심상가에서 조금 떨어진 터가 좋지 않은 곳에 상가를 계약하고 남들이 어떻게 하나 염탐하며 인기가 많은 제품들을 가지고 가게를 꾸며 나갔다. 가게에 필요한 것들을 채워 나가다 보니 정식 오픈할 날이 다가왔다. 가게 개점 날짜에 맞춰 병현이와 태호에게서 화환이 배달되었다. 문구에는 잘되라는 글이 쓰여 있었다. 역시 친구들밖에 없다. 열심히 일하고 돈 많이 벌어서 꼭 보답해야겠다.

예전부터 인터넷이 발전해서 다 온라인 쇼핑을 하지 오프라인 쇼핑을 하는 사람들이 없다는 이야기는 많았으나 내 생각은 달랐다. 분명 눈으로 보고 직접 만져 보고 사는 사람들이 있을 거라고 생각했다. 다행히 내 생각은 틀리지 않았다. 걱정과는 다르게 첫 달 매출이 꽤 괜찮았다. 역시 아무리 많은 업종의 가게라고 해도 잘되는 가게는 잘되기 마련이다. 매출이 괜찮다 보니 이럴 줄 알았으면 어렸을 때부터 회사에 다니지 말고 사업을 할 걸 그랬나 하는 생각도 들었다.

하지만 이런 행복도 그렇게 길게 가지 않았다. 두 번째 달부터 매출이 점점 줄어들더니 심지어 가게를 차린 지 6개월 만에 상가 월세 금액보다 더 못 벌기 시작했다. 그러고 보니 첫 달에 매출이 좋았던 것은 강아지를 키우는 지인분들이나 강아지를 키우지 않지만 구매해 주신 지인분들이 전부였다. 결제 명세표를 쭉 보니 다 지인밖에 없었다. 뭔가 이상하다는 생각이 들어 인터넷에 똑같은 제품을 검색해 봤는데 우리 가게에서 파는 제품보다 반도 안 되는 가격에 판매하는 것이었다.

가게 월세랑 내 인건비를 고려하면 이 정도는 받아야 하는데 뭔가 잘못됐다. 긴 기간 동안 적자는 계속되었고 내 가게 근처 자리가 더 좋은 곳에 강아지 의류 판매 가게가 엄청 많이 생기기 시작했다. 심지어 대부분이 무인으로 판매하는 곳이었다. 더 이상 우리 가게에 올 이유가 없었다. 나 같아도 우리 가게에 오지 않을 거 같다. 하지만 하다 보면 잘할 수 있다는 생각이 들어 열심히 노력했다. 하지만 소비자의 지갑을 여는 게 쉽지는 않았고 결국 월세가 밀리는 상황까지 발생하였다. 아내와 진지하게 이야기를 나눈 뒤 결국 우리는 폐업을 결정하였다.

20대 때 돈을 어느 정도 모았다고 회사를 잘 다니고 있던 수빈이가 카페를 차린다고 퇴사한 게 생각났다. 분명 카페는 수없이 많다는 생각이 들었는데 차리면 망할 거 같았는데 수빈이는 결국 1년을 다 채우지 못하고 폐업을 결정했다. 그때 수빈이 마음과 지금 내 마음이 같지 않았을까 생각이 든다. 하지만 그때 수빈이는 젊었다. 그래서 다시 일어날 수 있었다. 지금의 나와는 다르게 말이다.

큰일이다. 가게를 차리겠다고 돈을 너무 많이 써 버렸다. 잘될 줄만 알았는데 내 뜻대로 되지 않았다. 이제 남은 돈이라곤 보증금 3,000만 원이 전부였다. 3,000만 원이면 1년도 버티기 힘든 돈이다. 만약 누가 아프거나 하다면 우리 가족의 인생도 거기서 끝이다. 그래서 아내에게 어떻게 해야 할지 이야기를 해 보았다.

"여보. 어쩌지? 이제 남은 돈도 얼마 없고. 미안해. 잘해 보려고… 여보 행복하게 해 주려다가 더 힘들게만 한 거 같네."
"어이구. 이혼 안 한 것만 해도 감사하게 생각해. 괜찮아. 그래도 아직 우리 몸은 건강하잖아. 전에 병현 씨가 얘기했던 청소업체 있지? 거기라도 취업해. 알아보니까 그거 하고 싶어서 사람들 줄 섰더라. 생각해 보면 우리 어렸을 때는 일할 사람이 많이 없어서 회사가 급했는데 지금은 다들 돈이 없어서 그런지 일할 사람이 넘쳐 나는 거 같아. 병현 씨한테 잘 말해 봐."
"알겠어. 고마워. 여보."
"아 그리고 참, 우리 이사 가는 건 어때? 하나 있는 아들도 다 커서 이제 따로 살아서 둘만 사는데 우리에게 이렇게 큰 집이 있어야 하나 싶기도 하고. 그리고 무엇보다 이제 현금도 없고. 이참에 그냥 집이라도 좀 줄이자. 그럼 여유가 있을 거 같긴 한데."
"그러자, 그럼. 부동산에 가게랑 우리 집 같이 내놓을게."

다들 경기가 어려워서 그런지 상가는 쉽게 빠지지 않았다. 결국 남은 상가 월세 계약이 끝날 때까지 사람을 구하지 못했다. 아파트는 다른 매물보다 저렴하게 내놓은 탓인가 비교적 이른 시일에 매매가 되었다. 그 덕에 밀린 상가 월세를 내고 남은 돈으로 전에 살던 대단지 아파트보다 크기가 훨씬 작은 아파트로 이사를 갈 수 있었다. 처음엔 싫었지만 지금 당장 현금이 필요했던 상황이었기에 어쩔 수 없었다. 그렇게 우린 대단지 아파트보다 안 좋은 아파트로 이사를 가게 되었다. 평수만 작을 줄 알았는데 시설도 좋지 않았다.

새로 살 아파트도 구하고 남은 상가 월세도 내고 가게 정리를 하다 보니 꽤 많은 시간이 흘렀다. 이제 병현이에게 일자리 이야기만 하면 될 거 같다. 병현이에게 이야기를 꺼냈을 때 안 된다고 하면 어쩌지 하는 생각과 혹은 이제 와서 이야기를 꺼낸 거 때문에 병현이의 기분은 상하지 않을지 걱정이었다. 조심스레 이야기를 꺼내야 할 거 같다. 병현이는 아직 퇴근 전인 거 같다.

"병현아, 바빠? 오늘 뭐 해?"
"어, 상현아. 오늘? 뭐, 나야 퇴근하고 아무것도 안 하지? 왜? 상현이도 약속 없구나? 같이 소주 한잔할까? 포장마차 가자."
"제육볶음 시켜 놓을게."

좀 걱정이 되기도 했다. 병현이가 일자리 이야기를 한 지 1년 이상 시간이 흐르기도 했고 그사이에 누군가 일을 하고 있지 않을까에 대한 걱정도 컸다.

병현이가 퇴근하고 바로 먹을 수 있게 주문을 미리 해야겠다. 병현이에게 잘 보이려고 하는 것은 아니다. 절대 아니다. 늘 먹던 테이블에 앉아 주문하려고 했다. 메뉴판도 필요 없다. 주문하려고 손을 번쩍 들었는데 나를 보고 사장님께서 먼저 말씀하셨다.

"제육이시죠?"

순간 내 이름이 제육인 줄 알았다. "네."라는 대답과 소주도 한 병 달라고 이야기했다. 그리고 보니 뉴스에 또 물가가 올랐다는 이야기가 나오던데 1년 사이에 가격이 또 올랐겠느냐는 생각에 메뉴판을 펼쳤는데 아니나 다를까 6만 3천 원이었던 제육볶음은 6만 5천 원이 되어 있었다. 정말 순수한 마음에 사장님께 여쭤봐야겠다.

"사장님. 저 혹시 죄송한데 매번 제육볶음을 먹는데 가격이 계속 오르는 거 같아서요. 혹시 이유라도 있을까요?"
"이유? 젊은 총각이라 뉴스도 안 보시나. 뭐 최저시급 오르고 돼지고깃값도 오르고 각종 채솟값도 오르고 상가임대료도 오르고 다 오르는데 안 올리는 게 이상한 거지. 전에 팔던 가격으로 팔면 적자야, 적자. 이번에 5천 원 올리려고 했던 거 2천 원만 올린 거야. 다른 집은 더 올렸을 거야. 아마."
"그렇군요…. 감사합니다."
"안 오르는 건 옛날이나 지금이나 남편 월급밖에 없어. 하하. 친구분도 오셨네. 앉으세요."

사장님과 이야기하다 보니 병현이가 왔다. 표정이 밝아 보였다. 미래에 대해 걱정인 나와는 다르게.

"상현아, 사장님이랑 무슨 이야기를 그렇게 나누고 있었어? 되게 재밌어 보이던데."
"아, 별건 아니고 제육볶음 가격이 계속 올라가길래 궁금해서."
"너 설마 사장님한테 따진 건 아니지?"

"에이, 내가 그런 성격이냐! 순수하게 물어본 거지."

"물가가 지속해서 오르는 건 어쩔 수 없는 거 같아. 예전에 우리 20대 때 소주 먹었던 거 기억 나? 이런 거 한 병에 식당에서 4천 원 받았었는데 벌써 2만 원이야. 그에 비해 제육볶음은 조금 오른 거일 수도 있어. 우리가 맨날 여기만 와서 그렇지 얼마 전 회식 때 갔던 곳은 7만 원이더라."

"그렇구나. 아 맞다. 말했었나? 나 그때 말한 애견 의류 사업 접었어."

"왜? 잘된다고 했었잖아."

"착각이었어. 다 지인들이 팔아 준 거였더라고. 첫째 달은 괜찮았는데 그 뒤로 계속 매출이 줄더니 결국 상가 계약 끝나기 몇 개월 전부터 적자를 냈어. 그거 때문에 결국 퇴직금도 다 잃고 막막하다. 집도 이사 가고."

"아, 이사를 했어? 말하지. 그럼 다른 곳에서 볼 걸 그랬나? 멀리 이사를 간 건 아니고? 그건 또 몰랐네. 아주 힘들었겠구나. 술 한 잔 받아."

"고마워. 그래서 말인데 혹시 저번에 말했던….."

"아, 실버타운 청소하는 거? 그거 할 수 있으면 좋지. 요즘 많이 하고 싶어서 난리 같던데 잠깐만 기다려 봐. 내가 사장님께 전화해 볼게."

"고마워."

병현이에게 부탁하고 병현이가 전화하는 동안 어색한 기다림이 시작되었다. 다행히도 병현이는 기분이 나쁘지 않은 거 같다.

"아, 사장님 잘 지내셨죠? 하하, 뭐 저야 잘 지내죠! 사장님, 다름이 아니라 기억하실지 모르겠네. 저번에 말씀드렸던 청소 일자리 아직 있을까요? 제 제일 친한 친구가 일을 구하고 있다고 해서요! 원래 이런 부탁 잘 안 하는 거 아시잖아요. 하하. 아 네네. 아 알겠습니다. 감사합니다. 번호 알려 드릴게요."

"병현아, 뭐라고 하셔? 이미 없다고 하시지?"

"자리는 없긴 한데 내 친구라 믿고 일 시킬 수 있을 거 같다며 연락해 주시겠대. 만약 하게 되면 열심히 해. 제수씨 더 힘들게 하지 말고. 모르는 번호로 전화 오면 잘 받고."

"고마워. 병현아. 진짜 고마워."

"에이 뭘. 넌 내 가장 친한 친구잖아."

그렇게 병현이의 전화 한 통 덕분에 우리 집은 한숨 돌릴 수 있었다. 유난히 쓰게만 느껴지던 소주의 끝맛이 달게만 느껴졌다. 난 그렇게 65세가 될 때쯤 두 번째 취업을 할 수 있었다.

"맞다. 상현아. 내가 말했었나? 나랑 태호, 일 그만둬."

"뭐? 더 다녀야지. 병현, 난 너희가 세상에서 제일 부러운데."

"우리도 그러고 싶은데 이제 정년퇴직이라 더 다닐 수가 없네. 1년 안에 퇴사하면 퇴직금을 좀 더 많이 준다고 하길래! 이거 어디서 본 상황 아니냐?"

"벌써 시간이 그렇게 됐나? 그러고 보니 내가 퇴사하고 많은 일들이 있었구나."

"그러게. 어머님은 요새 좀 어떠셔?"

"다행히도 괜찮으셔. 건강하셔야 할 텐데. 연세가 많으셔서 걱정이다. 그럼 퇴사하고 뭐 하게?"

"나? 음, 퇴사하고 나서 젊을 때 못 했던 여행도 다니고 배우고 싶은 운동도 해 볼까 생각 중이야."

"일은 따로 안 하고?"

"일은 아직 생각이 없어. 어렸을 때부터 해 왔던 투자 덕분에 지금 월급 정도는 매달 나오더라고."

"부럽다. 나도 장 부장님 말 듣지 말고 그냥 병현이 말 듣고 배당주나 살걸."

"에이, 너도 열심히 살아왔잖아. 지금도 열심히 잘 살고 있고."

"잘 모르겠다. 이만 일어나자. 취하는 거 같다."

"그래, 그래. 사장님 여기 계산이요! 참, 이사 간 아파트는 여기서 멀어? 같이 걸어가 줄까?"

"아냐. 저 횡단보도만 건너면 돼. 재밌었다. 다음에 보자."

병현이와 인사를 하고 이사한 집으로 가기 위해 큰길로 나왔는데 분명 술에 취해 있지만 멀쩡했다. 뭔가 억울했다. 분명 병현이와 어렸을 때부터 같은 동네, 같은 학교, 같은 회사에 다녔는데 왜 다른 인생을 사는 것일까? 난 크게 성공하고 싶은 마음도 없고 그냥 평범하게만 살고 싶었는데. 그냥 회사만 열심히 다니고 하면 알아서 다 되는 줄 알았는데. 그 평범하게 사는 그것도 정말 어려운 거였구나.

'어휴, 내가 누구 탓을 해. 다 내가 만든 일인데.'

그런 생각을 하면서 집으로 터벅터벅 걸어가니 이사 간 아파트가 밉게만 보였다.

"이 구린 아파트!"

다시 생각해 보니 이 아파트라도 없었으면 어떻게 됐을까 하는 생각이 들었다. 낡은 엘리베이터를 타려고 가니 엘리베이터 옆 거울에 내 얼굴이 보였다. 비친 내 모습을 뚫어져라 보니 미운 건 이 아파트가 아니라 내 자신이었다. 마음 같아선 머리로 거울을 깨고 싶었지만 다 돈이라는 생각을 했다. 그리고 헛웃음을 지었다. 속상하지만 내가 자초한 일이니 뭐 별수가 있겠나. 가슴속 한편에 청소기에 먼지가 잔뜩 끼듯 내 마음속에도 먼지가 잔뜩 쌓이는 것만 같았다.

다음 날 약속이 없었기에 늦은 시간까지 낮잠을 잤다. 하도 오래 자서 그런지 숙취는 크게 없었다. 몸을 일으키며 핸드폰을 봤는데 모르는 번호로 전화가 여러 통 와 있었다. 느낌이 싸했다. 이것은 분명 병현이가 아는 청소업체 번호다. 뭐 하고 있었냐고 하면 뭐라고 하지 걱정을 하고 있었다. 떨리는 마음으로 전화를 걸었다. 전화하기 전 심호흡을 크게 했다. 유난히 전화 연결음이 크게만 들렸다.

"안녕하십니까. 고객님, 카드 회사입니다. 다름이 아니라 이번에 우리 회사에서 나온 카드가…."
"돈 없습니다."

이 상황을 다행이라고 해야 하나 싶었다. 혹시 어제 청소업체 사장님 마음이 바뀌셔서 안 뽑으시려나라는 생각할 때쯤 전화가 또 울렸다. 이놈의 카드회사, 뭐라 해야겠다.

"안 한다니깐! 그만 전화해!"
"아… 안녕하세요. 상현 씨. 전 병현 씨 지인 춘상이라는 사람입니다. 청소업체 대표예요. 혹시 전화할 수 있을까요?"

전화번호를 다시 보니 처음 보는 번호다. 사장님께서 다행히 끊지 않으셔서 상황을 설명할 수 있었다.

"아, 사장님 정말 죄송합니다. 자꾸 스팸 전화가 와서요. 또 똑같은 사람인 줄 알고 저도 모르게 그만…"
"하하, 그러시구나! 그럴 수도 있죠. 지금 통화 가능하시죠?"
"네네. 말씀하세요."
"다음 주부터 출근할 수 있을까요? 인원이 괜찮아서 천천히 연락드리려고 했는데 갑자기 누가 이번 주까지만 한다고 해서요. 너무 급하신 거 아닌지…."
"아뇨! 저 내일 당장도 출근할 수 있습니다! 아니. 지금도 당장 출근할 수 있습니다. 열심히 하겠습니다. 감사합니다."
"제가 더 감사합니다. 병현 씨랑 친하시다면서요. 병현 씨한테 감사하시면 됩니다. 오늘 아침에도 제발 친구 다니게 해 달라고 전화 왔었어요. 그런 친구가 옆에 있다는 건 정말 큰 복입니다. 그럼 주소 남겨 드릴 테니 다음 주에 만나요."
"네. 감사합니다."

병현이가 이번에도 나에게 큰 도움을 줬다. 아니 어쩌면 우리 가족 생명의 은인이다. 내가 도움을 준 적은 딱히 없는 거 같은데 꼭 고맙다고 연락을 남겨야겠다. 아내에게 다음 주부터 일을 다닌다고 이야기했다. 비록 나이가 60살이 넘었지만 취업을 했을 때 나를 축하해 주던 엄마 모습이 보였다. 아직 일할 수 있다는 거에 감사해야겠다.

출근해서 일하기가 그렇게 어렵지는 않았다. 실버타운에 거주하시는 분들이 다 쓰신 운동기구를 정리하고 청소를 하는 일이 주로 하는 업무였다. 청소하다 우연히 한 달 수강료를 봤는데 깜짝 놀랐다. 내가 일하며 한 달 동안 받는 월급보다 비쌌다. 저분들은 돈이 얼마나 많을까 생각하며 남은 걸레질을 하고 있었다.

열심히 일을 하다 보니 집에서 있을 때보다 사람들도 많이 만날 수 있고 활기도 되찾는 거 같았다. 마음만큼은 20대에 제약회사 다닐 때랑 큰 차이는 없었다. 역시 사람은 일을 해야 하는 거 같다. 무엇보다 지금 돈을 벌기 때문에 지금 당장 큰 문제가 없다는 것이 가장 행복했다. 그렇게 일하다 보니 어느덧 청소 회사에 다닌 지 몇 개월이라는 시간이 흘렀다.

여느 날과 같이 오늘 하루도 열심히 살아 보자는 마음으로 출근해 일을 하기 시작했다. 그런데 뭔가 이상했다. 오늘따라 몸이 최근 며칠과는 다르게 너무 무겁게 느껴지는 것이다. 눈도 잘 안 떠지는 거 같고 순간 심장이 멈추는 듯한 엄청난 고통이 찾아와 그대로 바닥에 쓰러졌다. 바닥에서 내가 할 수 있는 것은 꺽꺽 소리를 내는 것이 전부였다. 다행히 같이 일하는 재혁 씨가 날 발견해 급하게 병원으로 갈 수 있었다. 병원으로 가는 동안 결국 의식을 잃고 말았다.

눈을 떴을 때는 아내와 아들이 나를 보며 울고 있었다. 꿈인 줄 알았다. 주위를 둘러보니 병원이라는 것을 알 수 있었다.

"여보, 괜찮아? 지금 아픈 곳은 없고?"

"당신이 여기 왜…. 아들은 또 어떻게 온 거야?"

"아프면 병원에 갔어야지. 왜 안 가고 있었어. 저번에 어머님도 그러셨다며."

"그렇긴 한데. 병원에서 뭐라는데?"

"암 전이가 너무 많이 돼서 오래는 못 살 거 같대. 그래서 우리도 급하게 온 거야."

"뭐…? 그게 무슨 말이야? 수술해도 안 된대?"

"몸에 너무 많이 퍼져서 손을 쓸 수가 없대. 보니까 건강검진도 전에 다니던 제약회사 퇴사하고 한 번도 안 했다면서. 왜 그랬어. 나이 먹을수록 더 잘 챙겼어야지."

"그냥 돈도 많이 드는 거 같고 아픈 곳이 없어서 그랬지…."

"건강검진 때 들어가는 돈이 당신 목숨값보다 비싸?"

"그건 아니지만… 미안해…. 얼마나 살 수 있대?"

"길면 3개월 정도…"

믿기지 않는다. 내가 죽는다니. 건강한 줄만 알았는데 내가 죽는다니. 누구한테 말해야 할까, 아니 누구한테까지 말해야 할까. 남은 3개월 내가 할 수 있는 일은 무엇일까. 그 전에 3개월은 다 살 수 있을까. 그나저나 엄마 아빠 두 분 다 살아 계시는데 걱정이 이만저만이 아니다. 우선 병현이에게 전화해야겠다.

"병현아, 뭐 해? 오늘 바빠?"

"어. 상현. 퇴사가 몇 개월 남지 않아서 인수인계할 것 좀 하고 있었어."

"아, 그래? 바쁘면 오늘은 안 되겠네."

"어? 오늘 전화한 이유는 혹시 저녁에 또 포장마차 가서 제육볶음 먹자고?"

"아, 그건 아니고. 좀 중요하게 할 말이 있는데 병현이가 가장 먼저 떠올라서. 내가 병원에 입원해 있거든. 병문안 좀 와 줄 수 있을까?"

"병원? 입원? 어딘데. 지금 당장 갈게. 주소 남겨 놔. 회사에 말하고 갈 테니까."

병현이랑 전화한 지 얼마 지나지 않아 내가 입원해 있는 중환자실로 병현이가 왔다. 나의 이야기를 들은 병현이는 하염없이 눈물을 보였다. 하지만 난 울지 않았다. 사실 울었는데 병현이가 더 울 거 같아 몰래 울었다. 대신 아무 말 없이 병현이 어깨를 토닥토닥 두들겨 주었다. 울던 병현이는 괜찮을 거라며 분명 방법이 있을 거라며 희망의 끈을 놓지 말자고 이야기하였다. 병현이 덕에 힘이 조금 나는 거 같다.

하지만 죽음의 문 앞에서 두려움은 점점 커져만 갔다. 이런저런 이야기를 하다 보니 병문안 가능 시간을 지나 버렸다. 병현이는 자주 오겠다고 말하고 집으로 돌아갔다. 그렇게 시한부를 받은 첫날 하루가 지나갔다. 하지만 잠이 오지 않았다. 잠자는 시간도 아까웠다. 아직 해 보고 싶은 것도 많고 해야 할 일도 많은데 말이다. 마음이 아프다.

다음 날 아침이 되었고 결국 밤을 새웠다. 원인이 궁금했다. 이렇게 된 가장 큰 원인을 알고 싶었다. 진료 시간이 시작되고 담당 의사 선생님께서 순찰 진료를 하고 계셨다. 얼마 지나지 않아 나에게 오셔서 괜찮은지 여쭤보았다.

"상현 환자분 몸은 좀 어떠세요? 약을 좀 센 걸로 넣긴 했는데 괜찮으시죠?"

"네, 선생님. 저는 괜찮은데… 혹시 제가 이렇게 된 이유는 뭘까요? 너무 궁금해서요. 어제 한숨도 못 잤어요."

"뭐, 많은 원인이 있겠지만 아무래도 스트레스가 가장 큰 원인으로 보입니다. 모든 병의 대부분은 스트레스가 원인이기도 하고요. 최근 몇 년 사이 스트레스를 많이 받으셨을까요?"

"아… 네…. 그렇군요."

스트레스 받을 만한 일이라. 아무리 생각해도 노후 대비밖에 없다. 퇴사하기 전에 돈을 잘 준비해 놨으면 이렇게까지 되지 않았을 텐데…. 오만가지 생각이 머릿속을 스쳐 지나갔다. 만약 돈이 많았으면, 아니 노후 대비에 괜찮은 돈이 있었더라면 이렇게 비참하게 죽음을 맞이했겠느냐는 생각이 들었다. 다시 생각해 보니 이런 생각을 하는 거 자체가 스트레스다. 여기서 꼬리에 꼬리를 무는 생각을 멈춰야겠다.

병원 창문 밖을 보니 흰 눈이 내리고 있었다. 새로운 계절을 알리는 꽃내음과 햇살이 반겨 주는 따뜻한 봄이 오면 그때쯤이면 아마 하늘나라에 있지 않겠냐고 생각을 했다. 그런 생각을 하니 나도 모르게 눈에서 눈물이 흘렀다. 남은 가족들은 어떻게 하지. 3개월 동안 나온 병원비도 만만치 않을 텐데. 하루라도 빨리 죽는 게 도와주는 건가. 아니다. 그런 생각은 말자.

추웠던 겨울이 점점 따뜻해지고 죽음도 가까워지고 있었다. 가족을 제외하고 병현이가 병문안을 가장 많이 오곤 했다. 역시 나랑 제일 친한 친구이다. 오늘도 어김없이 병문안을 왔다.

"상현아, 뭐 하고 있어?"
"아, 왔어? 그냥 맨날 병원에만 있고 답답해서 밖을 좀 보고 있었어."
"혹시 상현아. 가 보고 싶은 곳 있어? 올라오다 보니까 외출 될 거 같던데."
"음. 딱히 있는 건 아니고. 아니다! 가고 싶은 곳이 있다."

병원에는 잠시 집에 갔다 온다고 거짓말하고 병현이의 차에 몸을 실었다. 우리가 간 곳은 다름이 아닌 학교에 다닐 때, 그리고 회사에 다닐 때 만나던 약속 장소였다. 이렇게 환자복을 입고 병현이와 오니 느낌이 이상했다.

"여기서 너랑 정말 어렸을 때부터 추억이 많은데 시간이 많이 흘렀긴 했구나."
"그러네. 여기는 그때랑 변한 게 없는데 우리만 변했네. 나는 환자복을 입고 있고."
"고마웠어. 정말. 상현이 덕분에 내 인생은 늘 행복했어."
"나도 고마웠어. 병현이 잊지 못할 거야."
"우리 오늘은 울지 말자."
"왜 우리야? 너만 그때 울었잖아. 인마."
"너 몰래 우는 거 다 봤는데? 무슨 소리야!"
"그럼 어쩔 수 없고. 으, 춥다. 나 이제 병원으로 돌아갈 시간이야. 외출 시간 넘기겠다."

병현이와 마지막 만남을 뒤로 하고 병원으로 복귀했다. 사실 그날이 병현이와 마지막 만남이 될 거라곤 상상도 못 했다. 몇 번은 더 병현이를 만날 수 있을 거라는 생각을 했다.

추웠던 겨울도 영원하지 않다는 것을 알리는 그리고 내 인생도 영원하지 않음을 알리는 그 봄이 찾아왔다. 늘 좋게만 느껴지던 따뜻한 봄바람이 이번만큼은 유난히 싫었다. 병원에서 삶도 이제 지친 거 같다. 맨날 반복되는 죽음 앞에서의 삶이란 살아 있다는 것도 지옥이었다. 늦은 밤 잠이 들고 다음 날 아침 일어나려고 했는데 몸이 말을 듣지 않았다. 이때 마음의 준비를 했다. 그래도 마지막으로 가족들을 보고 싶어 깨어나려고 안간힘을 썼다. 다행히도 죽기 직전 마지막으로 눈을 뜰 수 있었다.

"여보! 괜찮아?"
"어, 당신. 많이 놀랐지?"
"아빠 얼른 일어나세요. 뭐 하시는 거예요!"
"아들아, 미안하다. 아빠가 도움을 줘야 하는데 짐만 되는 거 같구나."
"무슨 소리예요. 아빠. 그동안 고생 많으셨어요."

가족들과 인사를 하고 있을 때쯤 귀에 익은 목소리가 들려왔다. 못 볼 줄 알았던 병현이가 가족들 옆에 서 있었다. 늘 언제 봐도 반가운 얼굴이다.

"상현아. 야 인마. 정신 좀 차려 봐."
"병현아. 여긴 어떻게 왔어."
"제수씨가 연락해서 올 수 있었어. 제일 친한 친구가 하늘나라 간다는데 내가 곁에 있어 줘야지. 하늘나라에서 좀만 기다려. 거기 위에서도 우리 친구 해야지."

"늘 고맙다. 포장마차 또 가야지."

"그래. 또 가자."

대화를 하던 도중 숨이 막히면서 가족들과 병현이가 흐릿하게 보이기 시작했다. 내 몸에 연결된 수많은 기계에서 긴박해 보이는 소리가 울리기 시작했다. 가족들과 병현이의 울음소리는 점점 더 중환자실을 채워 나갔고 마지막 끝까지 가족을 보고 싶었으나 여기까지인가 보다.

근데 죽음이 앞에 있다 보니 이렇게 죽는 것도 나쁘지 않다는 생각이 들었다. 어차피 살아도 돈이 없어서 힘들게 살아갈 텐데 차라리 이렇게라도 죽으면 가족들이 덜 힘들지 않을까 하는 생각을 했다. 그런 생각을 하다 보니 이제 숨 쉬는 것도 힘들다. 있는 힘을 다 모아 깊은 한숨을 쉬며 복잡미묘한 표정을 띠며 다시는 뜰 수 없는 눈을 감았다.

그렇게 난 65살 젊은 나이에 세상을 떠났다. 사랑하는 가족과 부모님을 남기고. 그리고 제일 친한 단짝 친구를 남기고.

병현 후반전

오랜만에 상현이랑 술을 먹을 생각을 하니 기대가 된다. 상현이가 퇴사하고 전처럼 만나지 못해 아쉬웠는데 얼른 퇴근 시간이 왔으면 좋겠다. 근데 그건 그렇고 이 자식 무슨 일 있나. 분명 뭔가 있는 게 확실했다. 놀이터에 앉아 있던 상현이의 표정은 20대 때 삼각별 중고차 수리 때의 표정이랑 매우 비슷했다. 이번에도 기회가 되면 도와줘야겠다.

상현이를 빨리 만나려면 무조건 퇴근 시간에 그 누구보다 빠르게 퇴근해야 한다. 오늘 특근은 더더욱 안 된다. 회사에 도착 후 열심히 일을 하다 보니 다행히 오늘 해야 할 일을 얼추 끝낼 수 있었다. 이제 좀 쉬엄쉬엄해도 될 거 같다. 사무실에서 조금 쉬려고 의자에 앉았는데 얼마 전 주임으로 진급한 은지가 말을 걸었다.

"책임님, 혹시 시간 괜찮으세요?"
"어, 은지야. 무슨 일이야?"
"일과 관련된 건 아니고….”
"아. 지금 시간 돼? 말하기 좀 그런 거면 사무실은 보는 눈도 많으니까 잠깐 휴게실로 갈까?"
"좋아요!"

오래 다닌 회사이지만 말 하나 행동 하나 여전히 조심해야 한다고 생각한다. 괜히 불편하게 생각하는 사람들이 있을 거 같아 둘은 사무실에 비치되어 있는 커피믹스를 한 잔씩 타고 사이좋게 휴게실로 가고 있었다. 오랜만에 회사에 비치된 커피를 마시다 보니 별다방 커피만 고집하던 젊은 날의 상현이가 떠올랐다. 나도 모르게 웃음이 나왔다.

"책임님, 왜 혼자 갑자기 웃으세요? 뭐 좋은 일이라도 있으세요?"
"아, 아니야. 하하. 옛날 생각이 나서. 혹시 궁금한 게 뭘까? 혹시 남자친구랑 싸운 거야? 난 연애를 잘 모르는데…."
"하하. 책임님도 참. 저도 그런 거였으면 친구들한테 물어봤죠! 다름이 아니라 저 부동산 때문이에요! 혹시 책임님 사시는 대단지 아파트 어때요?"
"오, 벌써 돈을 다 모은 거야?"
"아, 그건 아니고 어느 정도는 대출받을까 해서요! 저 회사 사람 중에 책임님께 가장 먼저 말씀드리는 건데 저 사실 남자친구랑 곧 결혼해요."
"오. 축하해. 아, 작게 말해야겠다. 날은 잡은 거고?"
"네, 내년 6월에 결혼해요!"
"잘됐네. 꼭 청첩장 줘야 해. 안 주면 서운해."
"그럼요. 가장 먼저 드릴게요."
"그럼 아파트는 실거주 목적이 더 큰 거겠네?"
"맞아요. 우선 내 집 하나 있으면 좋을 거 같아서요! 결혼하기 전에는 굳이 내 집이 있어야 했나 싶은데 지금 생각해 보니 집 하나는 있어야 하는 거 같아요. 남자친구도 제 뜻과 같았어요."
"그거 정말 잘됐네. 그거 안 맞는 부부도 많거든. 누군 전세 살자 하고 누군 집 사야 한다 하고. 그럼 만약 갭 투자로 하게 되면 내년 6월 전에 끝나는 집을 구해야겠네."

"맞아요. 근데 이제 남자친구랑 결혼 날짜도 잡고 사실 식만 안 올린 거지 거의 부부나 마찬가지여서요. 그래서 그냥 대출받아서 아예 들어가서 같이 살지 생각 중이에요."

"멋있는 사람이야. 은지는. 아, 은지야. 대단지 아파트 살기 좋아. 비록 지금은 월세로 누군가 나 대신 살고 있지만 전에 살았을 때 정말 좋더라고. 마침 오늘 월세 계약 때문에 오랜만에 가서 보니 주위에 이것저것 더 생기고 지금 30년 정도 지났는데도 관리를 잘해서 그런지 여전히 인기가 많더라고."

"아, 그렇군요. 감사합니다. 이따 퇴근하고 가 봐야겠어요."

"그럼 혹시… 미안한데 가는 길에 나 좀 태워 줄 수 있을까? 상현이라고 기억나지? 작년에 퇴사한 내 동기. 상현이도 그 아파트 사는데 오늘 술 한잔하자고 하네. 오늘 내가 차를 놓고 오는 바람에…."

"아아, 같이 가시죠. 제가 모셔다 드릴게요! 시간 너무 많이 뺏어서 죄송해요. 이따 퇴근 시간에 봬요."

"어, 고마워."

대화하면 할수록 은지 주임이 멋있게 느껴졌다. 어린 날에 내가 자꾸 보이는 듯했다. 일을 열심히 하다 보니 곧 퇴근 시간이 왔다. 은지 주임의 차를 얻어 타고 간다고 해도 도로가 막힐 수도 있으니 별 연락을 남기지 말고 먼저 가서 기다려야겠다. 약속대로 은지 주임의 차를 타고 대단지 아파트 입구까지 갈 수 있었다. 대단지 아파트 입구에 있는 포장마차에 내렸고 은지 주임은 아파트 정문으로 들어갔다. 다행히 차가 막히지 않아 생각보다 빨리 올 수 있었다. 먼저 포장마차에 들어갔다. 먼저 왔다는 연락을 하지 않았다. 곧 약속 시간이 다 되어 가기 때문이었다.

"어서 오세요."
"사장님 여기 두 명이요. 주문은 한 명 더 오면 할게요."

이 포장마차도 변한 게 없었다. 그래서 더 좋았다. 어렸을 때로 돌아간 거 같다. 하지만 변한 게 아예 없는 것은 아니었다. 안주 가격을 알려주는 메뉴판에 가격이 많이 올랐다. 많은 메뉴 중에서도 제육볶음이 가장 눈에 들어왔다.

'이야. 분명히 상현이랑 어렸을 때 먹었던 제육볶음은 2만 원 정도 했던 거 같은데 이렇게 보니 물가가 많이 오르긴 했구나. 얼씨구? 우동은 1인분에 1만 5천 원이네. 내 월급만 안 오르는 거 아닌가? 안 되겠다. 더 열심히 살아야겠다.'

그런 생각을 하고 있을 때쯤 상현이가 빨리 온 나를 보며 놀란 표정을 지으며 포장마차로 들어오고 있었다.

"뭐야, 생각보다 빨리 왔네?"
"아아, 은지 주임, 아니 은지 사원 기억 나? 이번에 우리가 사는 대단지 아파트 매매 알아본다고 해서 가는 방향이라고 같이 가자고 하길래 얻어 타고 왔어."
"그렇구나. 젊은 나이에 대단하네. 지금 은지 나이면 아마 나 중고차 산다고 했을 때 같은데. 에이, 난 또 아까 네가 낮에 걸어가길래 퇴근하고 오는 데 시간 좀 걸릴 줄 알았는데. 회사에서 출발할 때 미리 말해 주지. 그럼 빨리 나왔을 텐데."

"에이, 괜찮아. 나도 방금 왔는걸. 뭐 시킬까? 상현이는 뭐 먹고 싶은 거 있어?"

"음… 어디 보자. 근데 진짜 가격 많이 올랐다. 우리 어렸을 때는 제육볶음 2만 원 정도 하지 않았어? 지금은 6만 원이네."

"그러게, 그때는 6만 원이면 술까지 해서 실컷 먹었는데 이제 안주 하나에 6만 원이고… 소주는 2만 원이네. 어쩌면 제육볶음은 덜 오른 거일 수도 있어. 하하. 말 나온 김에 제육으로 시킬까? 여기 제육 맛있잖아."

"좋지, 나도 여기가 제일 맛있더라. 이모! 여기 제육 하나랑 소주 하나 주세요."

"아 맞다. 상현아. 혹시 무슨 일 있어? 아까 보니까 놀이터에서 나라 잃은 표정이던데. 혹시 제수씨 몰래 뭐 투자 잘못한 건 아니지?"

"차라리 그런 거였음 좋겠다. 병현아. 나 투자할 돈도 없다. 아들도 다 키우고 아파트 대출도 다 끝나고 퇴사하기 전까지 열심히 저축하고 또 저축했거든? 그리고 퇴직금도 나오고 연금도 나오니까 이제 일 안 해도 되고 내 노후는 좀 편할 줄 알았는데 턱없이 부족한 거 있지? 어떻게 해야 할지 막막한 거 같아. 답이 없어."

"에이, 답이 없긴 왜 없어. 잘 찾아보면 있겠지. 제육볶음이 벌써 나왔네. 얼른 먹자. 맛있겠다."

상현이가 걱정됐다. 어렸을 때부터 내가 알던 상현이는 이런 걱정을 할 친구가 아니었다. 하지만 그때 그런 걱정을 하지 않았던 이유는 어쩌면 멀리 있는 과거라 생각했던 거 같다. 술잔을 부딪치며 술을 마시다 보니 시간이 제법 늦었다. 내일 출근도 해야 하는데 걱정이다. 집에 가야 하는데 이모가 우동과 계란프라이를 해 주셨다. 시간이 늦은 걸 알면서도 우린 그렇게 소주 한 병을 더 마셨다. 상현이와 더 마시고 싶었지만 일도 해야 하니 오늘은 1차에서 마무리하기로 했다. 상현이도 걱정이 되고 오늘 집 월세 계약도 했고 내가 사야겠다. 이모에게 얼마냐는 말을 했고 이모는 14만 원이라고 말씀하셨다. 물가가 많이 오르긴 했다. 상현이가 술값을 같이 내자고 하는데 아들 맛있는 거 사 먹이라는 이야기만 했다.

"병현아, 잘 먹었다. 다음엔 내가 살게. 늦었는데 얼른 들어가자. 내일 출근해야지."
"그러자. 상현아. 나도 재밌었다. 그 뭐냐, 혹시라도 투자 같은 거 궁금하면 물어봐. 언제든지. 막 엄청나게 잘하는 건 아닌데 그래도 도와줄 수 있을 거 같아."
"그래, 다음에 보자. 조심히 들어가."

상현이와 인사를 하고 큰 횡단보도를 건넜다. 상현이가 잘 가고 있나 뒤를 돌아보니 상현이의 힘없는 뒷모습이 보였다. 그 어느 때보다 뒷모습이 초라해 보였다. 단짝 친구가 힘이 없는 거 같아 속상했다. 얼른 괜찮아져야 할 텐데. 근데 지금은 친구 걱정할 때가 아닌 거 같다. 늦은 시간까지 술을 마셔서 그런지 내일 출근이 걱정이다. 얼른 집에 가서 씻고 자야겠다.

어렸을 때는 매일 투자 공부를 하기 위해 아침 7시까지 출근을 했는데 지금은 그렇게 하고 있지 않고 있다. 어느 정도 투자를 하고 있어서 공부가 소홀해진 건 아니고 60대가 되니 건강을 챙겨야 할 거 같다는 생각에 매일 새벽에 일찍 출근하던 회사 대신 헬스장을 간다. 어렸을 때의 근육과 지금의 근육은 같은 근육이지만 값어치가 다르다고 생각한다. 60대에게 있어서 근육은 생명과도 같다는 생각이 들었다. 확실히 나이가 들어서 그런지 근육 빠지는 속도가 어렸을 때보다 확실히 빨랐다. 그래서 어렸을 때보다 운동을 더 열심히 하곤 했다.

참, 그리고 공부를 안 하는 것도 아니다. 점심시간과 퇴근하고 집에서 꾸준히 독서하고 있다. 심지어 방 하나를 리모델링해서 서재로 만들어 놓았다. 말하다 보니 딴 곳으로 이야기가 잠깐 샜다.

다음 날 아침엔 운동을 가지 않고 잠을 더 자기로 했다. 알람이 울려 깨긴 깼지만 늦게 잠을 자서 그런지 졸음이 쏟아졌다. 그렇게 잠을 조금 더 자고 상쾌한 마음으로 회사에 도착했다. 하지만 숙취는 약간 있었다. 은지 주임은 어제 대단지 아파트를 보는데 너무 맘에 들어서 바로 계약했다고 한다. 덕분에 좋은 아파트를 살 수 있었다며 나에게 감사하다고 이야기했다. 그리고 어제 술 먹는다고 이야기해서 숙취해소제를 준비했다고 한다. 그런 은지 주임을 보며 이런 사람이 내 주위에 같이 있다는 것이 행복이라는 것을 깨달았다. 고맙다는 말과 함께 그 자리에서 바로 숙취해소제를 먹었다. 덕분에 조금 남아 있던 숙취마저 금방 사라질 것만 같았다.

오후에 열심히 일하고 있었는데 상현이에게 전화가 왔다. 어제 잘 들어가긴 갔나. 설마 오늘 또 술 먹자는 이야기는 하지 않을지 걱정이 됐다. 상현이의 전화가 반가웠지만 전화 내용은 반가운 내용이 아니었다. 어렸을 때 우리 부모님이 바쁘실 때면 대신 부모님 역할을 해 주시던 상현이 어머님이 갑자기 쓰러지셔서 큰 수술을 한다는 내용이었다. 마음이 아팠다. 얼른 괜찮아지셔야 할 텐데 걱정이다. 안 되겠다. 오늘 퇴근하고 바로 병문안을 가야겠다.

　어머님이 병원에 계시는 동안 내 엄마라 생각하고 자주 병문안을 갔다. 어머님도 점점 건강을 되찾으시는 거 같아 마음이 좀 놓인다. 하지만 병원에 오래 있으면서 오히려 상현이가 무기력해지는 거 같았다. 어머님을 챙기느냐고 계속 병원에만 있으니 지칠 만하다. 하지만 나와 같이 있을 때만큼은 이 자식이 행복해 보인다. 병원에 더 자주 와야겠다.

　그렇게 상현이가 병원을 지킨 것도 어느덧 1년 6개월이라는 시간이 흘렀다. 어머님께서는 모든 수술을 잘 끝내시고 건강하게 퇴원하셨다고 한다. 정말 다행이다. 상현이에게 고생했다는 말을 남겼다.

　1년 6개월이라는 시간 동안 많은 일들이 있었다. 반갑지 않은 정년퇴직이 다가오고 있었다. 길어야 2년, 3년 남은 시점에서 동기들이 하나둘 퇴사를 하는 것이었다. 동기들은 회사가 인생에서 감옥 같다며 이제는 나가도 되지 않겠냐는 이야기를 했다. 퇴사를 결정한 동기들과 이런저런 이야기를 해 봤을 때 노후 준비가 잘된 동기가 있지만 한편으로는 하나도 되지 않는 동기들도 많았다. 정확히는 안 된 동기가 더 많았다. 몇 년이 지났지만 상현이가 퇴사할 때랑 크게 다를 건 없었다.

　소희라는 동기는 퇴사 후에 요즘 인기가 많은 애견 의류 판매 가게를 차린다고 한다. 전에 이야기해 봤을 때 소희는 모은 돈이 없다고 했다. 애 키우고 부모님 모시느라 돈을 다 썼다고 했다. 그러고 보면 우리 세대는 행복하지 않은 세대가 맞다. 다만 돈이 없다는 전제다. 점점 늦어지는 결혼과 점점 늘어나는 기대수명 때문에 부모님과 자식을 동시에 지원을 해 줘야 한다. 만약 부모님이 노후 대비가 잘되어 있다면 괜찮겠지만 보통은 그렇지 않다. 나 하나도 노후 대비가 잘 되지 않은 상황인데 부모님과 자식을 동시에 지원한다는 것은 쉽지 않다. 그리고 그건 악순환의 시작이다. 자식들은 커서 살아 계신 부모님을 지원하며 자신의 노후는 준비하지 못하는 경우가 많다. 이 사실을 알 때쯤이면 대부분 너무 늦어 버린 시점인 거 같다. 그래서 보통 전 재산인 퇴직금으로 승부를 보려는 거 같다. 말도 안 되는 무리한 투자라든지 남들이 많이 하는 사업이라든지….

소희도 마찬가지로 전 재산인 퇴직금을 가지고 가게를 차린다고 했다. 하는 건 자유지만 조금 더 신중했으면 좋겠다. 진입 장벽이 낮다 보니 우리 주위에 유행하는 가게가 너무 많다. 어렸을 때 친하게 지내던 수빈이가 생각이 났다. 우리가 20대 때는 카페가 진입장벽이 정말 낮아 많은 사람들이 퇴사하고 카페를 많이 차렸다. 그 결과 잘되는 집도 있긴 있었지만 굳이 말 안 해도 사람들 대부분은 알 것이다. 잘해 보라고 응원해 주는 게 지금으로서는 최선인 거 같다. 그렇게 시간이 지날수록 회사를 떠나는 동기들이 많아졌다. 회사에는 태호를 포함한 몇 명의 동기밖에 남지 않았다.

오늘도 어김없이 동기 두 명이 퇴사했다. 씁쓸한 마음에 창문을 보며 꿀물을 한 잔 먹고 있었는데 전화가 왔다. 상현이였다.

"병현아. 바빠? 아 다름이 아니라 우리 엄마 병문안도 자주 와 주고 고마워서 그러는데 오늘 퇴근하고 소주 한잔할까?"

"어머님 퇴원하셨어? 다행이네. 좋지. 오늘도 그 대단지 아파트 앞 포장마차 가자. 오늘 정시 퇴근할 수 있는 거 같아."

"그래. 이따 보자."

어머님도 다행히 잘 퇴원하셨나 보다. 상현이와 오랜만에 소주 한잔을 생각하니 벌써 설렌다. 가는 길에 차가 안 막혔으면 좋겠다. 하지만 정시퇴근 후 포장마차로 가는 길, 차가 엄청 막혔다. 역시 사람의 희망 사항은 늘 반대로 되는 거 같다. 그렇게 꽉 막힌 도로에서 상현이와 약속 시간이 넘어 버렸다. 빨리 가야 하는데 도로 위에 차들은 움직일 생각을 하지 않았다. 연락을 따로 남길까 했지만 저 멀지 않은 곳에서 대단지 아파트가 보이니 금방 갈 수 있을 거 같아 따로 연락을 남기진 않았다. 다행히도 생각했던 거보다 금방 도착할 수 있었다. 차를 세우고 후다닥 포장마차로 뛰어갔다.

"상현아, 오랜만이야! 잘 지냈지? 여기 앞에서 차가 너무 막혀서 미안, 미안. 빨리 왔어야 했는데."
"아냐. 아냐. 그럴 수도 있지. 나도 방금 왔는걸. 이번에도 제육?"
"제육 좋지. 이 집은 제육이 진짜 맛있어. 어딜 가도 이 맛을 못 따라오는 거 같아."
"미리 시켜 놓을 걸 그랬나. 사장님 여기 제육 하나 소주 하나요!"
"병현아, 요새 일은 어떻냐?"
"뭐 늘 비슷비슷하지. 태호도 열심히 다니고 있고. 상현이가 없어서 재미가 없는 거 빼고는 다 똑같아."
"자식 고맙다. 나 생각해 주는 건 역시 마누라 다음 너다. 뽀뽀나 한 번 할까?"
"으, 징그럽게 왜 그래. 우리도 60살이 넘었다고. 그렇다고 전에는 뽀뽀했다는 게 아니라."
"장난이야. 장난. 정색하기는. 병현아. 나도 일 새로 시작할까? 퇴사할 때쯤만 노후 준비는 끝났다고 생각했는데 엄마 병원비 내 드리고 하니까 이제 남은 돈이 곧 바닥날 거 같기도 하고. 이 제육볶음도 그새 가격이 올랐는데 내 통장에 있는 돈만 왜 줄어들까? 시간을 돌릴 수만 있다면 네가 나 퇴사한다고 말렸을 때 그때 네가 한 말 듣는 건데."

"뭐 이미 지나간 일이니까…. 근데 새로 하고 싶다는 일이 뭐야? 계획이 있는 거야?"

"하고 싶은 일은 딱히 없는데 직장은 다니고 싶지 않아. 나도 남들 다 하는 사업을 해 볼까 해."

"사업? 무슨 사업? 좋은 아이디어라도 있어?"

"그런 건 없는데 너도 알다시피 요즘 결혼하는 사람보다 강아지 키우는 사람들이 더 많잖아. 그래서 가게 차려서 강아지 의류 판매하는 것 좀 해 볼까 하는데 어떻게 생각해?"

며칠 전 소희랑 똑같은 생각을 상현도 하고 있었다. 느낌이 좋지 않았다.

"너 강아지 잘 모르잖아. 그때 리트리버 보고 진돗개라며. 그리고 요새 너무 많은 거 같은데. 한 건물에 두 개씩 있는 곳도 꽤 많은 거 같던데."

"그런 거 몰라도 돼. 어차피 판매만 하는 건데 뭐 어때. 그리고 장사가 잘되니까 다 그렇게 차리는 거지."

"흠 좀 걱정되는데… 아! 아니면 내가 아시는 분이 그 우리 동네 새로 들어온 실버타운 있잖아. 거기서 청소 사업을 크게 하시는데 거기 한번 말해 볼까?"

"에이, 됐어. 나중에 진짜 힘들면 그때 내가 먼저 말할게."

"그래, 그래. 잘할 수 있을 거라고 믿어. 상현이는 친구가 워낙 많아서. 제수씨랑 잘 이야기하고 그다음 시작해. 너 안 그러다 이혼당해."

"그런가. 우선 술이나 더 마시자. 오랜만에 와서 그런지 더 맛있네."

내일은 회사 창립기념일이라 쉬는 날이다. 회사의 생일 덕분에 꽤 늦은 시간까지 술을 마셔도 됐다. 어머님도 잘 퇴원하시고 오랜만에 웃는 상현이의 모습을 보니 내가 기분이 다 좋았다. 그렇게 신나게 마시다 보니 늦은 시간까지 술을 마셨다. 집으로 돌아오니 새벽 세 시였다. 어렸을 때도 이렇게 안 마신 거 같다. 일단 잠을 좀 자야겠다.

잠을 자려고 씻고 누웠는데 아까 상현이가 한 말 때문에 걱정이다. 어머님 수술비 내고 남은 돈으로 하려고 하는데 상현이가 생각했을 때도 남은 돈으로 노후 대비는 무리라는 생각을 한 거 같다. 하지만 그렇다고 남은 재산으로 사업이라니. 정말 무조건 잘돼야만 한다. 실패하면 끝이다. 친한 친구로서 걱정이 안 될 수가 없었다. 그런 생각을 하다 새벽 세 시 반에 누운 침대에서 시계가 다섯 시를 가르칠 때쯤 잠이 들었다.

오랜만에 푹 자고 일어났더니 해가 중앙 저 높은 곳에 떠 있었다. 오후에 일어난 건 정말 몇 년 만인지도 모르겠다. 아무래도 상현이 걱정에 어제 늦게 잔 탓인 거 같다. 자고 일어났더니 상현이한테 문자가 와 있었다. 결국 제수씨랑 이야기를 잘해서 가게를 차리기로 했다고 한다. 자식, 잘돼야 될 텐데…. 이왕 한다는데 끝없는 응원을 보내야겠다. 가게도 열면 그때 화환 하나 보내야겠다.

얼마 지나지 않아 상현이는 동네 상가가 모여 있는 곳에서 살짝 떨어진 곳에 가게를 개점했다. 생각보다 장사가 잘되는 거 같았다. 가게에 간 적 있었는데 상현도 매우 바쁘게 움직였고 힘들어 보이는데도 환한 미소를 잃고 있지 않았다. 제발 오픈한 지 얼마 안 돼서 장사가 잘되는 것만 아니길 바라본다. 하지만 나의 바람은 얼마 가지 못했다. 상현이는 매출이 점점 줄어들어 스트레스라고 했다. 어느 달에는 적자를 기록한 적도 있다던데 걱정이다. 결국 상가 월세 계약이 끝나는 날 가게를 뺀다고 이야기를 들었다. 상현이에게 직접 들은 건 아니었다. 이 자식 자존심 세서 아마 나중에 말할 거 같은데 이미 친구들 사이에서 소문이 다 났다.

지금 일하고 있는 이 회사가 더 고맙게 느껴졌다. 하루라도 더 다녀야겠다. 그나저나 이제 생활비 내기도 힘들 거 같은데 내가 도움을 좀 주고 싶다. 좋은 방법이 없을까. 아! 그게 좋겠다. 일을 끝내고 급하게 전화를 걸었다.

"사장님, 혹시 통화 괜찮으세요?"

"병현 씨 오랜만이네. 잘 지내시는 거죠?"

"아아, 네, 잘 지내고 있죠. 사장님 혹시 요즘 하시는 사업은 잘되고 있나요?"

"아 실버타운 청소업체요? 그럼요. 잘되고 있죠. 사람도 다 구해서 예전보다 관리할 것도 적고 편해요. 왜요? 병현 씨도 우리 청소업체 들어오고 싶어서? 병현 씨 온다면 나야 환영이지. 하하. 없는 자리라도 만들어 드릴게요."

"말씀만이라도 정말 감사합니다. 다름이 아니라 제 제일 친한 친구 놈이 이번에 사업을 하다가 크게 실패를 해서 일자리가 급하게 필요할 거 같은데 사장님이 딱 생각이 나서요. 이 친구가 저보다 일도 잘하고 성격도 좋아서 지내는 데 문제 없을 거예요. 아직 확정된 건 아니지만 만약 친구가 일자리 필요하다고 하면 제발 한 번만 부탁드리겠습니다. 가족 같은 놈입니다."

"병현 씨가 이렇게 부탁하는데 안 들어줄 수도 없고… 알겠습니다. 친구님이 한다고 하면 그때 연락 한 번 더 줘 보세요. 좋은 쪽으로 생각해 보겠습니다."

"감사합니다. 사장님."

다행히도 사장님께서 긍정적으로 생각을 해 주셨다. 이제 상현이에게 조심스레 이야기를 꺼내면 될 거 같다. 자존심 상하지 않게 말을 잘해야 할 텐데 상현이가 기분이 상하지 않을까 걱정이 되기도 했다. 생각난 김에 오늘 보자고 할까? 고민이다. 그런 생각을 하고 있을 때쯤 마침 상현이에게 전화가 왔다.

"병현아, 바빠? 오늘 뭐 해?"
"어, 상현아. 오늘? 뭐, 나야 퇴근하고 아무것도 안 하지? 왜? 상현이도 약속 없구나? 같이 소주 한잔할까? 포장마차 가자."
"제육볶음 시켜 놓을게."

이제 말하지 않아도 척척 손발이 잘 맞는다. 하긴 우리가 몇 년 지기 친구인데. 이제 상현이에게 어떻게 잘 말할지만 생각하면 된다. 퇴근하기 전까지 어떻게 말할지 생각을 해 봐야겠다.

큰일이다. 퇴근 시간이 다가왔지만 어떻게 말을 꺼내야 할지 모르겠다. 우선 포장마차로 가야겠다. 이번엔 늦지 않기 위해 빨리 나왔는데 아니나 다를까 차가 또 막혔다. 상현이에게 조금 늦는다고 말하고 말을 어떻게 할지 생각하며 가고 있었다. 살짝 늦은 시간에 가게에 도착했고 문을 열고 들어가려는 순간 상현이와 가게 사장님이 대화를 나누고 있었다.

"상현아, 사장님이랑 무슨 이야기를 그렇게 나누고 있었어? 되게 재밌어 보이던데."
"아, 별건 아니고 제육볶음 가격이 계속 올라가길래 궁금해서."
"너 설마 사장님한테 따진 건 아니지?"
"에이, 내가 그런 성격이냐! 순수하게 물어본 거지."
"물가가 지속해서 오르는 건 어쩔 수 없는 거 같아. 예전에 우리 20대 때 소주 먹었던 거 기억 나? 이런 거 한 병에 식당에서 4천 원 받았었는데 벌써 2만 원이야. 그에 비해 제육볶음은 조금 오른 거일 수도 있어. 우리가 맨날 여기만 와서 그렇지 얼마 전 회식 때 갔던 곳은 7만 원이더라."
"그렇구나. 아 맞다. 말했었나? 나 그때 말한 애견 의류 사업 접었어."
"왜? 잘된다고 했었잖아."
"착각이었어. 다 지인들이 팔아 준 거였더라고. 첫째 달은 괜찮았는데 그 뒤로 계속 매출이 줄더니 결국 상가 계약 끝나기 몇 개월 전부터 적자를 냈어. 그거 때문에 결국 퇴직금도 다 잃고 막막하다. 집도 이사 가고."
"아, 이사를 했어? 말하지. 그럼 다른 곳에서 볼 걸 그랬나? 멀리 이사를 간 건 아니고? 그건 또 몰랐네. 아주 힘들었겠구나. 술 한 잔 받아."
"고마워. 그래서 말인데 혹시 저번에 말했던…."
"아, 실버타운 청소하는 거? 그거 할 수 있으면 좋지. 요즘 많이 하고 싶어서 난리 같던데 잠깐만 기다려 봐. 내가 사장님께 전화해 볼게."
"고마워."

어떻게 말해야 할지 몰랐는데 상현이가 먼저 말을 꺼내 주었다. 다행이다. 미리 사장님께 전화를 해 두길 잘했다.

"아, 사장님 잘 지내셨죠? 하하, 뭐 저야 잘 지내죠! 사장님, 다름이 아니라 기억하실지 모르겠네. 저번에 말씀드렸던 청소 일자리 아직 있을까요? 제 제일 친한 친구가 일을 구하고 있다고 해서요! 원래 이런 부탁 잘 안 하는 거 아시잖아요. 하하. 아 네네. 아 알겠습니다. 감사합니다. 번호 알려 드릴게요."

"병현아, 뭐라고 하셔? 이미 없다고 하시지?"

"자리는 없긴 한데 내 친구라 믿고 일 시킬 수 있을 거 같다며 연락해 주시겠대. 만약 하게 되면 열심히 해. 제수씨 더 힘들게 하지 말고. 모르는 번호로 전화 오면 잘 받고."

"고마워. 병현아. 진짜 고마워."

"에이 뭘. 넌 내 가장 친한 친구잖아. 맞다. 상현아. 내가 말했었나? 나랑 태호, 일 그만둬."

"뭐? 더 다녀야지. 병현, 난 너희가 세상에서 제일 부러운데."

"우리도 그러고 싶은데 이제 정년퇴직이라 더 다닐 수가 없네. 1년 안에 퇴사하면 퇴직금을 좀 더 많이 준다고 하길래! 이거 어디서 본 상황 아니냐?"

"벌써 시간이 그렇게 됐나? 그러고 보니 내가 퇴사하고 많은 일들이 있었구나."

"그러게. 어머님은 요새 좀 어떠셔?"

"다행히도 괜찮으셔. 건강하셔야 할 텐데. 연세가 많으셔서 걱정이다. 그럼 퇴사하고 뭐 하게?"

"나? 음, 퇴사하고 나서 젊을 때 못 했던 여행도 다니고 배우고 싶은 운동도 해 볼까 생각 중이야."

"일은 따로 안 하고?"

"일은 아직 생각이 없어. 어렸을 때부터 해 왔던 투자 덕분에 지금 월급 정도는 매달 나오더라고."

"부럽다. 나도 장 부장님 말 듣지 말고 그냥 병현이 말 듣고 배당주나 살걸."

"에이, 너도 열심히 살아왔잖아. 지금도 열심히 잘 살고 있고."

"잘 모르겠다. 이만 일어나자. 취하는 거 같다."

"그래, 그래. 사장님 여기 계산이요! 참, 이사 간 아파트는 여기서 멀어? 같이 걸어가 줄까?"

"아냐. 저 횡단보도만 건너면 돼. 재밌었다. 다음에 보자."

대장 아파트가 그리 멀지 않아 차를 여기에 두고 걸어가야겠다. 상현이와 같이 걸어가다 같은 방향이 끝나 인사를 하고 서로 갈 길을 갔다. 가다 보니 상현이가 걱정돼서 가는 모습을 지켜봤다. 다행히도 저번에 봤던 상현이의 뒷모습보다 오늘 뒷모습이 더 괜찮아 보인다. 사업 이야기 꺼내는 것도 쉽지 않고 맘고생도 심했을 텐데. 거기에 원하지도 않는 이사를 한다니. 가족 같은 친구로서 보는 것만으로도 속상하다. 어떻게 보면 상현이는 돈을 당장 버는 것도 중요하지만 무엇보다 사람들을 많이 만나야 할 거 같다. 성격이 활발한데 맨날 집에만 있고 만나 봤자 나랑만 만나니 거기서 우울함이 크게 오는 건 아닐까 싶다. 나는 퇴사하게 돼도 많은 사람을 만나야겠다. 운동모임이 좋을 거 같다. 건강도 챙길 수 있고.

내일 아침 출근해서 청소업체 사장님께 다시 한번 전화를 해 봐야겠다. 우선 퇴직하기 전까지 회사는 가야 하니 얼른 집에 가서 씻고 자자. 다음 날 아침 출근 해가 뜨고 제법 시간이 지난 오전 11시쯤 사장님께 전화를 드렸다. 너무 이른 시간에 전화를 드리는 건 실례일 것만 같았기 때문이다.

"사장님. 안녕하세요. 잘 지내시죠?"
"아, 병현 씨. 안 그래도 전화드리려고 했는데 이렇게 먼저 연락이 왔네요."
"그래요? 혹시 어떤 거 때문에 그러시죠?"
"다름은 아니고 전에 말씀하셨던 친구분이요. 혹시 다음 주부터 출근이 되나 해서요. 천천히 뽑아도 될 거 같았는데 갑자기 퇴사하시는 분이 생기셔서요. 친구분 안 되시면 다른 분 한번 여쭤보려고요."
"아, 정말 잘됐네요. 친구 무조건 할 겁니다. 그래도 사장님과 직접 전화해 보시는 게 좋을 거 같은데. 이 친구가 정말 성실한 친군데 요새 너무 속상해서 어제 저랑 같이 과음을 좀 했거든요. 하하. 그래서 말인데 혹시 지금 말고 오후에 전화 좀 한번 주실 수 있을까요?"
"하하, 힘들 땐 술이죠. 저희도 조만간 한잔하셔야죠! 알겠습니다. 그럼 이따 잘 전화해 보겠습니다."
"감사합니다. 사장님."

상현이는 그렇게 65살이 다 돼 갈 때쯤 두 번째 취업할 수 있었다. 자식, 그래도 잘 적응하고 있는지 몇 개월째 별 탈 없이 잘 다니는 거 같다. 성격도 좋고 활기를 되찾은 거 같아서 다행이다.

퇴사가 몇 개월 남지 않았기에 회사에 남아 열심히 일할 사람들을 위해 하나도 빠짐없이 내가 아는 것을 전부 인수인계를 해 줘야 하겠다고 생각해서 오늘도 어김없이 많은 것들을 알려 주고 있었다. 그렇게 한창 알려 주고 있었을 때 상현이에게서 전화가 왔다. 잠깐 사원들에게 기다려 달라는 말을 남기고 전화를 받았다.

"병현아, 뭐 해? 오늘 바빠?"
"어. 상현. 퇴사가 몇 개월 남지 않아서 인수인계할 것 좀 하고 있었어."
"아, 그래? 바쁘면 오늘은 안 되겠네."
"어? 오늘 전화한 이유는 혹시 저녁에 또 포장마차 가서 제육볶음 먹자고?"
"아, 그건 아니고. 좀 중요하게 할 말이 있는데 병현이가 가장 먼저 떠올라서. 내가 병원에 입원해 있거든. 병문안 좀 와 줄 수 있을까?"
"병원? 입원? 어딘데. 지금 당장 갈게. 주소 남겨 놔. 회사에 말하고 갈 테니까."

한평생 같이 있으면서 상현이가 아파서 병원에 간 걸 본 적이 없는데 무슨 큰일이라도 난 건 아닐지 하는 생각에 팀장님께 말씀을 드리고 짐도 챙기지 않고 차키만 챙겨 바로 상현이가 입원한 병원으로 갔다.
상현이가 있는 병동으로 갔더니 상황이 좋아 보이지는 않았다. 제수 씨가 상현이의 상황을 모두 이야기해 줬고 그 사실을 듣고 눈물이 나오기 시작했다. 그리고 무슨 방법이 있을 거라며 너무 걱정하지 말라는 말을 했다. 오늘 하루는 상현이 곁에 같이 있어야 한다는 생각이 들어 병문안이 가능한 시간까지 같이 있었다. 길게만 느껴지던 하루도 너무 빠르게 흘러갔다. 어느덧 병문안 시간이 끝이 나고 상현이와 인사 후 집으로 돌아왔다. 집에서 돌아와 씻는데 이번 겨울이 상현이와 마지막 겨울이라고 생각하니 또 눈물이 나기 시작했다.

  영원히 추울 거 같던 겨울도 끝이 나고 있었다. 오늘도 어김없이 상현이를 보러 병원에 가기로 했다. 병원에만 있느라고 힘들 텐데 기분 전환이라도 시켜 줘야겠다. 혹시 가고 싶은 곳이 있나 생각이 들었다. 마지막으로 가고 싶은 곳이 될 수도 있으니 말이다. 병원에 도착하니 상현이가 마침 창문 밖 세상을 보고 있었다. 나 같아도 나가고 싶을 거 같다. 상현이가 놀라지 않게 조심스레 이야기를 꺼냈다.

"상현아, 뭐 하고 있어?"
"아, 왔어? 그냥 맨날 병원에만 있고 답답해서 밖을 좀 보고 있었어."
"혹시 상현아. 가 보고 싶은 곳 있어? 올라오다 보니까 외출 될 거 같던데."
"음. 딱히 있는 건 아니고. 아니다! 가고 싶은 곳이 있다."

  가고 싶다는 곳도 있다고 해서 특별한 곳을 갈 줄 알았다. 하지만 상현이와 같이 간 곳은 특별한 곳은 아니었다. 학교와 회사에 다닐 때 늘 만나던 그 장소였다. 그러고 보니 처음엔 특별하지 않다고 생각했지만 생각해 보니 여기만큼 특별한 곳이 없었다. 여기가 없었다면 우리가 여기서 같이 시간을 보내는 일도 없었을 것이다.

"여기서 너랑 정말 어렸을 때부터 추억이 많은데 시간이 많이 흘렀긴 했구나."

"그러네. 여기는 그때랑 변한 게 없는데 우리만 변했네. 나는 환자복을 입고 있고."
"고마웠어. 정말. 상현이 덕분에 내 인생은 늘 행복했어."
"나도 고마웠어. 병현이 잊지 못할 거야."
"우리 오늘은 울지 말자."
"왜 우리야? 너만 그때 울었잖아. 인마."
"너 몰래 우는 거 다 봤는데? 무슨 소리야!"
"그럼 어쩔 수 없고. 으, 춥다. 나 이제 병원으로 돌아갈 시간이야. 외출 시간 넘기겠다."

상현이와 오랜만에 바깥에서 시간을 보내고 병원에 잘 복귀했다. 또 온다는 말을 남기며 집으로 가고 있었다. 차에서 많은 생각을 했던 거 같다. 같이 보낸 평범했던 일상도 이제는 쉽지 않은 것에 속상했다. 앞으로 남은 삶에 소중함을 생각하며 열심히 살아야겠다는 생각이 들었다.
다음 날 출근해서 퇴사 전 인수인계를 열심히 하고 있었다. 잘 모르는 부분이나 이해하기 어려운 부분은 여러 번 알려 주고 이해하기 위해 쉽게 풀어서 설명을 해 주곤 했다.

"은지야, 이게 어려울 수 있는데 가장 중요한 부분이거든? 나보다 똑똑하니까 잘할 수 있을 거야. 자, 봐 봐."
"너무 어려워요. 책임님. 그냥 퇴사하시지 마시고 우리랑 같이 있으면 안 돼요?"
"하하. 나도 그러고 싶은데 태호랑 나를 봐. 이제 나이도 많고 회사에서도 원하지를 않아서."

"아이. 그래도….'"
"뭐지? 전화 온다. 잠깐만. 은지야."

그렇게 인수인계하고 있을 때쯤 상현이 제수씨에게서 전화가 왔다. 예전에 술을 늦게까지 먹고 상현이와 연락이 안 된다고 연락한 적은 있었는데 그때 이후로 처음인 거 같다. 평소 같았으면 일 중이라 이따 전화를 다시 걸었을 텐데 느낌이 좋지 않아 전화를 받았다.

"여보세….'"
"병현 씨! 큰일 났어요. 남편이…!"
"지금 당장 갈게요. 은지야 미안하다. 나 지금 빨리 가 봐야 할 거 같아. 나머지는 다음에 알려 줄게. 미안."

팀장님께 이야기하고 급하게 병원으로 갔다. 병원에 도착했을 때 상현이는 의식이 없었다. 그때 외출이 마지막인 줄 알았더라면 사진이라도 찍을 걸 그랬나. 그러고 보니 상현이와 찍은 사진이 많이 없는 거 같았다. 인사도 못 하고 하늘나라로 갈 수 있다는 생각에 눈물이 나기 시작했다. 그때 기적적으로 상현이가 의식을 되찾았다. 가족들과 대화하는 모습을 보니 좀 괜찮아진 듯싶다.

"상현아. 야 인마. 정신 좀 차려 봐."
"병현아. 여긴 어떻게 왔어."
"제수씨가 연락해서 올 수 있었어. 제일 친한 친구가 하늘나라 간다는데 내가 곁에 있어 줘야지. 하늘나라에서 좀만 기다려. 거기 위에서도 우리 친구 해야지."

"늘 고맙다. 포장마차 또 가야지."

"그래. 또 가자."

대화를 하던 도중 상현이는 큰기침을 여러 번 하였고 호흡이 돌아오지 않는 듯한 숨을 쉬고 있었다. 상현이 몸에 연결된 모든 기계에서 불길한 알림 소리가 병원 전체로 울려 퍼졌고 이제 시간이 얼마 남지 않다는 것을 실감하게 되었다. 상현이가 무슨 말을 하고 싶었는지 말하려다 끝내 말하지 못하고 뜬 눈으로 숨을 쉬고 있었다.

상현이는 죽음에 마주했을 때 마치 슬프면서도 안도하는 듯한 느낌의 표정을 하고 있었다. 분명 슬픈 표정도 있었지만 행복해 보이는 모습도 있었다. 그런 얼굴을 보이며 상현이는 세상을 떠났다.

그렇게 65살 젊은 나이에 가장 친한 친구였던 상현이가 하늘나라로 갔다. 사랑하는 가족을 남기고. 그리고 제일 친한 단짝 친구를 남기고.

에필로그

"야, 상현아. 너 언제까지 잘 거야? 아, 이 술 냄새. 일어나 봐, 좀."
"어… 뭐지?"
"뭘 '뭐지'야. 정신 안 차릴래? 너 때문에 나도 늦겠어."
"병현아, 분명 난 죽었는데…."
"하하, 네가 죽어? 나한테 맞아 죽을래? 그냥 나가 죽어! 늦는다고, 이러다. 점심시간 다 끝나 간다고. 우리 교육 들으러 가야 해."

선명하게 병현이가 보이는 게 꿈은 아닌 거 같다. 뒤를 돌아보니 큰 현수막에 신입사원 환영회라는 글자가 크게 쓰여 있었다. 다행히도 꿈이었나 보다.

"병현아, 우리 안 늦었지? 할 수 있겠지?"
"애가 자다 일어나서 뭔 헛소리 해? 빨리 와. 이러다 늦어."
"안 늦었지? 그렇지?"

"우리 아직 안 늦었다니까. 정신 차리고 빨리 움직여야 해. 그럼 우리 모두 늦지 않을 수 있어."